Rosine Melle

The Contemporary French Writers

Rosine Melle

The Contemporary French Writers

ISBN/EAN: 9783337385798

Printed in Europe, USA, Canada, Australia, Japan

Cover: Foto ©Andreas Hilbeck / pixelio.de

More available books at **www.hansebooks.com**

THE CONTEMPORARY

FRENCH WRITERS

SELECTIONS FROM THE FRENCH WRITERS OF THE
SECOND PART OF THE 19TH CENTURY

WITH

LITERARY NOTICES, AND HISTORICAL, GEOGRAPHICAL,
ETYMOLOGICAL, GRAMMATICAL, AND
EXPLANATORY NOTES

BY

MADEMOISELLE ROSINE MELLÉ

DIPLOMÉE DE L'ACADÉMIE DE PARIS ET DE L'UNIVERSITÉ DE FRANCE

———•———

BOSTON, U.S.A.
GINN & COMPANY, PUBLISHERS
1894

CONTENTS.

		PAGE
INTRODUCTION		vii

PHILOSOPHERS.

HIPPOLYTE TAINE. Literary Notice		1
Venise		2
Les Figures de Léonard de Vinci		3
ERNEST RENAN. Literary Notice		4
Ma Sœur Henriette		6
Le Martyre de Sainte Blandine		11
Le Pays Natal		16

NATURALISTS.

GUSTAVE FLAUBERT. Literary Notice		18
Le Voile de Tanit		19
EDMOND ET JULES DE GONCOURT. Literary Notice		31
Renée Mauperin : Naissance de Renée		32
Mort de Renée		33
ÉMILE ZOLA. Literary Notice		35
La Débâcle		36
GUY DE MAUPASSANT. Literary Notice		50
Notre Cœur : Portrait d'André Mariolle		52
Le Salon de Mme Michèle de Burne		54
Pêcheuses et Guerrières		55
ALPHONSE DAUDET. Literary Notice		57
En Camargue : La Cabane		58
Le Vaccarès		60

	PAGE
JEAN RICHEPIN. Literary Notice	62
L'homme aux Yeux Pâles	63
Croquis de Printemps : Les Lilas	69
CATULLE MENDÈS. Literary Notice	71
Luscignole	72
RENÉ MAIZEROY. Literary Notice	78
La Grande Bleue : Chanson de la Mer	78

PSYCHOLOGISTS.

PAUL BOURGET. Literary Notice	81
Terre Promise : En Plein Rêve	83
Récurrences	88

IDEALISTS AND INDEPENDENTS.

ALEXANDRE DUMAS, FILS. Literary Notice	90
Sophie Printemps	91
OCTAVE FEUILLET. Literary Notice	93
Dalila : Conseils à un Artiste	94
JULES CLARETIE. Literary Notice	96
La Tante Annette	97
ANDRÉ THEURIET. Literary Notice	101
Pâques Fleuries	102
PIERRE LOTI. Literary Notice	105
Kioto, La Ville Sainte : Départ de Kobé	106
Kioto	107
FRANÇOIS COPPÉE. Literary Notice	109
Les Sabots du Petit Wolff	110
GEORGES OHNET. Literary Notice	115
Noir et Rose : Le Chant du Cygne	116

CRITICS AND JOURNALISTS.

FRANCISQUE SARCEY. Literary Notice	120
Utilité des Langues Étrangères	121

CONTENTS.

PAGE

JULES LEMAÎTRE. Literary Notice 126

    Renan 128

    Leconte de Lisle 130

ANATOLE FRANCE. Literary Notice 131

    Scènes de la Vie Réelle : Les deux Copains 132

    La Messe des Ombres 139

PAUL ARÈNE. Literary Notice 145

    Le Fifre Rouge 146

ÉMILE BERGERAT. Literary Notice 150

    Contes du Temps Passé : Le Chevalier de Frileuse 151

MODERN SPIRIT.

GYP. Literary Notice 163

    Petit-Bleu 164

EGOTISTS. (Religion du Moi.)

MAURICE BARRÈS. Literary Notice 168

    Sous l'Œil des Barbares : Départ Inquiet 170

    Le Jardin de Bérénice 171

NOTES 175

INTRODUCTION.

IT has been said, with reason, that the literature of a nation is the reflection of its mind. Thus, every century, having its own ideas, religious feelings and political views, has also its special literature.

One of the most interesting epochs in the history of humanity will be the nineteenth century, and particularly the second half. Laws of nature hitherto not understood, have been suddenly brought to light, and the greatest scientific discoveries, changing the conditions of daily life and the relations between nations, succeed one another with a rapidity which increases every year.

Literature, as well as art and music, was to feel the *contre-coup* of this sudden development of the scientific spirit, and to find out new ways of expressing the new ideas.

France, which has often been at the head of literary revolutions, was the first to respond to the influence, and new literary schools rose up, having, for leaders, men of talent if not genius. It is the evolution of these different schools which we purpose to show the reader, by selecting extracts from the prominent representatives of these schools, and by giving in the notices an idea of the literary position of each writer, his influence, and his characteristics.

The great writers of the first part of the nineteenth century, such as Chateaubriand, Mme. de Staël, Maistre, etc., being well known, we have thought fit to select only the most noted writers of the last part of this century, and those whose works have had the greatest influence on their contemporaries. The choice has been sometimes difficult, especially among writers of second rank, of whom there are many. In the wish to give our readers an accurate idea of the present intellectual movement in France, we have chosen the most modern authors, as best illustrating the literary spirit of our day.

In order that this period may be better understood, we give a brief account of its development.

France is the land of .political, literary and artistic revolutions, which succeed one another with rapidity, bringing an enormous amount of life, vigor, and talent — often, too, of envy, hate, and scorn. They are, however, proofs of great vitality, and, therefore, interesting to study in all their phases.

Balzac was the one to determine the naturalistic evolution. It was hastened by Gustave Flaubert, who is looked upon as the father of the modern novel, and *le Maître*.

Flaubert is an artist. He enlarged the domain of the novel, rejected elaborate plots and useless rhetoric, and considered *form* all-important. He spent hours over a sentence to make it perfect, and carried to an extreme his theory of *art for art's sake*.

The brothers Edmond and Jules de Goncourt are the worthy successors of Gustave Flaubert. For the past ten years, Edmond de Goncourt has acquired the great glory of the *Master*, the *Pontiff.*

The Goncourts have been, as they have said themselves, "*apporteurs de neuf.*" Not that they have enriched literature with new ideas, but their power of observation, their sensitiveness, their æsthetic feeling of enjoyment, is new. Their language, too, is new. It is often *tourmenté*, complex and over-artistic. They treat prose as a plastic art, and give form and color to what they describe. Much more than Flaubert, they have enlarged the domain of the novel. Men of letters, the life of the circus, of hospitals, even the lowest types of our democracy, are depicted in their writings.

Émile Zola has been regarded as the great chief and apostle of naturalism, though its true fathers are, as we have shown, Flaubert and the Goncourts, with Stendhal and Balzac as its psychical precursers. Nevertheless, Zola's position in the school is a high one; he, too, is an artist, but of very different temperament. His art is broad, strong, vigorous, often brutal, but always powerful. The way he handles masses of humanity is wonderful, and his descriptions of landscapes and still life cannot be surpassed. He claims more truth and less conventionality for his novels than can be accorded. In his opinion, naturalism is a kind of impersonal encyclopædia of material and of minute analysis.

Alphonse Daudet and Guy de Maupassant may be regarded, to a certain extent, as the disciples of Flaubert and the Goncourts. Daudet's chief characteristic is his wonderful imagination and love of life. He is a Southerner by temperament as well as by birth, and writes delightful stories when not trying to be too much of a psychologist. *Il voit trop grand* to see fairly; the proportions are not always kept. But he has very great charm and personifies the imaginative, picturesque mind of the South of France.

Though we have ranged Guy de Maupassant among the disciples of Flaubert and Zola, this robust writer soon got rid of all coteries, and stood apart. He is an artist of the strongest stamp, and an egotist and epicurean. To him life is sad and meaningless: we neither know, nor can know anything; we are creatures of instinct and circumstances— and finally comes death, which ends all. In his early tales Maupassant takes pleasure with the impulsiveness of a young animal; but as he grows older a new feeling appears in his work. Though ever more and more convinced of the cruelty of nature and the absurdity of man's pride in himself, pity and sympathy for his fellow sufferers take the place of his former indifference. He represents the French epicurean of the best type ; robust in his scepticism, broad, strong and calm, he is above all a man, and writes for humanity.

Besides the great writers we have just mentioned, appeared, at the same time, some very talented novelists, who, without striking any new paths or forcing any new ideas upon the literary world, wrote works which have pleased the public and have been well spoken of by critics.

Among these we shall mention Jules Claretie, the present administrateur of the *Comédie Française*, who is, at the same time, an historian, a novelist, a dramatist, and a journalist ; he has succeeded in everything he has attempted, without showing any great originality.

Pierre Loti does not belong to any school, nor is even what could be called a *littérateur;* his vocabulary is often meagre, and his descriptions, though very vivid, somewhat incomplete ; but he possesses great originality, which gives him a place *à part* among the writers of the last part of this century. He is of sensuous temperament, extremely sensitive, and very interesting to be studied, as a type of the man born in the last part of an over-civilized century, belonging to a very old nation, keenly alive to any external sensation, and not able to put aside, even in the most intense emotional experiences or among the most beautiful scenes of nature, that spirit of *ennui, satiété* which characterizes the refined men of this *fin de siècle.* " Let us enjoy life, let us be simple animal creatures," he seems to say in his voluptuous pictures ; but the bitterest disillusion, the feeling that everything is vain here below, is at the bottom of these most delicious dreams, from which one awakes with renewed pessimism.

Elegant dilettanteism and pessimism are the striking features of the present French literature. These two characteristics have been embodied in one of the greatest, broadest, finest French minds, in Renan.

The influence of Renan over his contemporaries has been very great, and a new word, " Renanism," has been created to describe the state of the souls of many Frenchmen of intellectual and refined culture ; and, in the past ten years, in fiction, in criticism and journalism, Renanism has been a successful and fashionable attitude. Paul Bourget, in his *Essais de Psychologie Contemporaine,* finds out three phases of Renanism, which he calls Dilettanteism, Religiosity and Aristocracy.

This peculiar Dilettanteism is a kind of refined scepticism, delicately developed, and which becomes an instrument of pleasure. It is the condition of old races, when the faculty of creation has been diminished by degrees and replaced by that of comprehension.

The basis of Dilettanteism is the incapacity for absolute and exclusive affirmation, and is thought by the disciples of Renan to be a sign of superior intelligence and of finer essence than the mental operations of searchers of absolute truth.

As for Religiosity, Renan has always remained respectful towards the cult he has forsaken, and the neo-catholic revival may be attributed to his sympathy for the " religious illusions " which have consoled humanity for many centuries.

The Aristocracy of Renan is to be seen in his disregard of vulgar opinion, the finished elegance of his style, and his expositions of an aristocratic ideal. A fine French critic has said of Renan : " *Il pense comme un homme, sent comme une femme et agit comme un enfant.*"

Among the best disciples of Renan, we shall mention Jules Lemaître and Anatole France, two very able critics.

Jules Lemaître is an interesting specimen of a clever, gifted, artistic, witty, literary Frenchman of our present time. In him the influence of the doctrines of Renan is to be seen at its best. He is, at the same time, a dramatic and literary critic, and a play writer of undoubted talent. He believes in subjective criticism only, and holds that objective criticism is vain and unprofitable. He never seems to conclude nor to give the preference to one point of view over another. But the reason of this apparent or real want of doctrine comes, as he himself has often taken the trouble of stating, from the complexity of his impressions, the illusion of everything, and the dreadful consequences of absolute affirmation. He is the very essence of Dilettanteism, and his writings are most relished by the refined intellectual minority. His elegant, picturesque, and very personal style cannot help being admired by any person of an intellectual turn of mind.

As a *Conférencier*, his charming way of presenting his ideas, together with a very fine "humor" — a quality rather rare in a Frenchman — have made him very successful and popular among his auditors at the *Odéon*, and at the different places where he has lectured.

Anatole France, a novelist, critic and poet, as well as an erudite, is, with Jules Lemaître, one of the most complete literary minds of modern France, and one of the most representative.

He, too, believes in ~~objective~~ *subjective* criticism and regards criticism as the most recent of all manifestations of literature, and the best suited to a very civilized, curious, and learned society.

With these two men, Jules Lemaître and Anatole France, and a man of very different temperament, Ferdinand Brunetière, criticism has become, in France, one ·of the most brilliant forms of literary attainment. In order to prosper, criticism supposes superior culture, and the present French mind seems particularly well adapted to bring it to perfection.

Naturalism reached its apogee towards 1885. A reaction then began to manifest itself, vaguely at first, but becoming stronger little by little. For a time the reaction centered its forces in the psychological novel; a new school arose, having at its head Paul Bourget.

Paul Bourget was known first as a critic, but he even then called himself a psychologist, and his monographies appeared under the titles of *Essais de Psychologie Contemporaine, Études et Portraits.* His aim is to react against materialism and pessimism. For the subject of his literary studies he chooses such writers as have been the introducers of new ideas and new feelings, the apostles of pessimism, such as Renan, Flaubert, Stendhal, the brothers de Goncourt, Alexandre Dumas, *fils*, etc., and in so doing he writes a very interesting and considerable fragment of the moral history of our epoch.

As a novelist, Paul Bourget has won the favor of the intellectual public and of the literary-critics. Women are specially fond of this young writer, whose exquisite analyses of feminine character give him a great charm in their eyes. He seems to have plunged deeper than any other novelist into the complex and intricate nature of women, and, though he shows them weak, sometimes deceitful, the delicacy of his touch when he treats of these passionate questions of feminine virtue and failure, the exquisite atmosphere in which he surrounds his heroines, has caused him to be looked upon by the cultivated feminine public as an enlightener of conscience, and a consoler of fragile virtue.

One of the most interesting and curious products in France of this wonderful and complex decade, is Maurice Barrès. How are we to convey an idea of the subtilized mind of this ironical young writer to an Anglo-Saxon reader! But we, ourselves, have been too much interested in the study of Maurice Barrès' personality and works not to try and find out what is at the bottom of his new theories, and to introduce to our readers the talented youth whose influence over the French *jeunesse* is so considerable.

The French soul is undergoing a transformation so great, so deep, that the like has never been seen since the Renaissance. All the formulæ of life, of thought and of art have been, so to speak, used over and over again, until they are quite worn out, and an ardent desire for refinement of an intellectual and artistic kind has spread among the *élite* of young France, threatening to upset the literary and artistic theories which have been the basis of literature and art, with more or less modifications, for many centuries.

Maurice Barrès elaborates a system out of the Renanist theories of dilettanteism; he sees in men and things emotions which are to be assimilated for the augmentation of his Ego, and thus he makes the object of life to be comprehension, and the cultivation of individualism, in conditions of material independence.

Thus, the first thing for a man to do is to defend his personality against the *Barbares* — the Philistines, — then to become a free man by the careful cultivation of this personality, and never to put aside the *Religion du moi* in the midst of the most active life.

This doctrine is certainly noble and elevating, and well adapted to young men of intellect.

The subtle charm of the unusual, artistic prose of Maurice Barrès has not a little contributed to his literary success. Never before had the French language proved an instrument so supple, so elegant, so delicate, so musical, and, at the same time, so vigorous, in carrying home to the reader's mind the truth he wishes to convey. But, as we have already said, such a state of soul as Barrès' could only exist in France, and in the last years of a century remarkable for evolutions of all kinds. None but an educated Frenchman, and one having lived in the *milieu* described by Barrès, — a Parisian, in short, can understand and enjoy the subtle delicacy of the author's mind.

Another class of French literateurs, nearly unknown to other nations, is that of *Chroniqueurs*, who discuss every *sujet d'actualité* (topics of the day) with a lightness, an airiness, a wit extremely frenchy ; they are all artists, full of talent, and very entertaining. Among them we may cite Émile Bergerat, who writes in the *Figaro* under the name of "Caliban," and whose sprightly prose, full of life and form, makes the delight of his readers ; Catulle Mendès, a man of great talent, with a delicate, elegant pen ; Paul Arène, of a calmer temperament, but also a writer of fine qualities, whose limpid, clear prose has won him a good reputation ; Paul Desjardins, the apostle of Neo-Christianity ; Octave Mirbeau, a brilliant writer, and, at last, the famous Gyp, Madame la Comtesse de Mirabeau de Marbel de Janville, the witty creator of Paulette, Loulou, and of Bob, the irrespectful, saucy, but very amusing young French boy.

Before closing this Introduction, we must not forget to mention some authors who do not shine in the first rank, but whose aims, at least, are honest if not genial. They belong to the idealistic school and write for the average public. André Theuriet, of healthy talent ; his writings are appreciated by young people, they deal with the customs of provincial life and are often relieved by a genuine love of nature ; Albert Delpit, George Duruy, of fine talent, and Georges Ohnet, who has justly been called a purveyor of ideal, an educator, a consoler, and an enlightener of mediocre souls. His *raison d'être* is that he is a worthy successor of Feuillet and provides the French middle classes with the finest kind of literature they are capable to appreciate. But in the eyes of literary critics he is, as Jules Lemaitre has expressed it in an article which began his fame, an unartistic, vulgar, banal writer of the best banality.

Now a word about our notes. We have been very careful to give the explanation as well as the translation of the idiomatic sentences so frequently to be met in our modern authors, and which could not be understood by the ordinary English reader. All the difficulties of syntax, etymology, and grammar have been fully explained. In the preparation of that part of the notes, we have made use of the best authorities, as Littré's *Dictionary*, with the more recent philogical discoveries of Messrs. Paul Meyer and Gaston Paris, for the French language ; the *Century Dictionary*, Murray's, Skeats', for English, etc. To these, grammatical and etymological notes have been added, whenever necessary, short historical and geographical notices to help the students to understand fully the epochs and places in which the story happens.

Moreover, we have also been careful, in our selections, to give complete stories or anecdotes, or, when this has proved impossible, the selection is preceded by a short outline of the plot.

We offer to the English student of French this little book, hoping that it may inspire him with something of the same love for French modern literature and language which impelled us to its preparation.

BALTIMORE, April, 1893.

CONTEMPORARY FRENCH WRITERS.

HIPPOLYTE TAINE.

HIPPOLYTE ADOLPHE TAINE was born in 1828. He was one of the most brilliant pupils of the *Collège Bourbon* and of the *École Normale*. A member of the University, he taught in different *Lycées*, and afterwards became professor of art and æsthetics at the *École des Beaux-Arts*.

His first work, *La Fontaine et ses fables*, proved the serious and brilliant qualities of his mind. He wrote successively: *Essai sur Tite Live*, *Voyage aux Pyrénées*, *Les Philosophes français du 19ᵉ siecle*, *Essais de critique et d'histoire*, *Notes sur l'Angleterre*, *L'Ancien Régime*, *Origines de la France contemporaine*. His greatest work is, doubtless, his *Histoire de la Littérature anglaise*, in which he shows himself the disciple of Sainte-Beuve. The principle of the great critic, to examine carefully the circumstances of his author's time, in order to ascertain their bearing upon him, became, in Taine's hands, a theory which he sometimes carried to extremes. For him, every man is the product of environment, and by examining it the man is necessarily explained. The series of his studies on English literature reveal the faults of his critical method, though they are often acute and always brilliant in style.

Taine is a realist in the spirit of Flaubert. He was at one time very famous for his fatalistic and materialistic doctrines.

His style is correct and pure, — sometimes concise in abstract subjects, sometimes graceful, elegant, and brilliant in his artistic studies, his descriptions and his impressions of travels.

———◦◦◦———

VENISE.

Un vent léger ride les flaques luisantes et les petites ondulations viennent mourir à chaque instant sur le sable uni. Le soleil couchant pose sur elles des teintes pourprées que le renflement de l'eau tantôt assombrit, tantôt fait chatoyer. Dans ce mouvement continu, tous les tons se transforment et se fondent. Les fonds noirâtres ou couverts de briques sont bleuis ou verdis par la mer qui les couvre; selon les aspects du ciel, l'eau change elle-même, et tout cela se mêle parmi des ruissellements de lumière, sous des semis d'or qui paillettent les petits flots, sous des tortillons d'argent qui frangent les crêtes de l'eau tournoyante, sous de larges lueurs et des éclairs subits que la paroi d'un ondoiement renvoie.

Le domaine et les habitudes de l'œil sont transformés et renouvelés. Le sens de la vision rencontre un autre monde. Au lieu des teintes fortes, nettes, sèches des terrains solides, c'est un miroitement, un amollissement, un éclat incessant de teintes fondues qui font un second ciel aussi lumineux, mais plus divers, plus changeant, plus riche et plus intense que l'autre, formé de tons superposés dont l'alliance est une harmonie. On passerait des heures à regarder ces dégradations, ces nuances, cette splendeur. Est-ce d'un pareil spectacle contemplé tous les jours, est-ce de cette nature acceptée involontairement comme maîtresse, est-ce de l'imagination remplie forcément par ces dehors ondoyants et voluptueux des choses, qu'est venu le coloris des Vénitiens?

LES FIGURES DE LÉONARD DE VINCI.

C'est surtout l'expression et le sourire qui sont étranges. Quand on s'arrête devant ses figures, il faut un certain temps pour arriver à se mettre en conversation avec elles ; avec presque tous les autres peintres, on y parvient vite ; avec Léonard, il en est autrement ; non pas que leur sentiment soit peu marqué ; au contraire, il transpire à travers l'enveloppe ; mais il est trop délié, trop compliqué, trop en dehors et au delà du commun, insondable et inexplicable ; il est double et triple ; par-delà leur pensée visible on démêle confusément un monde d'idées secrètes, comme une délicate végétation inconnue sous la profondeur d'une eau transparente. Leur sourire mystérieux, celui de Sainte Anne, de la Vanité, de Saint Jean, de Monna Lisa, troublent et inquiètent vaguement ; sceptiques, licencieux, épicuriens, délicieusement tendres, ardents ou tristes, que de curiosités, d'aspirations, de découragement on y découvre encore ! Oui, quelques hommes de cette époque, et, notamment celui-ci, après tant de recherches dans toutes les sciences, dans tous les arts, dans tous les plaisirs, rapportent de leur course à travers les choses je ne sais quoi de souffrant, de tourmenté, d'étrange et de mélancolique. Ils vous apparaissent sous ces différents aspects sans vouloir se livrer tout à fait ; ils restent devant vous avec un demi-sourire ironique et bienveillant, derrière une espèce de voile. Si expressive que soit la peinture, elle ne laisse percer d'eux que la grâce complaisante et le génie supérieur ; ce n'est que plus tard et par réflexion qu'on reconnaît dans ces orbites enfoncés, dans ces paupières fatiguées, dans ces plis imperceptibles de la joue, l'alanguissement des voluptés infinies et la lassitude du désir inassouvi.

De tous les peintres anciens, Léonard est le plus moderne ; du premier coup il a été jusqu'au bout du naturalisme, nul n'a compris plus profondément la complexité et la délicatesse de la nature ; nul ne l'a rendue avec une technique plus savante et des procédés plus complets. De même que dans ses œuvres scientifiques il a devancé son temps, possédé des méthodes, pressenti des vérités, entrevu un système que nous démêlons à peine aujourd'hui, de même, dans la structure de ses corps et de ses têtes, dans la finesse et la mobilité de ses physionomies, dans l'étrange et maladive beauté de ses expressions, il a découvert d'avance ces sentiments complexes, sublimes, raffinés . et délicieux que les poètes exquis de notre siècle sont parvenus à exprimer : je veux dire la supériorité et les exigences de la créature trop finie, trop sérieuse, trop comblée, qui a tout et trouve que c'est peu de chose.

Ce sont ces intuitions qui remplissent les figures de Léonard de Vinci ; ni Michel-Ange, ni Corrège, ni Raphael, n'iront au-delà.

ERNEST RENAN.

ERNEST RENAN, one of the most remarkable masters of French style, was born in 1823 at Tréguier, in Brittany. He was intended for the priesthood ; on arriving at manhood, he did not take orders, but accepted the place of usher in a school, and soon distinguished himself by linguistic studies, especially in the Semitic languages.

His first remarkable work is *Averroès et l'Averroïsme*, published in 1850, full of research and reflection, but in which he shows a want of sympathy with the thought of the middle-ages. In 1860, he had a government mission to Phœnicia and Palestine. On his return, he was appointed to the chair of Hebrew at the Collège de France, but the outcry against his unorthodoxy was so great that he was suspended. He then began to publish his famous series of *Origines du Christianisme,* the first volume of which was *La Vie de Jésus,* which excited an immense uproar in the Christian world. Recently, Renan produced some half-political, half-fanciful studies of great literary excellence, *Caliban,* a satire on democracy, and *La Fontaine de Jouvence,* a brilliant fantasy covering a violent attack on Germany.

Renan may be said to be the most considerable prose writer of France in point of style. In temperament he is, as we have fully shown in our Introduction, an amiable dilettante and a sentimental rationalist. His literary knowledge is extraordinarily wide and very acute. He has a wonderful power of assimilation, without having, perhaps, very strong argumentative and logical faculties.

As a describer of scenery, he is unmatched among his contemporaries. He has wonderful power to seize on the most striking and telling features of a landscape, a book, a character, and, by insisting on these, to present the whole as vividly as possible to his readers. His narration is remarkably fluent, lively, and interesting.

Renan seems, at first, to be a very complex character. But, to a close observer, this complexity comes from the perfect sincerity with which he shows the various and often contradictory elements of his genius. "S'il paraît si peu candide, c'est à force de candeur." No other writer since Voltaire has been the object of such passionate judgments. But both adversaries and disciples agree in praising his marvellous talent as a writer, his supple, easy, poetical, eloquent, familiar style, where the simplest words can express with such force the most delicate shades of sentiment or the most sublime conceptions of modern philosophy.

Among the works of Renan, we shall name *Les Origines du Christianisme, Essais, Mélanges divers, Études d'Histoire religieuse, Dialogues Philosophiques, Avenir de la Science,* written in 1848, published in 1890, *Souvenirs d'Enfance et de Jeunesse, Feuilles détachées.*

————◦⋄◦————

MA SŒUR HENRIETTE.

J'entrais dans la vie à près de vingt-trois ans, vieux de pensée mais aussi novice, aussi ignorant du monde qu'il est possible de l'être. A la lettre, je ne connaissais personne ; l'avance la plus simple que possède un jeune homme de quinze ans me manquait. Je n'étais même pas bachelier-ès-lettres. Il fut convenu que je chercherais dans les pensions de Paris une occupation qui me *mît au pair,* comme l'on dit, c'est-à-dire me donnât la table et le logement, en me laissant beaucoup de temps pour le travail.

Douze cents francs que ma sœur Henriette me remit devaient me permettre d'attendre, et suppléer à ce qu'une telle position pouvait d'abord avoir d'insuffisant.

Ces douze cents francs ont été la pierre angulaire de ma vie. Je ne les ai jamais épuisés, mais ils me donnèrent la tranquillité d'esprit nécessaire pour penser à mon aise et me dispensèrent de me surcharger d'une besogne qui m'eût étouffé. Ses lettres exquises furent, à ce moment décisif de ma vie, ma consolation et mon soutien.

Pendant que je luttais contre les difficultés aggravées par ma totale inexpérience du monde, sa santé souffrait de rudes atteintes par suite de la rigueur des hivers en Pologne. Une affection chronique du larynx se développa et prit assez de gravité pour que le retour de ma sœur fût jugé nécessaire. Sa tâche, d'ailleurs, était accomplie ; les dettes de notre père étaient complètement éteintes, les petites propriétés qu'il nous avait laissées se trouvaient dégagées de toute charge, entre les mains de notre mère ; mon frère avait conquis par son travail une position qui promettait de devenir la richesse. La pensée nous vint de nous réunir.

En septembre 1850, j'allai la rejoindre à Berlin. Ces dix années d'exil l'avaient toute transformée. Les rides de la vieillesse s'étaient prématurément imprimées sur son front ; du charme qu'elle avait encore quand elle me dit adieu dans le parloir du séminaire Saint-Nicolas, il ne lui restait que l'expression délicieuse de son ineffable bonté.

Alors commencèrent pour nous ces douces années dont le souvenir m'arrache des larmes. Nous prîmes un petit appartement au fond d'un jardin, près du Val-de-Grâce. Notre solitude y fut absolue. Elle n'avait pas de relations et ne chercha guère à en former. Nos fenêtres donnaient sur le jardin des Carmélites de la rue d'Enfer. La vie de ces récluses, pendant de longues heures que je passais à la Bibliothèque, réglait en quelque sorte la sienne et faisait son unique distraction. Son respect pour mon travail était extrême. Je l'ai vue le soir, durant des heures à côté de moi, respirant à peine pour ne pas m'interrompre ; elle voulait cependant me voir, et toujours la porte qui séparait nos deux chambres était ouverte. Son amour était arrivé à quelque chose de si discret et de si mûr, que la communion secrète de nos pensées lui suffisait. Elle, si exigeante de cœur, si jalouse, se contentait de quelques minutes par jour, pourvu qu'elle fût assurée d'être seule aimée.

Grâce à sa rigoureuse économie, elle me fit, avec des ressources singulièrement limitées, une maison où rien ne manqua jamais, et qui même avait son charme austère.

Nos pensées étaient si parfaitement à l'unisson que nous avions à peine besoin de nous les communiquer. Nos vues générales sur le monde étaient identiques. Il n'y avait nuance si délicate dans les théories que je mûrissais à cette époque qu'elle ne comprît. Sur beaucoup de points d'histoire moderne, qu'elle avait étudiée aux sources, elle me devançait., Le plan général de ma carrière, le dessein de sincérité inflexible que je formais était si bien le produit combiné de nos deux consciences, que, si j'eusse tenté d'y manquer, elle se fût trouvée près de moi comme une autre partie de moi-même, pour me rappeler mon devoir.

Sa part dans la direction de mes idées fut ainsi très étendue.   Elle était pour moi un secrétaire incomparable ; elle copiait tous mes travaux et les pénétrait si profondément que je pouvais me reposer sur elle comme sur un index vivant de ma propre pensée.   Je lui dois infiniment pour le style.

Elle lisait en épreuves tout ce que j'écrivais et sa précieuse censure allait chercher avec une délicatesse infinie des négligences dont je ne m'étais pas aperçu jusque-là. Elle s'était fait une excellente manière d'écrire, toute prise aux sources anciennes, et si pure, si rigoureuse, que je ne crois pas que depuis Port-Royal on se soit proposé un idéal de diction d'une plus parfaite justesse.   Cela la rendait fort sévère ; elle admettait très peu des écrivains de nos jours et quand elle vit les essais que j'avais composés avant notre réunion et qui n'avaient pu arriver jusqu'à elle en Pologne, ils ne lui plurent qu'à demi.   Elle en partageait la tendance, et en tout cas elle pensait que dans cet ordre de pensées intimes, exprimées avec mesure, chacun doit donner ce qui est en lui avec une entière liberté.   Mais la forme lui paraissait abrupte et négligée ; elle y trouvait des traits excessifs, des tons durs, une manière trop peu respectueuse de traiter la langue.

Elle me convainquit qu'on peut tout dire dans le style simple et correct des bons auteurs, et que les expressions nouvelles, les images violentes viennent toujours ou d'une prétention déplacée, ou de l'ignorance de nos richesses réelles ; aussi, de ma réunion avec elle, date un changement

profond dans ma manière d'écrire. Je m'habituai à composer en comptant d'avance sur ses remarques, hasardant
bien des traits pour voir quel effet ils produiraient sur elle,
et décidé à les sacrifier si elle me le demandait.

Ce procédé d'esprit est devenu pour moi, depuis qu'elle
n'est plus, le cruel sentiment de l'amputé, agissant sans
cesse en vue du membre qu'il a perdu. Elle était un
organe de ma vie intellectuelle, et c'est vraiment une
portion de mon être qui est entré avec elle au tombeau.

*   *
*

Elle n'avait pas ce que l'on appelle de l'esprit, si l'on
comprend par ce mot quelque chose de narquois et de léger
à la manière française. Jamais elle ne s'est moquée de
personne. La malignité lui était odieuse ; elle y voyait
quelque chose de cruel. Je me rappelle qu'à un *pardon*
de Basse-Bretagne, où on allait en bateau, notre barque
était précédée d'une autre où se trouvaient des dames
pauvres qui, ayant voulu se faire belles pour la fête, étaient
tombées dans des arrangements chétifs et de mauvais goût.
Les personnes avec qui nous étions en riaient, et les
pauvres dames s'en apercevaient. Je la vis fondre en
larmes : accueillir par le persiflage de bonnes personnes
qui oubliaient un instant leurs malheurs pour s'épanouir, et
qui peut-être se mettaient dans la gêne par déférence pour
le public, lui sembla une barbarie. A ses yeux, l'être
ridicule était à plaindre ; dès lors elle l'aimait et elle était
pour lui contre le railleur.

De là sa froideur pour le monde et sa pauvreté dans les
conversations ordinaires, presque toutes tissues de malices
et de frivolités. Elle avait vieilli avant le temps, et elle
avait l'habitude d'exagérer encore son âge par son costume
et ses manières. Il y avait chez elle une sorte de religion

du malheur ; elle accueillait, cultivait presque chaque motif de pleurs. La tristesse devenait pour elle un sentiment long et facilement doux. En général, les personnes bourgeoises ne la comprenaient pas et lui trouvaient quelque chose de roide et d'embarrassé. Rien de ce qui n'était pas complètement bon ne pouvait lui plaire. Tout était chez elle vrai et profond ; elle ne savait pas se profaner. Les gens du peuple, les paysans, au contraire, la trouvaient d'une exquise bonté, et les personnes qui savaient la toucher par ses grands côtés arrivaient bien vite à voir la profondeur de sa nature et de sa haute distinction.

Parfois elle avait de charmants retours de femme ; elle redevenait jeune fille ; elle se rattachait à la vie presque en souriant, et l'écran qui était entre le monde et elle semblait s'abaisser. Ces moments fugitifs de délicieuse faiblesse, lueurs passagères d'une aurore évanouie, étaient chez elle pleins de mélancolique douceur. En cela elle était supérieure aux personnes qui professent dans sa morne abstraction le détachement prêché par les mystiques. Elle aimait la vie ; elle y avait du goût ; elle pouvait sourire à une parure, à un souci de femme, comme on sourit à une fleur. Elle n'avait pas dit à la nature cet *abrenuntio* frénétique de l'ascétisme chrétien. La vertu pour elle n'était pas une tension austère, un effort voulu ; c'était l'instinct naturel d'une belle âme allant au bien par un effort spontané, servant Dieu sans crainte ni tremblement.

*　　*　　*

Ainsi nous vécûmes durant six années d'une vie très élevée et très pure. Ma position était toujours extrêmement modeste ; mais c'était elle-même qui le voulait. Elle ne m'eût pas permis, quand même j'y eusse pensé, de sacrifier à mon avancement la moindre partie de mon indépendance. Les malheurs qui frappèrent inopinément notre frère et

entraînèrent la perte de toutes nos économies, ne l'ébran-
lèrent pas.   Elle eût repris le chemin de l'étranger, si cela
eût été nécessaire au développement régulier de ma vie.

Mon Dieu ! ai-je fait tout ce qui dépendait de moi pour
lui procurer le bonheur ? Avec quelle amertume je me
reproche maintenant de n'avoir pas été avec elle assez
expansif, de ne pas lui avoir assez dit combien je l'aimais,
d'avoir trop cédé à mon penchant vers la concentration
taciturne, de n'avoir pas mis à usure chaque heure qui
m'était laissée ! Oh ! si je pouvais retrouver un seul de ces
moments que je n'ai point passés à la rendre heureuse !
. . . Mais je prends à témoin son âme élue qu'elle fut
toujours au fond de mon cœur, qu'elle régna sur toute ma
vie morale comme il ne fut jamais donné à personne de
régner, qu'elle fut toujours le principe de mes tristesses et
de mes joies.

LE MARTYRE DE SAINTE BLANDINE.

La servante Blandine appartenait à une dame chrétienne,
qui sans doute l'avait initiée à la foi du Christ. Le sentiment de sa bassesse sociale ne faisait que l'exciter à égaler
ses maîtres.

La bonne servante lyonnaise avait entendu dire que les
jugements de Dieu sont le renversement des apparences
humaines, que Dieu se plaît souvent à choisir ce qu'il y a de
plus humble, de plus laid et de plus méprisé pour confondre
ce qui paraît beau et fort. Se pénétrant de son rôle, elle
appelait les tortures et brûlait de souffrir. Elle était petite,
faible de corps, si bien que les fidèles tremblaient qu'elle
ne pût résister aux tourments. Sa maîtresse surtout, qui
était du nombre des détenus, craignait que cet être débile
et timide ne fût pas capable d'affirmer hautement sa foi.
Blandine fut prodigieuse d'énergie et d'audace. Elle fatigua

les brigades de bourreaux que se succédèrent auprès d'elle
depuis le matin jusqu'au soir ; les questionnaires vaincus
avouèrent n'avoir plus de supplices pour elle, et déclarèrent
qu'ils ne comprenaient pas comment elle pouvait respirer
encore avec un corps disloqué, transpercé ; ils prétendaient
qu'un seul des tourments qu'ils lui avaient appliqués aurait
dû suffire pour la faire mourir. La bienheureuse, comme
un généreux athlète, reprenait de nouvelles forces dans l'art
de confesser le Christ. C'était pour elle un fortifiant et un
anesthésique de dire : "Je suis chrétienne ; on ne fait rien
de mal parmi nous." A peine avait elle achevé ces mots,
qu'elle paraissait retrouver toute sa vigueur, pour se présenter fraîche à de nouveaux combats.

Cette résistance héroïque irrita l'autorité romaine ; aux
tortures de la question, on ajouta celles du séjour dans une
prison qu'on rendit la plus horrible possible. On mit les
confesseurs dans des cachots obscurs et insupportables ; on
engagea leurs pieds dans les ceps en les distendant jusqu'au
cinquième trou ; on ne leur épargna aucune des cruautés
que les geôliers avaient à leur disposition pour faire souffrir
leurs victimes. Plusieurs moururent asphyxiés dans les
cachots.

Le jour de gloire vint enfin pour une partie de ces com-
battants émérites, qui fondaient par leur foi la foi de l'avenir.
Le légat fit donner exprès une de ces fêtes hideuses, con-
sistant en exhibitions de supplices et en combats de bêtes qui,
en dépit du plus humain des empereurs, étaient plus en vogue
que jamais. Ces horribles spectacles revenaient à des dates
réglées ; mais il n'était pas rare qu'on fît des exécutions
extraordinaires, quand on avait des bêtes à montrer au
peuple et des malheureux à leur livrer.

La fête se donna probablement dans l'amphithéâtre
municipal de la ville de Lyon, c'est-à-dire de la colonie
qui s'étageait sur les pentes de Fourvières.

Une foule exaspérée couvrait les gradins et appelait les chrétiens à grands cris. Maturus, Sanctus, Blandine et Attale furent choisis pour cette journée. Ils en firent tous les frais ; il n'y eut, ce jour-là, aucun de ces spectacles de gladiateurs, dont la variété avait tant d'attrait pour le peuple.

Maturus et Sanctus traversèrent de nouveau dans l'amphithéâtre toute la série des supplices, comme s'ils n'avaient auparavant rien souffert. Les instruments de ces tortures étaient comme échelonnés le long de la *spina*, et faisaient de l'arène une image du Tartare.

Rien ne fut épargné aux victimes. On débuta, selon l'usage, par une procession hideuse, où les condamnés, défilant nus devant l'escouade des belluaires, recevaient de chacun d'eux sur le dos d'affreux coups de fouet. Puis on lâcha les bêtes ; c'était le moment le plus émouvant de la journée. Les bêtes ne dévoraient pas tout de suite les victimes ; elles les mordaient, les traînaient ; leurs dents s'enfonçaient dans les chairs nues, y laissaient des traces sanglantes. A ce moment, les spectateurs devenaient fous de plaisir. Les interpellations s'entre-croisaient sur les gradins de l'amphithéâtre. Ce qui faisait, en effet, l'intérêt du spectacle antique, c'est que le public y intervenait. Comme dans les combats de taureaux en Espagne, l'assistance commandait, réglait les incidents, jugeait des coups, décidait de la mort ou de la vie. L'exaspération contre les chrétiens était telle qu'on réclamait contre eux les supplices les plus terribles. La chaise de fer rougie au feu était peut-être ce que l'art du bourreau avait créé de plus infernal ; Maturus et Sanctus y furent assis. Une repoussante odeur de chair rôtie remplit l'amphithéâtre et ne fit qu'enivrer ces furieux. La fermeté des deux martyrs était admirable. On ne put tirer de Sanctus qu'un seul mot, toujours le même : " Je suis chrétien ! " Les deux martyrs semblaient ne pouvoir mourir ; les bêtes, d'un autre côté, paraissaient les éviter ; on fut obligé, pour en finir, de leur donner le coup de grâce, comme on faisait pour les bestiaires et les gladiateurs.

Blandine, pendant tout ce temps, était suspendue à un poteau et exposée aux bêtes, qu'on excitait à la dévorer. Elle ne cessait de prier, les yeux élevés au ciel. Aucune bête, ce jour-là, ne voulut d'elle. Ce pauvre petit corps nu, exposé à des milliers de spectateurs, dont la curiosité n'était retenue que par l'étroite ceinture que la loi voulait qu'on laissât aux actrices et aux condamnées, n'excita, paraît-il, chez les assistants aucune pitié ; mais il prit pour les autres · martyrs une signification mystique. Le poteau de Blandine leur parut la croix de Jésus ; le corps de leur amie, éclatant par sa blancheur à l'autre extrémité de l'amphithéâtre, leur rappela celui du Christ crucifié. La joie de voir ainsi l'image du doux agneau de Dieu les rendait insensibles. Blandine, à partir de ce moment, fut Jésus pour eux. Dans les moments d'atroces souffrances, un regard jeté vers leur sœur en croix les remplissait de joie et d'ardeur.

Blandine, attachée à son poteau, attendait toujours vainement la dent de quelque bête. On la détacha et on la ramena au dépôt, pour qu'elle servît une autre fois au divertissement du peuple.

Blandine et un jeune homme de quinze ans, nommé Ponticus, furent réservés pour le dernier jour. Ils furent témoins de toutes les épreuves des autres, et rien ne les ébranla. Chaque jour, on tentait sur eux un effort suprême : on cherchait à les faire jurer par les dieux : ils s'y refusaient avec dédain. Le peuple, extrêmement irrité, ne voulut écouter aucun sentiment de pudeur ni de pitié. On fit épuiser à la pauvre fille et à son jeune ami tout le cycle hideux des supplices de l'arène ; après chaque épreuve, on leur proposait de jurer. Blandine fut sublime. Elle n'avait jamais été mère ; cet enfant torturé à côté d'elle devint son fils, enfanté dans les supplices. Uniquement attentive à lui,

elle le suivait à chacune de ses étapes de douleur, pour
l'encourager et l'exhorter à persévérer jusqu'à la fin.   Les
spectateurs voyaient ce manège et en étaient frappés.
Ponticus expira après avoir subi au complet la série des
tourments.

De toute la troupe sainte, il ne restait plus que Blandine,
Elle triomphait et ruisselait de joie.   Elle s'envisageait
comme une mère qui a vu proclamer vainqueurs tous ses
fils, et les présente au Grand Roi pour être couronnés.
Cette humble servante s'était montrée l'inspiratrice de
l'héroïsme de ses compagnons ; sa parole ardente avait été
le stimulant qui maintint les nerfs débiles et les cœurs
défaillants.   Aussi s'élança-t-elle dans l'âpre carrière des
tortures que ses frères avaient parcourue, comme s'il se fût
agi d'un festin nuptial.   L'issue glorieuse et proche de
toutes ces épreuves la faisait sauter de plaisir.   D'elle-même,
elle alla se placer au bout de l'arène, pour ne perdre aucune
des parures que chaque supplice devait graver sur sa chair.
Ce fut d'abord une flagellation cruelle, qui déchira ses
épaules.   Puis on l'exposa aux bêtes, qui se contentèrent de
la mordre et de la traîner.   L'odieuse chaise brûlante ne
lui fut pas épargnée.   Enfin on l'enferma dans un filet, et
on l'exposa à un taureau furieux.   Cet animal, la saisissant
avec ses cornes, la lança plusieurs fois en l'air et la laissa
retomber lourdement.   Mais la bienheureuse ne sentait plus
rien, elle jouissait déjà de la félicité suprême, perdue qu'elle
était dans ses entretiens intérieurs avec Christ.   Il fallut
l'achever, comme les autres condamnés.   La foule finit par
être frappée d'admiration.   En s'écoulant, elle ne parlait
que de la pauvre esclave.   "Vrai, se disaient les Gaulois,
jamais, dans nos pays, on n'avait vu une femme tant
souffrir ! "

LE PAYS NATAL.

Quelle joie pour moi, Messieurs, de revoir mon cher Bréhat en si bonne et si joyeuse compagnie ! Voilà près de soixante ans que je vis votre chère petite île pour la première fois. Ma tante Périne, la sœur de mon père, si vivante, si gaie, demeurait là-bas, à Nord-en-Gall. Les familles Ollivier, Guyomar, Barach, Petitbon, et aussi le curé d'alors étaient pour moi pleins de bonté. Dix ans après, le curé ne me comprenait plus beaucoup. Il me voyait lire toute la journée, il ne savait pas bien où cela me mènerait. Votre île était charmante alors, et ce que je viens de voir tout à l'heure me prouve qu'elle n'a rien perdu depuis. Les mœurs étaient d'une extrême civilité. C'était comme, dans l'Odyssée, l'île des Phéaciens, une Sckérie bretonne ; il n'y avait presque que des femmes dans l'île, les hommes étant presque toujours en mer. Cela avait créé des habitudes de vie tout à fait aimables. La propreté était exquise ; chaque maison était un petit musée, le mari tenant à honneur de rapporter à la maison les curiosités des pays où il avait été. Des marins de distinction se prenaient de goût pour l'île, et venaient y mourir.

Chaque année, je venais ainsi avec ma mère voir ma tante Périne, qui m'aimait beaucoup ; car elle trouvait que je ressemblais à mon père. J'ai formé ici, sur vos rochers, bien des plans, rêvé bien des rêves, dont j'ai réalisé un tiers ou un quart. C'est beaucoup ; je m'estime heureux ; je me place parmi les privilégiés de la vie. J'étais autrefois plus triste qu'à présent ; car j'avais peur de mourir jeune (malheur qui désormais ne m'arrivera pas) et de ne pouvoir produire au dehors ce que j'avais dans l'esprit. Oh ! certes, si je vivais longtemps encore, j'aurais de quoi faire ; j'ai des projets de travail pour trois ou quatre vies.

Je voudrais composer une histoire d'Athènes presque jour par jour. Je voudrais écrire une histoire de Bretagne en six volumes. Je voudrais apprendre le chinois et reprendre avec critique toutes les questions relatives à l'histoire et à la littérature chinoises, etc. Je ne ferai rien de tout cela. Mais, après tout, d'autres le feront mieux que moi ; j'ai fait ce à quoi je tenais le plus, et peut-être aurai-je encore quelques années pour m'amuser un peu. Je rêve quelquefois comme assez heureuse une période de demi-assoupissement, où, ayant donné ma démission de l'Académie des Inscriptions et Belles-Lettres, je ne lirais que des romans, des romans modernes, le roman du jour. Enfin, je suis heureux d'avoir encore gardé la force de continuer des travaux assez difficiles. Il y a une foule de choses que j'aurais voulu savoir et que je ne saurai jamais. Mais pourquoi reprocher à la nature ce qu'elle nous a refusé ? J'ai traversé le monde à un moment intéressant, et, après tout, je l'ai bien vu. L'humanité fera après moi des choses surprenantes, je peux bien me reposer content durant toute l'éternité.

Or, si j'ai gardé la gaieté, le sentiment du devoir, le vif goût des choses, je l'attribue à la grande bonté que j'ai toujours trouvée autour de moi. Dès ma naissance, j'ai été entouré de gens excellents. Notre famille, nos amis avaient pour moi une grande affection ; j'étais très aimé de mes maîtres ; mais ici je m'arrête . . . mes anciens maîtres, de bien honnêtes gens, ne veulent pas que je parle d'eux ; ils se fâchent quand je leur suis reconnaissant. Oh ! je le serai tout de même. . . . Je garderai jusqu'à la fin la foi, la certitude, l'illusion, si l'on veut, que la vie est un fruit savoureux. Ceux qui la comparent à la rose de Jéricho, qu'on trouve en la froissant pleine de cendre, mettent leur propre faute sur le compte de la nature. Il ne fallait pas la froisser ; une rose est faite pour être sentie, admirée, non pour être froissée. Il n'y a pas une créature humaine à qui j'en veuille.

A la grâce de Dieu ! . . . Je ne crois pas que le pessimisme fleurisse jamais en Bretagne. Notre vie, notre nature sont quelque chose de petit, mais d'aimable. Pour moi, j'ai gardé le goût de la vie ; c'est une bonne aventure ; je ne demanderais pas mieux que de recommencer.

A quelques lieues d'ici, il y a un bon pays, le pays de Goëlo (l'ancienne Golovia), où il y avait encore, il y a cinquante ans, des Renan sans nombre. C'étaient des gens pauvres, de bonne race, obstinés, bien portants, peu blasés, nullement usés par la littérature. Ah ! s'ils eussent été riches, instruits, je ne serais pas de ce monde. Ces bonnes gens ne m'ont pas laissé grande fortune ; mais ils m'ont donné contentement qui passe richesse ; ils m'ont légué leurs vieilles économies de vie ; je pense pour eux. J'ai été sauvé par leur pauvreté, par leur ignorance. Cela me fait quelquefois concevoir des doutes sur la nécessité de l'instruction primaire à outrance. Mais ces doutes, je les chasse. Le trésor d'ignorance, ou plutôt de conscience dormante, nécessaire à la conservation de l'humanité, se défendra de lui-même. L'ignorance, la mauvaise herbe, n'a pas besoin d'être cultivée. Seulement, la mauvaise herbe a du bon aussi. C'est le gazon que tapisse le monde, et le garde toujours vert.

GUSTAVE FLAUBERT.

GUSTAVE FLAUBERT was born in 1820. He studied medicine and received his degree without ever practising. He is considered as the father of the Naturalist School. For more than ten years he worked at his novel, *Madame Bovary*, the publication of which made him famous at once.

It is a study of provincial life which reminds one of Balzac, but Flaubert's style is very superior to that of this great writer.

After a journey to Carthagène and Tunis, Gustave Flaubert published *Salammbô*, a novel which also created a great sensation. The vigor of the drawing, and the wonderful skill in description are very remarkable. His last popular work, *l'École Sentimentale*, is rather long and the plot undefined. *La Tentation de Saint-Antoine* belongs to fantastic romance ; it is a masterpiece of its kind.

After Flaubert's death, *Bouvard et Pécuchet* was published. It is not well balanced, has no plot whatever, and contains too many indigested scientific theories.

Though Flaubert's works are few, he stands among the first writers of this period. He was the first to introduce the theory of "l'art pour l'art," art for the sake of art, which he himself carried to extremes. But the consequence of it is that his style is extremely finished and elegant, as pure and as correct as anything written by the best authors of the 17th century.

Flaubert has an extraordinary power of imagination and a singularly satirical criticism of life, which does not include, however, romance and poetical sentiment.

LE VOILE DE TANIT.

[Le chef des mercenaires, Mâtho, aime passionnément Salammbô, fille d'Hamilcar. Aidé de l'ancien esclave Spendius, il pénètre dans le temple de Tanit et y dérobe le Zaïmph, le voile sacré protecteur de Carthage, dont la possession doit le rendre tout-puissant et le rapprocher de Salammbô.]

Quand ils furent sortis des jardins, Spendius et Mâtho se trouvèrent arrêtés par l'enceinte de Mégara. Mais ils découvrirent une brèche dans la grosse muraille et passèrent.

Le terrain descendait, formant une sorte de vallon très large.   C'était une place découverte.

—Écoute, dit Spendius, il y a dans le sanctuaire de Tanit un voile mystérieux, tombé du ciel, et qui recouvre la déesse.

—Je le sais, dit Mâtho.

Spendius reprit :

—Il est divin lui-même, car il fait partie d'elle.   Les dieux résident où se trouvent leurs simulacres.   C'est parce que Carthage le possède, que Carthage est puissante.   Alors se penchant à son oreille : " Je t'ai emmené avec moi pour le ravir ! "

Mâtho recula d'horreur.

—Va-t'en ! cherche quelque autre !   Je ne veux pas t'aider dans cet exécrable forfait.

— Mais Tanit est ton ennemie, répliqua Spendius ; elle te persécute et tu meurs de sa colère.   Tu t'en vengeras.   Elle t'obéira.   Tu deviendras presque immortel et invincible.

Une envie terrible dévorait Mâtho.   Il aurait voulu, en s'abstenant du sacrilège, posséder le voile.   Il se disait que peut-être on n'aurait pas besoin de le prendre pour en accaparer la vertu.   Il n'allait point jusqu'au fond de sa pensée, s'arrêtant sur la limite où elle l'épouvantait.

—Marchons ! dit-il ; et ils s'éloignèrent d'un pas rapide, côte à côte, sans parler.

Le terrain remonta, et les habitations se rapprochèrent. Ils tournaient dans les rues étroites, au milieu des ténèbres. Des lambeaux de sparterie fermant les portes battaient contre les murs.   Sur une place, des chameaux ruminaient devant des tas d'herbes coupées.   Puis ils passèrent sous une galerie que recouvraient des feuillages.   Un troupeau de chiens aboya.   Mais l'espace tout-à-coup s'élargit, et ils reconnurent la face occidentale de l'Acropole.   Au bas de Byrsa s'étalait une longue masse noire : c'était le temple de Tanit, ensemble de monuments et de jardins, de cours et d'avant-cours, bordé par un petit mur de pierres sèches. Spendius et Mâtho le franchirent.

Cette première enceinte renfermait un bois de platanes par précaution contre la peste et l'infection de l'air. Ça et là étaient disséminées des tentes où l'on vendait pendant le jour des pâtes épilatoires, des parfums, des vêtements, des gâteaux en forme de lune, et des images de la Déesse avec des représentations du temple, creusées dans un bloc d'albâtre.

Ils n'avaient rien à craindre, car les nuits où l'astre ne paraissait pas on suspendait tous les rites ; cependant Mâtho se ralentissait : il s'arrêta devant les trois marches d'ébène qui conduisaient à la seconde enceinte.

— Avance ! dit Spendius.

Des grenadiers, des amandiers, des cyprès et des myrtes, immobiles comme des feuillages de bronze, alternaient régulièrement ; le chemin, pavé de cailloux bleus, craquait sous les pas, et des roses épanouies pendaient en berceau sur toute la longueur de l'allée. Ils arrivèrent devant un trou ovale, abrité par une grille. Alors Mâtho, que ce silence effrayait, dit à Spendius :

— C'est ici qu'on mélange les Eaux douces avec les Eaux amères.

— J'ai vu tout cela, reprit l'ancien esclave, en Syrie, dans la ville de Maphug ; et, par un escalier de six marches d'argent, ils montèrent dans la troisième enceinte.

Un cèdre énorme en occupait le milieu. Les branches les plus basses disparaissaient sous des bribes d'étoffes et des colliers qu'y avaient appendus les fidèles. Ils firent encore quelques pas, et la façade du temple se déploya.

Deux longs portiques, dont les architraves reposaient sur des piliers trapus, flanquaient une tour quadrangulaire, ornée à sa plate-forme par un croissant de lune. Sur les angles des portiques et aux quatre coins de la tour s'élevaient des vases pleins d'aromates allumés. Des grenades et des coloquintes chargeaient les chapiteaux. Des entrelacs, des losanges, des lignes de perles s'alternaient sur les murs, et une haie en filigrane d'argent formait un large demi-cercle devant l'escalier d'airain qui descendait du vestibule.

La première chambre était très haute ; d'innombrables ouvertures perçaient sa voûte ; en levant la tête, on pouvait voir les étoiles. Tout autour de la muraille, dans des corbeilles de roseau, s'amoncelaient des barbes et des chevelures, prémices des adolescences.

Puis ils se retrouvèrent à l'air libre, dans un corridor transversal, où un autel de proportions exigües s'appuyait contre une porte d'ivoire. On n'allait point au-delà ; les prêtres seuls pouvaient l'ouvrir ; car un temple n'était pas un lieu de réunion pour la multitude, mais la demeure particulière d'une divinité.

— L'entreprise est impossible, disait Mâtho. Tu n'y avais pas songé ! Retournons ! Spendius examinait les murs.

Il voulait le voile, non qu'il eût confiance en sa vertu (Spendius ne croyait qu'à l'Oracle), mais persuadé que les Carthaginois, s'en voyant privés, tomberaient dans un grand abattement. Pour trouver quelque issue, ils firent le tour par derrière.

On apercevait, sous des bosquets de térébinthe, des édicules de forme différente. De grands cerfs erraient tranquillement, poussant de leurs pieds fourchus des pommes de pin tombées.

Ils revinrent sur leurs pas entre deux longues galeries qui s'avançaient parallèlement. De petites cellules s'ouvraient au bord. Des tambourins et des cymbales étaient accrochés du haut en bas de leurs colonnes de cèdre. Des femmes dormaient en dehors des cellules, étendues sur des nattes.

Leurs corps, tout gras d'onguents, exhalaient une odeur d'épices et de cassolettes éteintes ; elles étaient si couvertes de tatouages, de colliers, d'anneaux, de vermillon et d'antimoine, qu'on les eût prises, sans le mouvement de leur poitrine, pour des idoles ainsi couchées par terre. Des lotus entouraient une fontaine, où nageaient des poissons pareils à ceux de Salammbô ; puis au fond, contre la muraille du temple, s'étalait une vigne dont les sarments étaient de verre et les grappes d'émeraude : les rayons des pierres précieuses se faisaient des jeux de lumière, entre les colonnes peintes, sur les visages endormis.

Mâtho suffoquait dans la chaude atmosphère que rabattaient sur lui les cloisons de cèdre. Tous ces symboles, ces parfums, ces rayonnements, ces haleines l'accablaient. A travers les éblouissements mystiques, il songeait à Salammbô. Elle se confondait avec la Déesse elle-même, et son amour s'en dégageait plus fort, comme les grands lotus qui s'épanouissaient sur la profondeur des eaux.

Le temple était, de ce côté comme de l'autre, impénétrable. Ils revinrent derrière la première chambre.

Spendius remarqua au-dessus de la porte une ouverture étroite.

—Lève-toi ! dit-il à Mâtho, et il le fit s'adosser contre le mur, tout debout. Alors, posant un pied dans ses mains, puis un autre sur sa tête, il parvint jusqu'à la hauteur du soupirail, s'y engagea et disparut. Puis Mâtho sentit tomber sur son épaule une corde à nœuds, celle que Spendius avait enroulée autour de son corps avant de s'engager dans les citernes ; et s'y appuyant des deux mains, bientôt il se trouva près de lui dans une grande salle pleine d'ombre.

De pareils attentats étaient une chose extraordinaire. L'insuffisance des moyens pour les prévenir témoignait assez qu'on les jugeait impossibles. La terreur, plus que les murs, défendait les sanctuaires. Mâtho, à chaque pas, s'attendait à mourir.

Ils errèrent, perdus dans les complications de l'architecture. Tout à coup, ils sentirent sous leurs pieds quelque chose d'une douceur étrange. Des étincelles pétillaient, jaillissaient ; ils marchaient dans du feu. Spendius tâta le sol et reconnut qu'il était soigneusement tapissé avec des peaux de lynx ; puis il leur sembla qu'une grosse corde mouillée, froide et visqueuse, glissait entre leurs jambes. Des fissures, taillées dans la muraille, laissaient tomber de minces rayons blancs. Ils s'avançaient à ces lueurs incertaines. Enfin ils distinguèrent un grand serpent noir. Il s'élança vite et disparut.

— Fuyons ! s'écria Mâtho. C'est elle ! je la sens ; elle vient.

— Eh non ! répondit Spendius, le temple est vide.

Alors une lumière éblouissante leur fit baisser les yeux. Puis ils aperçurent tout à l'entour une infinité de bêtes, efflanquées, haletantes, hérissant leurs griffes, et confondues les unes par dessus les autres dans un désordre mystérieux qui épouvantait.

— Et le voile ? dit Spendius.

Nulle part on ne l'apercevait. Où donc se trouvait-il ? Comment le découvrir ? Et si les prêtres l'avaient caché ? Mâtho éprouvait un déchirement au cœur et comme une déception dans sa foi.

— Par ici ! chuchota Spendius. Une inspiration le guidait. Il entraîna Mâtho derrière le char de Tanit, où une fente. large d'une coudée, coupait la muraille du haut en bas.

Alors ils pénétrèrent dans une petite salle toute ronde, et si élevée qu'elle ressemblait à l'intérieur d'une colonne. Il y avait au milieu une grosse pierre noire à demi sphérique, comme un tambourin ; des flammes brûlaient dessus ; un cône d'ébène se dressait par derrière, portant une tête et deux bras.

Mais au-delà on aurait dit un nuage où étincelaient des étoiles ; des figures apparaissaient dans les profondeurs de ses plis : Eschmoûn avec les Kabires, quelques-uns des monstres déjà vus, les bêtes sacrées des Babyloniens, puis d'autres qu'ils ne connaissaient pas. Cela passait comme un manteau sous le visage de l'idole, et remontant étalé sur le mur, s'accrochait par les angles, tout à la fois bleuâtre comme la nuit, jaune comme l'aurore, pourpre comme le soleil, nombreux, diaphane, étincelant, léger. C'était là le manteau de la déesse, le zaïmph saint que l'on ne pouvait voir.

Ils pâlirent l'un et l'autre.

— Prends-le ! dit enfin Mâtho.

Spendius n'hésita pas ; et, s'appuyant sur l'idole, il décrocha le voile, qui s'affaissa par terre. Mâtho posa la main dessus ; puis il entra sa tête par l'ouverture, puis il s'enveloppa le corps, et il écartait les bras pour le mieux contempler.

—Partons ! dit Spendius.

Mâtho, en haletant, restait les yeux fixés sur les dalles.

Tout à coup il s'écria :

— Mais si j'allais chez elle ? Je n'ai plus peur de sa beauté ! Que pourrait-elle faire contre moi ? Me voilà plus qu'un homme, maintenant. Je traverserais les flammes, je marcherais dans la mer ! Un élan m'emporte ! Salammbô ! Salammbô ! je suis ton maître !

Sa voix tonnait. Il semblait à Spendius de taille plus haute et transfiguré.

Un bruit de pas se rapprocha, une porte s'ouvrit et un homme apparut, un prêtre, avec son haut bonnet et les yeux écarquillés. Avant qu'il eût fait un geste, Spendius s'était précipité, et l'étreignant à pleins bras, lui avait enfoncé dans les flancs ses deux poignards. La tête sonna sur les dalles.

Puis immobiles comme le cadavre, ils restèrent pendant quelque temps à écouter. On n'entendait que le murmure du vent par la porte entr'ouverte.

Elle donnait sur un passage resserré. Spendius s'y engagea, Mâtho le suivit, et ils se trouvèrent presque immédiatement dans la troisième enceinte, entre les portiques latéraux où étaient les habitations des prêtres.

Derrière les cellules il devait y avoir pour sortir un chemin plus court. Ils se hâtèrent.

Spendius, s'accroupissant au bord de la fontaine, lava ses mains sanglantes. Les femmes dormaient. La vigne d'émeraude brillait. Ils se remirent en marche.

Ils prirent par la rue des Tanneurs, la place de Muthumbal, le marché aux herbes et carrefour de Cynasyn. A l'angle d'un mur, un homme se recula, effrayé par cette chose étincelante qui traversait les ténèbres.

— Cache le zaïmph ! dit Spendius.

D'autres gens les croisèrent ; mais ils n'en furent pas aperçus.

Mâtho, cependant, répétait :

— Où est-elle ? je veux la voir ! Conduis-moi !

— C'est une démence ! disait Spendius. Elle appellera, ses esclaves accourront, et malgré ta force, tu mourras !

Ils atteignirent ainsi l'escalier des galères. Mâtho leva la tête, et il crut apercevoir, tout en haut, une vague clarté rayonnante et douce, Spendius voulut le retenir. Il s'élança sur les marches.

En se retrouvant aux places où il l'avait déjà vue, l'intervalle des jours écoulés s'effaça dans sa mémoire. Tout à l'heure elle chantait entre les tables ; elle avait disparu, et depuis lors il montait continuellement cet escalier. Le ciel, sur sa tête, était couvert de feux ; la mer emplissait l'horizon ; à chacun de ses pas une immensité plus large l'entourait, et il continuait à gravir avec l'étrange facilité que l'on éprouve dans les rêves.

Le dernier étage, plus étroit, formait comme un dé sur le sommet des terrasses.   Mâtho en fit le tour lentement.

Une lumière laiteuse emplissait les feuilles de talc qui bouchaient les petites ouvertures de la muraille ; et, symétriquement disposées, elles ressemblaient dans les ténèbres à des rangs de perles fines.   Il reconnut la porte rouge à croix noire.   Les battements de son cœur redoublèrent.   Il aurait voulu s'enfuir.   Il poussa la porte ; elle s'ouvrit.

Une lampe en forme de galère brûlait suspendue dans le lointain de la chambre ; et trois rayons, qui s'échappaient de sa carène d'argent, tremblaient sur les hauts lambris, couverts d'une peinture rouge à bandes noires.   Le plafond était un assemblage de poutrelles, portant au milieu de leur dorure des améthystes et des topazes dans les nœuds du bois.   Sur les deux grands côtés de l'appartement, s'allongeait un lit très bas fait de courroies blanches ; et des cintres, pareils à des coquilles, s'ouvraient au-dessus, dans l'épaisseur de la muraille, laissant déborder quelque vêtement qui pendait jusqu'à terre.

Une marche d'onyx entourait un bassin ovale ; de fines pantoufles en peau de serpent étaient restées sur le bord avec une buire d'albâtre.   La trace d'un pas humide s'apercevait au delà.   Des senteurs exquises s'évaporaient.

Mâtho effleurait les dalles incrustées d'or, de nacre et de verre, et malgré la polissure du sol, il lui semblait que ses pieds enfonçaient comme s'il eût marché dans des sables.

Il avait aperçu derrière la lampe d'argent un grand carré d'azur se tenant en l'air par quatre cordes qui remontaient, et il s'avançait, les reins courbés, la bouche ouverte.

Des ailes de phénicoptères, emmanchées à des branches
de corail noir, traînaient parmi les coussins de pourpre
et les étrilles d'écaille, les coffrets de cèdre, les spatules
d'ivoire.   A des cornes d'antilope étaient enfilés des
bagues, des bracelets, et des vases d'argile rafraîchissaient
au vent, dans la fente du mur, sur un treillage de roseaux.
Plusieurs fois il se heurta les pieds, car le sol avait des
niveaux de hauteur inégale qui faisaient dans la chambre
comme une succession d'appartements.   Au fond, des
balustres d'argent entouraient un tapis semé de fleurs peintes.
Enfin il arriva contre le lit suspendu, près d'un escabeau
d'ébène servant à y monter.

Mais la lumière s'arrêtait au bord ; — et l'ombre, telle
qu'un grand rideau, ne découvrait qu'un angle du matelas
rouge avec le bout d'un petit pied nu posant sur la cheville.
Alors Mâtho tira la lampe, tout doucement.

Elle dormait la joue dans une main et l'autre bras déplié.
Les anneaux de sa chevelure se répandaient autour d'elle si
abondamment, qu'elle paraissait couchée sur des plumes
noires, et sa large tunique blanche se courbait en molles
draperies, jusqu'à ses pieds, suivant les inflexions de sa
taille.   On apercevait un peu ses yeux, sous ses paupières
entre-closes.   Les courtines, perpendiculairement tendues,
l'enveloppaient d'une atmosphère bleuâtre, et le mouvement
de sa respiration, en se communiquant aux cordes, semblait
la balancer dans l'air.

Salammbô, éveillée par Mâtho, le repousse avec horreur, appelle au
secours, donne l'alarme.

Un grand tumulte monta en ébranlant les escaliers, et
un flot de monde, des femmes, des valets, des esclaves,
s'élancèrent dans la chambre avec des épieux, des casse-tête,
des coutelas, des poignards.   Ils furent comme paralysés
d'indignation en apercevant un homme ; les servantes

poussaient le hurlement des funérailles, et les eunuques pâlissaient sous leur peau noire.

Mâtho se tenait derrière les balustres. Avec le zaïmph qui l'enveloppait, il semblait un dieu sidéral tout environné du firmament. Les esclaves s'allaient jeter sur lui. Salammbô les arrêta.

— N'y touchez pas ! C'est le manteau de la Déesse !

Elle s'était reculée dans un angle ; mais elle fit un pas vers lui, et, allongeant son bras nu :

— Malédiction sur toi qui as dérobé Tanit ! Haine, vengeance, massacre et douleur ! Que Gurzil, dieu des batailles, te déchire ! que Mastiman, dieu des morts, t'étouffe ! et que l'Autre, — celui qu'il ne faut pas nommer — te brûle !

Mâtho poussa un cri comme à la blessure d'une épée. Elle répéta plusieurs fois : — Va-t'en ! va-t'en !

Le soleil s'était levé ; et, comme un lion qui s'éloigne, Mâtho descendait les chemins, en jetant autour de lui des yeux terribles.

Du fond des Mappales, des hauteurs de l'Acropole, des catacombes, des bords du lac, la multitude accourut. Les patriciens sortaient de leur palais, les vendeurs de leurs boutiques ; les femmes abandonnaient leurs enfants ; on saisit des épées, des haches, des bâtons ; mais l'obstacle qui avait empêché Salammbô les arrêta. Comment reprendre le voile ? Sa vue seule était un crime ; il était de la nature des dieux et son contact faisait mourir.

Sur le péristyle des temples, les prêtres désespérés se tordaient les bras. Les gardes de la Légion galopaient au hasard ; on montait sur les maisons, sur les terrasses, sur l'épaule des colosses et dans la mâture des navires. Il s'avançait cependant, et à chacun de ses pas la rage augmentait, mais la terreur aussi. Les rues se vidaient à son approche, et ce torrent d'hommes qui fuyaient rejaillissait des deux côtés jusqu'au sommet des murailles. Il ne dis-

tinguait partout que des yeux grands ouverts comme pour
le dévorer, des dents qui claquaient, des poings tendus, et les
imprécations de Salammbô retentissaient en se multipliant.

Tout à coup, une longue flèche siffla, puis une autre, et
des pierres ronflaient ; mais les coups, mal dirigés (car on
avait peur d'atteindre le zaïmph), passaient au-dessus de sa
tête.   D'ailleurs, se faisant du voile un bouclier, il le tendait
à droite, à gauche, devant lui, par derrière ; et ils n'imagi-
naient aucun expédient.   Il marchait de plus en plus vite,
s'engageant par les rues ouvertes.   Elles étaient barrées par
des cordes, des chariots, des pièges ; à chaque détour il
revenait en arrière.   Enfin il entra sur la place de Khamon,
où les baléares avaient péri ; Mâtho s'arrêta, pâlissant comme
quelqu'un qui va mourir.   Il était bien perdu cette fois ; la
multitude battait des mains.

Il courut jusqu'à la grande porte fermée.   Elle était très
haute, tout en cœur de chêne, avec des clous de fer et dou-
blée d'airain.   Mâtho se jeta contre.   Le peuple trépignait
de joie, voyant l'impuissance de sa fureur ; alors il prit sa
sandale, cracha dessus et en souffleta les panneaux immobiles.   La ville entière hurla.   On oubliait le voile maintenant,
et ils allaient l'écraser.   Mâtho promena sur la foule de
grands yeux vagues.   Ses tempes battaient à l'étoudir ; il se
sentait envahi par l'engourdissement des gens ivres.   Tout
à coup il aperçut la longue chaîne que. l'on tirait pour ma-
nœuvrer la bascule de la porte.   D'un bond il s'y cramponna,
en roidissant les bras, en s'arc-boutant des pieds ; et, à la
fin, les battants énormes s'entr'ouvrirent.

Quand il fut dehors, il retira de son cou le grand zaïmph
et l'éleva sur sa tête le plus haut possible.   L'étoffe, soutenue
par le vent de la mer, resplendissait au soleil avec ses couleurs, ses pierreries et la figure de ses dieux.   Mâtho, le
portant ainsi, traversa toute la plaine jusqu'aux tentes des
soldats, et le peuple, sur les murs, regardait s'en aller la
fortune de Carthage.

EDMOND ET JULES DE GONCOURT.

EDMOND DE GONCOURT, the elder of the two brothers, was born in 1822, and Jules in 1832. They published together *Le Salon de 1852, La Société française pendant la Révolution et le Directoire, La Révolution dans les Mœurs, Histoire de Marie-Antoinette, La Femme au XVIIIe siècle, Portraits intimes du XIXe siècle, Idées et Sensations,* and many novels such as : *Charles Demailly, Manette, Salomon, Renée Mauperin, Germinie Lacerteux, La Fille Élisa.* JULES DE GONCOURT died in 1870.

The first works of the two brothers are remarkable for their historical interest, as well as for their high literary value. They have reconstituted the history of the society and the art of the 18th century with an unparalleled wealth of documents which they have used with singular acuteness and delicacy of perception.

The Goncourts belong to the class of literary artists who disdain the great public and shut themselves up in the domain of their æsthetic dreams. Their aristocratic attitude is a peculiar feature of modern French literature.

The style of the brothers de Goncourt is strangely complex and refined ; they seem to be exasperated artists who write for artists alone, seeking the precise and rare notation of artistic sensations.

The influence of the Goncourts on contemporary French prose has been and is still immense ; they can be looked upon as revealers of beauty and dispensers of æsthetic ecstasy. They are the worthy successors of Gustave Flaubert, and have much contributed to the evolution of imaginative literature towards simplicity and truth.

RENÉE MAUPERIN.

Naissance de Renée Mauperin.

Ainsi refoulées, longuement amassées et concentrées, toutes les tendresses de M. Mauperin allèrent au berceau de la nouvelle venue qu'il avait appelée Renée, du nom lorrain de sa mère. Il passait ses journées avec sa petite Renée en bêtises divines. A tout moment, il lui ôtait son bonnet pour voir ses petits cheveux de soie. Il lui apprenait de petites grimaces qui le ravissaient. Il lui montrait à faire voir sa graisse en pinçant avec ses petits doigts la chair de ses petites cuisses. Il se couchait à côté d'elle sur le tapis où elle se roulait à demi-nue, avec la joie inconsciente des enfants. La nuit, il se relevait pour la regarder dormir, et passait des heures à écouter ce premier souffle de la vie pareil à l'haleine d'une fleur. Quand elle s'éveillait, il venait lui prendre son premier sourire, ce sourire des petites filles qui sort de la nuit comme d'un paradis. Son bonheur, à tout instant, se fondait en délices : il lui semblait aimer un petit ange.

Quelles joies il avait avec elle à Morimond ! Il la traînait autour de la maison, dans une petite voiture, et, à chaque pas, il se retournait pour la voir, criant à force de rire, du soleil sur la joue, son petit pied rose, souple et tordu, dans sa main. Ou bien il l'emportait dans ses promenades. Il allait jusqu'au village, faisait envoyer par l'enfant des baisers au gens qui le saluaient, entrait chez un fermier auquel il montrait les belles quenottes de sa fille. Dans la route, souvent l'enfant s'endormait dans ses bras comme dans les bras d'une nourrice.

D'autres fois, il l'emmenait dans la forêt, et là, sous les arbres pleins de rouges-gorges et de rossignols, à ces heures de la fin du jour où il y a des voix dans les bois au-dessus des chemins, il ressentait d'ineffables douceurs à entendre son enfant, pénétrée de tout ce bruit dans lequel il marchait, chercher des sons, murmurer, bégayer comme pour répondre aux oiseaux et parler au ciel qui chantait.

Mort de Renée.

Aux murs, le papier montrait des bouquets dénoués, des blés, des bluets, des coquelicots. Au plafond, un ciel était peint, léger, matinal, plein de vapeurs. Entre la porte et la fenêtre, un prie-Dieu en bois sculpté, avec un coussin en tapisserie, avait comme une place amie, familière et discrète dans un coin; au-dessus, brillait à contre-jour un bénitier en cuivre qui représentait le baptême de Jésus par Saint-Jean. A l'angle opposé, une petite étagère suspendue au mur avec des cordons de soie, laissant voir des dos de livres penchés l'un sur l'autre, et des cartonnages en toile d'ouvrages anglais. Devant la fenêtre encadrée de plantes grimpantes qui se rejoignaient en haut et trempaient dans la lumière le bord de leurs feuilles, un miroir garni de velours bleu posait sur une toilette à dessous de soie recouvert d'une guipure, au milieu de flacons à bouchons d'argent. La cheminée, en retour et dans un pan coupé, avait sa glace entourée du même velours tendre que le miroir de la toilette. Aux deux côtés de la glace étaient une miniature de la mère de Renée encore jeune, avec un fil de perles au cou et un daguerréotype de sa mère plus âgée. Au-dessus, un portrait de son père, en uniforme, peint par elle, et dont le cadre était incliné, semblait se pencher sur toute la chambre. Une servante de bois de rose portait, devant la cheminée, le dernier caprice de la malade: le pot à eau et la cuvette de Saxe qu'elle avait désirés. Un peu plus loin, près de la seconde fenêtre, étaient accrochés les souvenirs rapportés par Renée dans sa jupe d'amazone, ses reliques de courses et de chasse, des cravaches, un fouet des Pyrénées ; des pieds de cerfs tressés avec des rubans bleus et nacarats laissaient pendre une carte qui disaient le jour et le lieu où la bête avait été forcée. Au-delà de la fenêtre, un petit secrétaire qui avait été le secrétaire de son père à l'école militaire, avait sur sa tablette des boîtes, des paniers, les cadeaux des premiers jours de l'an passés. Le lit n'était que mousseline. Au fond et comme sous l'aile de ses rideaux, tous les livres de messe que Renée avait eus depuis son enfance, étaient rangés sur une étagère algérienne à laquelle des chapelets pendaient. Puis venait une commode, qu'encombraient mille riens, des petits ménages de poupée, des petites choses de verre, des bijoux de boutique à cinq sous, des joujoux gagnés à des loteries, jusqu'à des animaux faits en mie de pain cuite au four avec leurs quatre pattes en allumettes, tout ce petit musée d'enfantillages, que les jeunes filles font des petits morceaux de leur cœur et des miettes de leur vie.

La chambre rayonnait. Midi l'emplissait de chaleur et de clarté. Auprès du lit, sur une petite table arrangée en autel et couverte d'un linge, deux bougies brûlaient, dont les flammes palpitaient dans le jour d'or. Un silence de prière, coupé de sanglots, laissait entendre derrière la porte le pas lourd d'un prêtre de campagne s'éloignant. Puis tout se tut, et les larmes s'arrêtèrent tout à coup autour de la mourante, suspendues par un miracle de l'agonie.

En quelques minutes, la maladie, les signes et l'anxiété de la souffrance s'étaient effacés sur la figure amaigrie de Renée. Une beauté lui était venue presque soudainement, une beauté d'extase et de suprême délivrance, devant laquelle son père, sa mère, son ami étaient tombés à genoux. La douceur, la paix d'un ravissement était descendue sur elle. Un rêve semblait mollement renverser sa tête sur ses oreillers. Ses yeux, ses yeux grands ouverts, tournés en haut, paraissaient s'emplir d'infini, son regard, peu à peu, prenait la fixité des choses éternelles.

De tous ses traits se levait comme une aspiration bienheureuse. Un reste de vie, un dernier souffle tremblait au fond de sa bouche endormie, entr'ouverte et souriante. Son teint était devenu blanc. Une pâleur argentée donnait à sa peau, donnait à son front une mate splendeur. On eût dit qu'elle touchait déjà de la tête un autre jour que le nôtre ; la mort s'approchait d'elle comme une lumière.

C'était la transfiguration de ces maladies de cœur qui ensevelissent les mourantes dans la beauté de leur âme, et emportent au ciel le visage des jeunes mortes !

ÉMILE ZOLA.

ÉMILE ZOLA was born in 1840. He has been regarded as the chief of the Naturalist School, which began, as we have shown in our Introduction, with Balzac and Stendhal, had its best representatives in Flaubert and the Goncourts, and reached its highest development in 1885 with Zola.

Émile Zola is a robust and gloomy genius ; his hyperbolic vision carries him away, and makes him see humankind under an exaggerated tragic point of view. As he has very truly said himself, art is reality seen through one's temperament, and in no other writer is reality more transformed through temperament. His observation is often nothing but imagination and vision, his realism, sombre, sensual, and morbid poetry. Zola has the greatest scorn for psychology; he goes so far as to say : "Qui dit psychologue dit traître à la vérité." Man must be studied in a new scientific method, and more truth must be put into the study of characters.

Whatever may be Zola's theories and the application he has made of them, we must say that he is a splendid, wonderful constructive artist ; he has created visible and palpable beings, living in harmony with their surroundings, interesting, though often repulsive to us, by their intense vitality. As Jules Lemaître say in *Les Contemporains*, article Zola : " Il y a du Michel-Ange dans Zola ; ses figures font penser à la fresque du Jugement dernier." As a descriptive artist, he is without rival. His pictures of still-life are as animated and living as if the objects he depicts were made of blood, of flesh, of nerves and brains. His palette is full of the brightest and most varied colors, which he uses with great boldness,"à grands coups de brosse," producing a striking, gorgeous, vivid picture, in which the most delicate tints mix together with the gaudiest ones in an harmonious "ensemble."

The principal novels of Émile Zola are : *La Fortune des Rougon, La Curée, Le Ventre de Paris, La Faute de l'Abbé Mouret, L'Assommoir, Nana, Une Page d'Amour, Pot-Bouille, Au Bonheur des Dames, La Joie de Vivre, Germinal, l'Œuvre, La Terre, Le Rêve, La Bête Humaine, L'Argent, La Débâcle.*

As a critic he has written : *Mes Haines, Le Roman Expérimental, Les Romanciers Naturalistes, Le Naturalisme au Théâtre.*

———•◦•———

LA DÉBÂCLE.

[La scène se passe en 1870. Un pacifique bourgeois de Sedan, nommé Weiss, se rend à Bazeilles pour y garder sa maison de campagne. Il y est surpris par les Bavarois, et leur oppose une résistance désespérée. Sa jeune femme, Henriette, le sachant en péril, court le rejoindre.]

Le projet d'Henriette fut d'atteindre Bazeilles par ces vastes près bordant la Meuse. Pendant une centaine de mètres ce fut praticable. Ensuite elle buta contre le mur d'un jardin ; le terrain dévalait. Impossible de passer. Les petits poings se serrèrent. Elle dut se raidir de toute sa force pour ne pas fondre en larmes. Après le premier saisissement, elle longea la clôture, trouva une ruelle qui filait entre les maisons éparses. Cette fois, elle se crut sauvée, car elle connaissait ce dédale, ces bouts de sentiers enchevêtrés, dont l'écheveau aboutissait tout de même au village.

Là seulement les obus tombaient. Henriette resta figée, très pâle, dans l'assourdissement d'une effrayante détonation, dont le coup de vent l'enveloppa. Un projectile venait d'éclater devant elle, à quelques mètres. Elle tourna la tête, examina les hauteurs de la rive gauche, d'où montaient les fumées des batteries allemandes, et elle comprit, se remit en marche, les yeux fixés sur l'horizon, guettant les obus, pour les éviter. La témérité folle de sa course n'allait pas sans un grand sang-froid, toute la tranquillité brave dont sa petite âme de bonne ménagère était capable. Elle voulait ne pas être tuée, retrouver son mari, le reprendre, vivre ensemble, heureux encore. Les obus ne cessaient plus, elle filait le long des murs, se jetait derrière les bornes, profitait des moindres abris.

Comme elle tournait l'angle d'une maison, il y eut, près de son oreille, un bruit mat de plâtre, qui la firent s'arrêter net ; une balle venait d'écorner la façade, elle en restait toute pâle. Puis, avant qu'elle se fût demandé si elle avait le courage de continuer, elle reçut au front comme un coup de marteau, elle tomba sur les deux genoux étourdie. Une seconde balle, qui ricochait, l'avait effleurée un peu au-dessus du sourcil gauche, en ne laissant là qu'une forte meurtrissure. Quand elle eut porté les deux mains à son front, elle les retira rouges de sang. Mais elle avait senti le crâne solide, intact, sous les doigts ; et elle répéta tout

haut, pour s'encourager : " Ce n'est rien, ce n'est rien. . . .
Voyons, je n'ai pas peur, non je n'ai pas peur. . . ."

Et c'était vrai ; elle se releva, elle marcha dès lors parmi
les balles avec une insouciance de créature dégagée d'elle-
même, qui ne raisonne plus, qui donne sa vie. Elle ne
cherchait même plus à se protéger, allant tout droit, la tête
haute, n'allongeant le pas que dans le désir d'arriver. Les
projectiles s'écrasaient autour d'elle, vingt fois elle manqua
d'être tuée sans paraître le savoir. Sa hâte légère, son
activité de femme silencieuse, semblaient l'aider, la faire
passer si fine, si souple dans le péril, qu'elle y échappait.
Elle était enfin à Bazeilles ; elle coupa au milieu d'un
champ de luzerne pour rejoindre la route, la grande rue qui
traverse le village. Comme elle y débouchait, elle reconnut
sur la droite, à deux cents pas, sa maison qui brûlait sans
qu'on vît les flammes au grand soleil, le toit à demi effondré
déjà, les fenêtres vomissant des tourbillons de fumée
noire. Alors, un galop l'emporta, elle courut à perdre
haleine.

Weiss, son mari, s'était trouvé enfermé là, séparé des
troupes qui se repliaient. Tout de suite, le retour à Sedan
était devenu impossible, car les Bavarois, débordant par le
parc de Montivilliers, avaient coupé la ligne de retraite. Il
était seul, avec son fusil et les cartouches qui lui restaient,
lorsqu'il aperçut devant sa porte une dizaine de soldats
demeurés comme lui en arrière, isolés de leur camarades,
cherchant des yeux un abri pour vendre au moins chère-
ment leur peau. Vivement, il descendit leur ouvrir et la
maison dès lors eut une garnison, un capitaine, un caporal,
huit hommes, tous hors d'eux, enragés, résolus à ne pas se
rendre.

—Tiens ! Laurent, vous en êtes ! s'écria Weiss, surpris
de voir parmi eux un grand garçon maigre, qui tenait un
fusil ramassé à côté de quelque cadavre.

Laurent, en pantalon et en veste de toile bleue, était un garçon jardinier du voisinage, âgé d'une trentaine d'années et qui avait perdu récemment sa mère et sa femme, emportées par la même fièvre.

— Pourquoi donc que je n'en serais pas? répondit-il. Je n'ai que ma carcasse, je puis bien la donner. . . . Et puis, vous savez, ça m'amuse, à cause que je ne tire pas mal, et que ça va être drôle d'en démolir un à chaque coup de ces bougres-là !

Déjà, le capitaine et le caporal inspectaient la maison. Rien à faire du rez-de-chaussée, on se contenta de pousser les meubles contre la porte et les fenêtres, pour les barricader le plus solidement possible. Ce fut ensuite dans les trois petites pièces du premier étage et dans le grenier qu'ils organisèrent la défense, approuvant du reste les préparatifs déjà faits par Weiss, les matelas garnissant les persiennes, les meurtrières ménagées de place en place, entre les lames. Comme le capitaine se hasardait à se pencher, pour examiner les alentours, il entendait des cris, des larmes d'enfant.

— Qu'est-ce donc? demanda-t-il.

Weiss revit alors, dans la teinturerie voisine, le petit Auguste malade, la face pourpre de fièvre entre ses draps blancs, demandant à boire, appelant sa mère, qui ne pouvait plus lui répondre, gisante sur le carreau, la tête broyée. Et, à cette vision, il eut un geste douloureux, il répondit :

— Un pauvre petit dont un obus a tué la mère et qui pleure, là, à côté.

— Tonnerre ! murmura Laurent, ce qu'il va falloir leur faire payer tout ça !

Il n'arrivait encore dans la façade que des balles perdues. Weiss et le capitaine, accompagnés du garçon jardinier et de deux hommes, étaient montés dans le grenier, d'où il pouvait mieux surveiller la route. Ils la voyaient obliquement jusqu'à la place de l'Eglise. Cette place était maintenant au pouvoir des Bavarois ; mais ils n'avançaient toujours qu'avec beaucoup de peine et une extrême prudence. Au coin d'une ruelle, une poignée de fantassins les tint encore en échec pendant près d'un quart d'heure, d'un feu tellement nourri que les morts s'entassaient. Ensuite, ce fut une maison, à l'autre encoignure, dont ils durent s'emparer, avant de passer outre. Par moments, dans la fumée, on distinguait une femme, avec un fusil, tirant d'une des fenêtres. C'était la maison d'un boulanger, des soldats s'y trouvaient oubliés, mêlés aux habitants ; et, la maison prise, il y eut des cris, une effroyable bousculade roula jusqu'au mur d'en face, un flot dans lequel apparut la jupe de la femme, une veste d'homme, des cheveux blancs hérissés ; puis un feu de peloton gronda, du sang jaillit jusqu'au chaperon du mur. Les Allemands étaient inflexibles : toute personne prise les armes à la main, n'appartenant point aux armées belligé- rantes, était fusillée sur l'heure, comme coupable de s'être mise en dehors du droit des gens. Devant la furieuse résistance du village, leur colère montait, et les pertes effroyables qu'ils éprouvaient depuis bientôt cinq heures, les poussaient à d'atroces représailles. Les ruisseaux coulaient rouges, les morts barraient la route, certains carrefours n'étaient plus que des charniers, d'où s'élevaient des râles. Alors, dans chaque maison qu'ils emportaient de haute lutte, on les vit jeter de la paille enflammée ; d'autres couraient avec des torches, d'autres badigeonnaient les murs de pétrole ; et bientôt des rues entières furent en feu, Bazeilles flamba.

Cependant, au milieu du village, il n'y avait plus que la maison de Weiss, avec ses persiennes closes, qui gardait son air menaçant de citadelle, résolue à ne pas se rendre.

—Attention ! les voici ! cria le capitaine.

Une décharge, partie du grenier et du premier étage, coucha par terre trois des Bavarois qui s'avançaient, en rasant les murs. Les autres se replièrent, s'embusquèrent à tous les angles de la route ; et le siège de la maison commença, une telle pluie de balles fouetta la façade qu'on aurait dit un ouragan de grêle. Pendant près de dix minutes, cette fusillade ne cessa pas, trouant le plâtre sans faire grand mal. Mais un des hommes que le capitaine avait pris avec lui dans le grenier, ayant commis l'imprudence de se montrer à une lucarne, fut tué raide, d'une balle en plein front.

—Nom d'un chien ! un de moins ! gronda le capitaine. Méfiez-vous donc, nous ne sommes pas assez pour nous faire tuer par plaisir !

Lui-même avait pris un fusil, et il tirait, abrité derrière un volet. Mais Laurent, le garçon jardinier, faisait surtout son admiration. A genoux, le canon de son chassepot appuyé dans l'étroite fente d'une meurtrière, comme à l'affût, il ne lâchait un coup qu'en toute certitude ; et il en annonçait même le résultat à l'avance.

—Au petit officier bleu, là-bas, dans le cœur. . . . A l'autre, plus loin, le grand sec, entre les deux yeux. . . . Au gros qui a une barbe rousse et qui m'embête, dans le ventre. . . .

Et, chaque fois, l'homme tombait, foudroyé, frappé à l'endroit qu'il désignait ; et lui continuait paisiblement, ne se hâtait pas, ayant de quoi faire, disait-il, car il lui aurait fallu du temps, pour les tuer tous de la sorte, un à un.

—Ah ! si j'avais des yeux ! répétait furieusement Weiss.

Il venait de casser ses lunettes, il en était désespéré. Son binocle lui restait, mais il n'arrivait pas à le faire tenir solidement sur son nez, dans la sueur qui lui inondait la face ; et, souvent, il tirait au hasard, enfiévré, les mains tremblantes. Toute une passion croissante emportait son calme ordinaire.

—Ne vous pressez pas, ça ne sert absolument à rien, disait Laurent. Tenez, visez-le avec soin, celui qui n'a plus de casque, au coin de l'épicier. . . . Mais c'est très bien, vous lui avez cassé la patte, et le voilà qui gigote dans son sang.

Weiss, un peu pâle, regardait. Il murmura :

— Finissez-le.

—Gâcher une balle, ah ! non, par exemple ! Vaut mieux en démolir un autre.

Les assaillants devaient avoir remarqué ce tir redoutable, qui partait des lucarnes du grenier. Pas un homme ne pouvait avancer sans rester par terre. Aussi firent-ils entrer en ligne des troupes fraîches, avec l'ordre de cribler de balles la toiture. Dès lors, le grenier devint intenable : les ardoises étaient percées aussi aisément que de minces feuilles de papier, les projectiles pénétraient de toutes parts, ronflant comme des abeilles. A chaque seconde, on courait le risque d'être tué.

—Descendons, dit le capitaine. On peut tenir encore au premier.

Mais, comme il se dirigeait vers l'échelle, une balle l'atteignit et le renversa.

—Trop tard, nom d'un chien !

Weiss et Laurent, aidés du soldat qui restait, s'entêtèrent à le descendre, bien qu'il leur criât de ne pas perdre leur temps à s'occuper de lui : il avait son compte, il pouvait tout aussi bien mourir en haut qu'en bas. Pourtant, dans une chambre du premier étage, lorsqu'on l'eut couché sur un lit, il voulut encore diriger la défense.

—Tirez dans le tas, ne vous occupez pas du reste. Tant que votre feu ne se ralentira point, ils sont bien trop prudents pour se risquer.

En effet, le siège de la petite maison continuait, s'éternisait. Vingt fois elle avait paru devoir être emportée dans la tempête de fer dont elle était battue ; et, sous les rafales, au milieu de la fumée, elle se montrait de nouveau debout, trouée, déchiquetée, crachant quand même des balles par chacune de ses fentes. Les assaillants, exaspérés d'être arrêtés si longtemps et de perdre tant de monde, devant une pareille bicoque, hurlaient, tiraillaient à distance, sans avoir l'audace de se ruer pour enfoncer la porte et les fenêtres, en bas.

—Attention ! cria le caporal, voilà une persienne qui tombe !

La violence des balles venait d'arracher une persienne de ses gonds. Mais Weiss se précipita, poussa une armoire contre la fenêtre ; et Laurent, embusqué derrière, put continuer son tir. Un des soldats gisait à ses pieds, la mâchoire fracassée, perdant beaucoup de sang. Un autre reçut une balle dans la gorge, roula jusqu'au mur, où il râla sans fin, avec un frisson convulsif de tout le corps. Ils n'étaient plus que huit, en ne comptant pas le capitaine, qui, trop affaibli pour parler, adossé au fond du lit, donnait encore des ordres, par gestes. De même que le grenier, les trois chambres du premier étage commençaient à devenir intenables, car les matelas en lambeaux n'arrêtaient plus les projectiles : des éclats de plâtre sautaient des murs et du plafond, les meubles s'écornaient, les flancs de l'armoire se fendaient comme sous des coups de hache. Et le pis était que les munitions allaient manquer.

—Est-ce dommage ! grogna Laurent. Ça marche si bien !

Weiss eut une idée brusque.

—Attendez !

Il venait de songer au soldat mort, là-haut, dans le grenier. Et il monta, le fouilla, pour prendre les cartouches qu'il devait avoir. Tout un pan de la toiture s'était effondré, il

vit le ciel bleu, une nappe de gaie lumière qui l'étonna.
Pour ne pas être tué, il se 'traînait sur les genoux. Puis,
lorsqu'il tint les cartouches, une trentaine encore, il se hâta,
redescendit au galop.

Mais, en bas, comme il partageait cette provision nouvelle
avec le garçon jardinier, un soldat jeta un cri, tomba sur le
ventre. Ils n'étaient plus que sept ; et, tout de suite, ils ne
furent plus que six, le caporal ayant reçu, dans l'œil gauche,
une balle qui lui fit sauter la cervelle.

Weiss, à partir de ce moment, n'eut plus conscience de
rien. Lui et les cinq autres continuaient à tirer comme des
fous, achevant les cartouches, sans même avoir l'idée qu'ils
pouvaient se rendre. Dans les trois petites pièces, le
carreau était obstrué par les débris des meubles. Des
morts barraient les portes, un blessé, dans un coin, jetait
une plainte affreuse et continue. Partout, du sang collait
sous les semelles. Un filet rouge avait coulé, descendant
les marches. Et l'air n'était plus respirable, un air épaissi
et brûlant de poudre, une poussière âcre, nauséabonde, une
nuit presque complète que rayaient les flammes des coups
de feu.

—Tonnerre ! cria Weiss, ils amènent du canon !

C'était vrai. Désespérant de venir à bout de cette
poignée d'enragés, qui les attardaient ainsi, les Bavarois
étaient en train de mettre en position une pièce, au coin
de la place de l'Église. Peut-être enfin passeraient-ils,
lorsqu'ils auraient jeté la maison par terre, à coups de
boulets. Et cet honneur qu'on leur faisait, cette artillerie
braquée sur eux, là-bas, acheva d'égayer furieusement les
assiégés, qui ricanaient, pleins de mépris. Ah ! les bougres
de lâches, avec leur canon ! Toujours agenouillé, Laurent
visait soigneusement les artilleurs, tuant son homme chaque
fois ; si bien que le service de la pièce ne pouvait se faire,
et qu'il se passa cinq ou six minutes avant que le premier

coup fût tiré. Trop haut, d'ailleurs, il n'emporta qu'un morceau de la toiture.

Mais la fin approchait. Vainement, on fouillait les morts, il n'y avait plus une seule cartouche. Exténués, hagards, les six tâtonnaient, cherchaient ce qu'ils pourraient jeter par les fenêtres, pour écraser l'ennemi. Un d'eux, qui se montra, vociférant, brandissant les poings, fut criblé d'une volée de plomb ; et il ne restèrent plus que cinq. Que faire? descendre, tâcher de s'échapper par le jardin et les prairies? A ce moment, un tumulte éclata en bas, un flot furieux monta l'escalier : c'étaient les Bavarois qui venaient enfin de faire le tour, enfonçant la porte de derrière, envahissant la maison. Une mêlée terrible s'engagea dans les petites pièces, parmi les corps et les meubles en miettes. Un des soldats eut la poitrine trouée d'un coup de baionnette, et les deux autres furent faits prisonniers ; tandis que le capitaine, qui venait d'exhaler son dernier souffle, demeurait la bouche ouverte, le bras levé encore, comme pour donner un ordre.

Cependant, un officier, un gros blond, armé d'un revolver, et dont les yeux, injectés de sang, semblaient sortir des orbites, avait aperçu Weiss et Laurent, l'un avec son paletot, l'autre avec sa veste de toile bleue ; et il les apostrophait violemment en français :

—Qui êtes-vous? qu'est-ce que vous fichez là, vous autres?

Puis, les voyant noirs de poudre, il comprit, il les couvrit d'injures, en allemand, la voix bégayante de fureur. Déjà, il levait son pistolet pour leur casser la tête, lorsque les soldats qu'il commandait, se ruèrent, s'emparèrent de Weiss et de Laurent, qu'ils poussèrent dans l'escalier. Les deux hommes étaient portés, charriés, au milieu de cette vague humaine, qui les jeta sur la route ; et ils roulèrent jusqu'au mur d'en face, parmi de telles vociférations, que la voix des

chefs ne s'entendait plus.   Alors, durant deux ou trois
minutes encore, tandis que le grand officier blond tâchait de
les dégager, pour procéder à leur exécution, ils purent se
remettre debout et voir.

D'autres maisons s'allumaient, Bazeilles n'allait plus être
qu'un brasier.   Par les hautes fenêtres de l'église, des gerbes
de flammes commençaient à sortir.   Des soldats, qui chas-
saient une vieille dame de chez elle, venaient de la forcer à
leur donner des allumettes, pour mettre le feu à son lit et à
ses rideaux.   De proche en proche, les incendies gagnaient,
sous les brandons de paille jetés, sous les flots de pétrole
répandus ; et ce n'était plus qu'une guerre de sauvages,
enragés par la longueur de la lutte, vengeant leurs morts,
leurs tas de morts, sur lesquels ils marchaient.   Des bandes
hurlaient parmi la fumée et les étincelles, dans l'effrayant
vacarme fait de tous les bruits, des plaintes d'agonie, des
coups de feu, des écroulements.   A peine se voyait-on, de
grandes poussières livides s'envolaient, cachaient le soleil,
d'une insupportable odeur de suie et de sang, comme
chargées des abominations du massacre.   On tuait encore,
on détruisait dans tous les coins : la brute lâchée, l'imbécile
colère, la folie furieuse de l'homme en train de manger
l'homme.

Et Weiss, enfin, devant lui, aperçut sa maison qui brûlait.
Des soldats étaient accourus avec des torches, d'autres
activaient les flammes, en y lançant les débris des meubles.
Rapidement, le rez-de-chaussée flamba, la fumée sortit par
toutes les plaies de la façade et de la toiture.   Mais, déjà, la
teinturerie voisine prenait également feu ; et, chose affreuse
on entendait encore la voix du petit Auguste, couché dans
son lit, délirant de fièvre, qui appelait sa mère, tandis que
les jupes de la malheureuse, étendue sur le seuil, la tête
broyée, s'allumaient.

—Maman, j'ai soif . . . Maman, donne-moi de l'eau . . .

Les flammes ronflèrent, la voix cessa, on ne distingua plus que les hourras assourdissants des vainqueurs.

Mais, par-dessus les bruits, par-dessus les clameurs, un cri terrible domina. C'était Henriette qui arrivait et qui venait de voir son mari, contre le mur, en face d'un peloton préparant ses armes.

Elle se rua à son cou.

—Mon dieu ! qu'est-ce qu'il y a ? Ils ne vont pas te tuer !

Weiss, stupide, la regardait. Elle ! sa femme, désirée si longtemps, adorée d'une tendresse idolâtre ! Et un frémis. sement le réveilla, éperdu. Qu'avait-il fait ? pourquoi était-il resté, à tirer des coups de fusil, au lieu d'aller la rejoindre, ainsi qu'il l'avait juré ? Dans un éblouissement, il voyait son bonheur perdu, la séparation violente, à jamais. Puis, le sang qu'elle avait au front, le frappa ; et la voix machinale, bégayante :

—Est-ce que tu es blessée ? . . . C'est fou d'être venue . . .

D'un geste emporté, elle l'interrompit.

—Oh ! moi, ce n'est rien, une égratignure . . . Mais toi, toi ! pourquoi te gardent-ils ? Je ne veux pas qu'ils te tuent !

L'officier se débattait au milieu de la route encombrée, pour que le peloton eût un peu de recul. Quand il aperçut cette femme au cou d'un des prisonniers, il reprit violemment en français :

—Oh ! non, pas de bêtises, hein ! . . . D'où sortez-vous ? Que voulez-vous ?

—Je veux mon mari.

—Votre mari, cet homme-là . . . Il a été condamné, justice doit être faite.

—Je veux mon mari.

—Voyons, soyez raisonnable . . . Ecartez-vous, nous n'avons pas envie de vous faire du mal.

—Je veux mon mari.

Renonçant alors à la convaincre, l'officier allait donner
l'ordre de l'arracher des bras du prisonnier, lorsque Laurent,
silencieux jusque-là, l'air impassible, se permit d'inter-
venir.

— Dites donc, capitaine, c'est moi qui vous ai démoli tant
de monde, et qu'on me fusille, ça va bien.   D'autant plus
que je n'ai personne, ni mère, ni femme, ni enfant . . . Tandis
que monsieur est marié . . . Dites, lâchez-le donc, puis vous
me réglerez mon affaire . . .

Hors de lui, le capitaine hurla :

— En voilà des histoires !   Est-ce qu'on se fiche de moi ?
. . . Un homme de bonne volonté pour emporter cette
femme !

Il dut redire cet ordre en allemand.   Et un soldat s'avança,
un Bavarois trapu, à l'énorme tête embroussaillée de barbe
et de cheveux roux, sous lesquels on ne distinguait qu'un large
nez carré et que de gros yeux bleus.   Il était souillé de sang,
effroyable, tel qu'un de ces ours des cavernes, une de ces
bêtes poilues toutes rouges de la proie dont elles viennent de
faire craquer les os.

Henriette répétait, dans un cri déchirant :

— Je veux mon mari tuez-moi avec mon mari.

Mais l'officier s'appliquait de grands coups de poing dans
la poitrine, en disant que, lui, n'était pas un bourreau, que
s'il y en avait qui tuaient les innocents, ce n'était pas lui.
Elle n'avait pas été condamnée, il se couperait la main,
plutôt que de toucher à un cheveu de sa tête.

Alors, comme le Bavarois s'approchait, Henriette se colla
au corps de Weiss, de tous ses membres, éperdument.

— Oh ! mon ami, je t'en supplie, garde-moi, laisse-moi
mourir avec toi . . .

Weiss pleurait de grosses larmes ; et, sans répondre, il
s'efforçait de détacher de ses épaules et de ses reins, les
doigts convulsifs de la malheureuse.

— Tu ne m'aimes donc plus, que tu veux mourir sans moi . . . Garde-moi, ça les fatiguera, ils nous tueront ensemble.

Il avait dégagé une des petites mains, il la serrait contre sa bouche, il la brisait, tandis qu'il travaillait pour faire lâcher prise à l'autre.

— Non, non ! garde-moi . . . Je veux mourir.

Enfin, à grand'peine, il lui tenait les deux mains. Muet jusque-là, ayant évité de parler, il ne dit qu'un mot :

— Adieu, chère femme.

Et, déjà, de lui-même, il l'avait jetée entre les bras du Bavarois, qui l'emportait. Elle se débattait, criait, tandis que, pour la calmer sans doute, le soldat lui adressait tout un flot de rauques paroles. D'un violent effort, elle avait dégagé sa tête, elle vit tout.

Cela ne dura pas trois secondes. Weiss, dont le binocle avait glissé, dans les adieux, venait de le remettre vivement sur son nez, comme s'il avait voulu bien voir la mort en face. Il recula, s'adossa contre le mur, en croisant les bras ; et, dans son veston en lambeaux, ce gros garçon paisible avait une figure exaltée, d'une admirable beauté de courage. Près de lui, Laurent s'était contenté de fourrer les mains dans ses poches. Il semblait indigné de la cruelle scène, de l'abomination de ces sauvages qui tuaient les hommes sous les yeux de leurs femmes. Il se redressa, les dévisagea, leur cracha d'une voix de mépris :

— Sales cochons !

Mais l'officier avait levé son épée, et les deux hommes tombèrent comme des masses, le garçon jardinier la face contre terre, l'autre, le comptable, sur le flanc, le long du mur. Celui-ci, avant d'expirer, eut une convulsion dernière, les paupières battantes, la bouche tordue. L'officier, qui s'approcha, le remua du pied, voulant s'assurer qu'il avait bien cessé de vivre.

Henriette avait tout vu, ces yeux mourants qui la cherchaient, ce sursaut affreux de l'agonie, cette grosse botte
poussant le corps. Elle ne cria même pas, elle mordit silen-
cieusement, furieusement, ce qu'elle put, une main que ses
dents rencontrèrent. Le Bavarois jeta une plainte d'atroce
douleur. Il la renversa, faillit l'assommer. Leurs visages
se touchaient, jamais elle ne devait oublier cette barbe et
ses cheveux rouges, éclaboussés de sang, ces yeux bleus,
élargis et chavirés de rage.

Une dernière fois, Henriette aperçut au loin sa petite
maison dont les planchers s'écroulaient, au milieu d'un tourbillon de flammèches. Toujours, elle revoyait, en face, le
long du mur, le corps de son mari. Mais un nouveau flot
l'avait reprise, les clairons sonnaient la retraite, elle fut
emportée, sans savoir comment, parmi les troupes qui se
repliaient. Alors, elle devint une chose, une épave roulée,
charriée dans un piétinement confus de foule, coulant à
pleine route. Et elle ne savait plus, elle finit par se retrouver à Balan, chez des gens qu'elle ne connaissait pas,
elle sanglotait dans une cuisine, la tête tombée sur une
table.

GUY DE MAUPASSANT. .

GUY DE MAUPASSANT was born in 1850. He did not
publish anything before 1880. A disciple and friend of
Gustave Flaubert, he had acquired under his guidance a
great respect for purity and clearness of expression and remarkable artistic tendencies. These qualities, together with
a great originality and fine personal talent, have made of
Guy de Maupassant a skilful writer. Within the next ten
years he published more than three hundred short tales and
more than twenty-one volumes.

His best works are : *Bel Ami, Pierre et Jean, Une Vie, Mont-Oriol, Fort comme la Mort, Notre Cœur.*   In 1891, he had a play represented at the Gymnase, *Musotte,* which won great success.

Guy de Maupassant is the father of the contemporary French " conteurs."   He invented the " nouvelle," a short story intended at first to appear in two columns or so in different newspapers.   His first tales were published in the " Gaulois," afterwards in the " Gil Blas," and proved to be successful.

Guy de Maupassant cannot be said to belong to any school.   At first he frequented the " Chapel " of the rue de Boulogne where Zola acted as a priest of the Naturalist adepts, but he soon withdrew from every " coterie " and wrote according to his own literary and artistic ideas.

Guy de Maupassant is a very finely gifted writer.   Jules Lemaître, in his criticisms on contemporary *littérateurs,* calls him a classic and cannot find any fault with him.   His style is pure, elegant, fluent ; it reflects reality with the fidelity and simplicity of a mirror ; he tells stories as naturally as he walks and breathes.   Extremely healthy and robust of temperament, he is free from affectation, either realistic or romantic.   His lucidity is unfailing ; he has a wonderful faculty of seizing and rendering the most significant traits. His observation is so sure, that he needs neither to judge nor to condemn, but simply to look and narrate.   In his last tales as in his first, his prose preserves its limpidity and strength, though pity and even indignation, which at first had been entirely unknown to him, are visibly shown here and there, adding to the charm of his admirable style.

Jules Lemaître ends his article on Guy de Maupassant in *Les Contemporains* by these words : " Mon cher Maupassant, que dirai-je de vous? vous êtes parfait et fort comme un Turc."   And, indeed, among this crowd of writers who seem to juggle with words in order to find out the rare epithet, the most picturesque expression, Guy de Maupassant stands aloof, great, strong, simple, and true.   Who could have ever expected that such a robust man, intellectually as well as physically, would become the prey of the awful mental disease which visited him?   It is for every one who has known him, or even for every reader who has enjoyed his fine novels, an unfathomable problem.

------◆◇◆------

NOTRE CŒUR.

Portrait d'André Mariolle.

Âgé d'environ trente-sept ans, André Mariolle, célibataire et sans profession, assez riche pour vivre à sa guise, voyager et s'offrir même une jolie collection de tableaux modernes et de bibelots anciens, passait pour un garçon d'esprit, un peu fantasque, un peu sauvage, un peu capricieux, un peu dédaigneux qui posait au solitaire plutôt par orgueil que par timidité.   Très bien doué, très fin, très indolent, apte à tout comprendre et peut-être à faire bien beaucoup de choses, il s'était contenté de jouir de l'existence en spectateur, ou plutôt en amateur.   Pauvre, il fut devenu sans aucun doute un homme remarquable ou célèbre ; né bien renté, il s'adressait l'éternel reproche de n'avoir pas su être quelqu'un.   Il avait fait, il est vrai, des tentatives diverses, mais trop molles, vers les arts ; une vers la littérature, en publiant des récits de voyage agréables, mouvementés et de style soigné ; une vers la musique, en pratiquant le violon, où il avait acquis, même parmi les exécutants de profession, un renom respecté d'amateur, et une enfin vers la sculpture, cet art où l'adresse originale, où le don d'ébaucher des figures hardies et trompeuses, remplacent pour les yeux ignorants le savoir et l'étude.   La statuette en terre " Masseur tunisien " avait même obtenu quelque succès au Salon de l'année précédente.

Remarquable cavalier, c'était aussi, disait-on, un excellent escrimeur, bien qu'il ne tirât jamais en public, obéissant en cela peut-être à la même inquiétude qui le faisait se dérober aux milieux mondains où des rivalités sérieuses étaient à craindre.

Mais ses amis l'appréciaient et le vantaient avec ensemble, peut-être parce qu'il leur portait peu d'ombrage.   On le disait en tout cas sûr, dévoué, agréable de rapports et très sympathique de sa personne.

De taille plutôt grande, portant la barbe noire et courte sur les joues et finement allongée au pointe sur le menton, des cheveux un peu grisonnants mais joliment crépus, il regardait bien en face, avec des yeux bruns, clairs, vifs, méfiants et un peu durs.

Parmi ses intimes, il avait surtout des artistes : le romancier Gaston de Lamarthe, le musicien Massival, les peintres Jobin, Rivollet, de Mandol, qui semblaient priser beaucoup sa raison, son amitié, son esprit et même son jugement, bien qu'au fond, avec la vanité inséparable du succès acquis, ils le tinssent pour un très aimable et très intelligent raté.

Sa réserve hautaine semblait dire : "Je ne suis rien parce que je n'ai rien voulu être."   Il vivait donc dans un cercle étroit, dédaignant la galanterie élégante et les grands salons en vue où d'autres auraient brillé plus que lui, l'auraient rejeté dans l'armée des figurants mondains.   Il ne voulait aller que dans les maisons où on apprécierait sûrement ses qualités sérieuses et voilées ; et s'il avait consenti à se laisser conduire chez Mme Michèle de Burne, c'est que ses meilleurs amis, ceux qui proclamaient partout ses mérites cachés, étaient les familiers de cette jeune femme.

Le Salon de Mme Michèle de Burne.

Elle habitait un joli entresol rue du général Foy, derrière Saint-Augustin. Deux pièces donnaient sur la rue ; la salle à manger et un salon, celui où on recevait tout le monde, deux autres sur un beau jardin dont jouissait le propriétaire de l'immeuble. C'était d'abord un second salon, très grand, plus long que large, ouvrant trois fenêtres sur les arbres, dont les feuilles frôlaient les auvents, et garni d'objets et de meubles exceptionellement rares et simples, d'un goût pur et sobre et d'une grande valeur. Les sièges les tables, les mignonnes armoires ou étagères, les tableaux, les éventails et les figurines de porcelaine sous une vitrine, les vases, les statuettes, le cartel énorme au milieu d'un panneau, tout le décor de cet appartement de jeune femme attirait ou retenait l'œil par sa forme, sa date ou son élégance. Pour se créer cet intérieur, dont elle était presque aussi fière que d'elle-même, elle avait mis à contribution le savoir, l'amitié, la complaisance et l'instinct fureteur de tous les artistes qu'elle connaissait. Ils avaient trouvé pour elle, qui était riche et payait bien, toutes choses animées de ce caractère original que ne distingue point l'amateur vulgaire, et elle s'était fait, par eux, un logis célèbre, difficilement ouvert, où elle s'imaginait qu'on se plaisait mieux et qu'on revenait plus volontiers que dans l'appartement banal de toutes les femmes du monde.

C'était même une de ses théories favorites de prétendre que la nuance des tentures, des étoffes, l'hospitalité des sièges, l'agrément des formes, la grâce des ensembles, caressent, captivent et acclimatent le regard autant que ·les jolis sourires. Les appartements sympathiques ou antipathiques, disait-elle, riches ou pauvres, attirent, retiennent ou repoussent comme les êtres qui les habitent. Ils éveillent ou engourdissent le cœur, échauffent ou glacent l'esprit, font parler ou se taire, rendent triste ou gai, donnent enfin à chaque visiteur une envie irraisonnée de rester ou de partir.

Vers le milieu de cette galerie un peu sombre, un grand piano à queue, entre deux jardinières fleuries, avait une place d'honneur et une allure de maître. Plus loin, une haute porte à deux battants faisait communiquer cette pièce avec la chambre à coucher, qui s'ouvrait encore sur le cabinet de toilette, fort grand et élégant aussi, tendu en toiles de Perse comme un salon d'été, et où Mme de Burne, quand elle était seule, avait coutume de se tenir.

PÊCHEUSES ET GUERRIÈRES.

La mer n'a jamais eu tant d'amis et tant de poètes. Ceux d'autrefois lui adressaient, par moments, des vers, ou des compliments, ou des gentillesses, mais ils ne semblaient point l'aimer avec la passion profonde que lui ont vouée ceux d'aujourd'hui.

Richepin l'a couverte de rimes étincelantes comme ses flots brisés sous le soleil, sonores comme ses vagues abattues sur les plages, légères comme l'écume qui danse sous la brise, souples comme la houle onduleuse et fuyante.

Loti, cette sirène, semble une voix sortie des profondeurs bleues, vertes, grises des océans impénétrables, une voix qui chante les choses inconnues, les beautés inexplorées, les grâces inaperçues et le mystère surtout, le mystère sacré de la mer.

Bonnetain la raconte avec son talent précis et coloré, en homme qu'elle a longtemps bercé, et qui l'a longtemps regardée avec ses yeux d'artiste.

Un débutant, tout jeune encore, Pierre Maël, l'aime déjà d'un amour si vif qu'il lui consacrera tous ses livres, comme un prêtre consacre à Dieu tous ses jours.

Et tu as exprimé, toi (René Maizeroy), ses coquetteries les plus subtiles, ses charmes les plus féminins, toute la délicatesse de ses nuances, toute la séduction infinie de ses mouvements, son ensorcelante et changeante beauté.

La lettre où tu m'annonçais la prochaine apparition de ton livre, la réunion de ces éclatants et si délicats portraits de la grande Bleue, m'a surpris comme j'allais m'embarquer sur elle pour un petit voyage à Saint-Tropez.

Elle était vraiment la grande Bleue, ce jour-là, notre amie, immobile, à peine ridée par un souffle imperceptible qui la rendait plus bleue encore, en faisant courir sur sa chair d'azur le frisson léger des étoffes moirées. . . .

Et mêlés au souvenir de tes évocations artistes, des souvenirs d'enfance m'assaillaient; car j'ai grandi sur le rivage de la mer, moi, de la mer grise et froide du Nord, dans une petite ville de pêche toujours battue par le vent, par la pluie, et les embruns, et toujours pleine d'odeurs de poisson, de poisson frais jeté sur les quais, dont les écailles luisaient sur les pavés des rues, et de poisson salé roulé dans les barils, et de poisson séché dans les maisons brunes coiffées de cheminées de briques dont la fumée portait au loin, sur la campagne, des odeurs fortes de hareng.

Je me rappelais aussi l'odeur des filets séchant le long des portes, l'odeur des varechs quand la marée baisse, tous ces parfums violents des petits ports, parfums rudes et senteurs âcres, mais qui emplissent la poitrine et l'âme de sensations fortes et bonnes. Et je songeais qu'après avoir dit à la mer toutes les tendresses que ton cœur lui garde, tu devrais maintenant, en suivant les côtes, de Dunkerque à Biarritz, et de Port-Vendres à Menton, parcourir le long et joli chapelet des villes marines, sur les rivages de France.

ALPHONSE DAUDET.

ALPHONSE DAUDET was born in Provence, in 1840. He began to write poetry; *Les Amoureuses*, a poem, had some success. As a novelist, he made himself known through a very pathetic semi-autobiography, *Le petit Chose*, and a delightful collection of *Lettres de mon Moulin*, sparkling with life and wit, as sunny and bright as the beautiful Provence where he wrote them. In 1873, *Jack* was published, and *Fromont jeune et Risler aîné* in 1874, gaining him great popularity. His later works are : *Le Nabab, Les Rois en exil, Numa Roumestan, L'Évangéliste, Sapho, L'Immortel.* They are remarkable for the charm and elegance of the style, the power of imagination. Daudet writes as the painters of the new school paint : a continual and most scrupulous care to translate the immediate sensation of the objects in the fewest possible and most expressive words. All the figures of rhetoric appear under his pen. "C'est une continuelle invention de style si audacieuse, si frémissante et si sûre que, les meilleures pages de Goncourt mises à part, on n'en a peut-être pas vu de pareilles depuis Saint-Simon." — (Jules Lemaître : *Les Contemporains.*)

Daudet possesses the "don d'expression" to a very high degree, but his psychology is not always deep or his taste always perfect.

Such as he is, with his defects and qualities, Alphonse Daudet is one of the most brilliant representatives of modern French novelists. His countrymen are not the only ones to enjoy his sparkling, dazzling imagination; the Germans and the English have a particular fondness for him, and his novels are read with delight by any one who is interested in French literature.

EN CAMARGUE.

La Cabane.

Un toit de roseaux, des murs de roseaux desséchés et jaunes, c'est la cabane. Ainsi s'appelle notre rendez-vous de chasse. Type de la maison camarguaise, la cabane se compose d'une unique pièce, haute, vaste, sans fenêtre, et prenant jour par une porte vitrée qu'on ferme le soir avec des volets pleins. Tout le long des grands murs crépis, blanchis à la chaux, des râteliers attendent les fusils, les carniers, les bottes de marais. Au fond, cinq ou six berceaux sont rangés autour d'un vrai mât planté au sol et montant jusqu'au toit, auquel il sert d'appui. La nuit, quand le mistral souffle et que la maison craque de partout, avec la mer lointaine et le vent qui la rapproche, porte son bruit, le continue en l'enflant, on se croirait couché dans la chambre d'un bateau.

Mais c'est l'après-midi surtout que la cabane est charmante. Par nos belles journées d'hiver méridional, j'aime à rester tout près de la haute cheminée où fument quelques pieds de tamaris. Sous les coups du mistral et de la tramontane, la porte saute, les roseaux crient, et toutes ces secousses sont un bien petit écho du grand ébranlement de la nature autour de moi. Le soleil d'hiver, fouetté par l'énorme courant, s'éparpille, joint ses rayons, les disperse. De grandes ombres courent sous un ciel bleu admirable. La lumière arrive par saccades, les bruits aussi, et les sonnailles des troupeaux, entendues tout à coup, puis oubliées, perdues dans le vent, reviennent chanter sous la porte ébranlée, avec le charme d'un refrain. . . . L'heure exquise, c'est le crépuscule, un peu avant que les chasseurs n'arrivent. Alors le vent s'est calmé. Je sors un moment; en paix le grand soleil rouge descend, enflammé, sans chaleur. La nuit tombe, vous frôle en passant de son aile noire tout humide. Là-bas, au ras du sol, la lumière d'un coup de feu passe avec l'éclat d'une étoile rouge avivée par l'ombre environnante. Dans ce qui reste de jour, la vie se hâte. Un long triangle de canards vole très bas comme s'ils voulaient prendre terre, mais tout à coup la cabane, où le soleil est allumé, les éloigne. Celui qui tient la tête de la colonne dresse le cou, remonte, et tous les autres derrière lui s'emportent plus haut avec des cris sauvages.

Bientôt un piétinement immense se rapproche, pareil à un bruit de pluie. Des milliers de moutons, rappelés par les bergers, harcelés par les chiens dont on entend le galop confus et l'haleine haletante, se presse vers les parcs, peureux et indisciplinés. Je suis envahi, frôlé, confondu dans ce tourbillon de laines frisées, de bêlements, une houle véritable où les bergers semblent portés avec leur ombre par des flots bondissants. . . . Derrière les troupeaux, voici des pas connus, des voix joyeuses. La cabane est pleine, animée, bruyante. Les sarments flambent. On rit d'autant plus qu'on est las. C'est un étourdissement d'heureuse fatigue. Les fusils dans un coin, les grandes bottes jetées pêle-mêle, les carniers vides, et à côté les plumages roux, dorés, verts, argentés, tout tachés de sang. La table est mise ; et dans la fumée d'une bonne soupe d'anguilles, le silence se fait, le grand silence des appétits robustes, interrompu seulement par les grognements féroces des chiens qui lapent leur écuelle à tâtons devant la porte. . . .

La veillée sera courte. Déjà, près du feu clignotant lui aussi, il ne reste plus que le garde et moi. Nous causons, c'est-à-dire, nous nous jetons de temps en temps, l'un à l'autre, des demi-mots à la façon des paysans, de ces interjections presque indiennes, courtes et vites éteintes comme les dernières étincelles des sarments consumés.

Enfin le garde se lève, allume sa lanterne, et j'écoute son pas lourd qui se perd dans la nuit. . . .

Le Vaccarès.

Ce qu'il y a de plus beau en Camargue, c'est le Vaccarès. Souvent, abandonnant la chasse, je viens m'asseoir au bord de ce lac salé, une petite mer qui semble un morceau de la grande, enfermé dans les terres et devenu familier par sa captivité même. Au lieu de se desséchement, de cette aridité qui attristent d'ordinaire' les côtes, le Vaccarès, sur son rivage un peut haut, tout vert d'herbe fine, veloutée, étale une flore originale et charmante, des centaurées, des trèfles d'eau, des gentianes, et ces jolies *saladelles*, bleues en hiver, rouges en été, qui transforment leur couleur au changement d'atmosphère, et, dans une floraison. ininterrompue, marquent les saisons de leurs tons divers.

Vers cinq heures du soir, à l'heure où le soleil décline, ces trois lieues d'eau sans une barque, sans une voile pour limiter, transformer leur étendue, ont un aspect admirable. Ce n'est plus le charme intime des *clairs*, des *roubines*, apparaissant de distance en distance entre les plis d'un terrain marneux sous lequel on sent l'eau filtrer partout prête à se montrer à la moindre dépression du sol. Ici l'impression est grande, large. De loin ce rayonnement de vagues attire des troupes de macreuses, des hérons, des butors, des flamants au ventre blanc, aux ailes roses, s'alignant, pour pêcher tout le long du rivage, de façon à disposer leurs teintes diverses en une longue bande égale ; et puis des ibis, de vrais ibis d'Égypte, bien chez eux dans ce soleil splendide et ce paysage muet. De ma place, en effet, je n'entends rien que l'eau qui clapote, et la voix du gardien qui rappelle ses chevaux dispersés sur le bord. Ils ont tous des noms retentissants : "Cifer ! . . . (Lucifer)

. . . L'Estello ! . . . L'Estournello ! . : ." Chaque bête, en s'entendant nommer, accourt, la crinière au vent, et vient manger l'avoine dans la main du gardien. . . .

Plus loin, toujours sur la même rive, se trouve une grande *manado* (troupeau) de bœufs paissant en liberté comme les chevaux. De temps en temps, j'aperçois au-dessus d'un bouquet de tamaris, l'arête de leur dos courbés, et leurs petites cornes en croissant qui se dresse. La plupart de ces bœufs de Camargue sont élevés pour courir dans les *ferrades*, les fêtes de villages ; et quelques-uns ont des noms déjà célèbres par tous les cirques de Provence et de Languedoc. C'est ainsi que la *manado* voisine compte entre autres un terrible combattant appelé le *Romain*, qui a décousu je ne sais combien d'hommes et de chevaux aux courses d'Arles, de Nîmes, de Tarascon. Aussi ses compagnons l'ont-ils pris pour chef ; car, dans ces étranges troupeaux, les bêtes se gouvernent elles-mêmes, groupées autour d'un vieux taureau qu'elles adoptent pour conducteur. Quand l'ouragan tombe sur la Camargue, terrible dans cette grande plaine où rien ne le détourne, ne l'arrête, il faut voir la *manado* se serrer derrière son chef, toutes les têtes baissées, tournant du côté du vent ces larges fronts où la force du bœuf se condense. Nos ' bergers provençaux appellent cette manœuvre : *vira la bano au giscle* — tourner la corne au vent. Et malheur aux troupeaux qui ne s'y conforment pas. Aveuglée par la pluie, entraînée par le vent, la *manado* en déroute tourne sur elle-même, s'effare, se disperse, et les bœufs éperdus, courant devant eux pour échapper à la tempête, se précipitent dans le Rhône, dans le Vaccarès ou dans la mer.

Nud-rr-dime·

JEAN RICHEPIN. *Not very impor*

JEAN RICHEPIN was born in 1849. He was a brilliant student at college and at the École Normale, which he left with high honors. He is before everything a poet, affiliated to no school, independent, robust, personal, and an admirable artist.

His first poem, *La Mer*, contains great beauties. *La Chanson des Gueux* caused him to be imprisoned. After a few weeks at Sainte-Pélagie, his fame increased rapidly. He then published a new poem, *Les Caresses*, and a drama in verse *Nana Sahib*, which was produced on the stage with success.

As a prosateur he wrote several novels such as *Madame André, Sophie, Les Braves Gens, Césarine, Les Morts Bizarres*, a series of short stories.

Richepin's style is strong, picturesque, sometimes "forcé." He coins new expressions or revives some of the most striking ones of the authors of the sixteenth century, such as Rabelais and Montaigne. His words are living, fleshy, full of marrow and nerves. As Emerson said of Montaigne, "if you cut them, they will bleed."

Full of animal spirits, very fond of life, of athletic temperament, a distinguished sportsman and at the same time a very refined artist, Jean Richepin is one of the best gifted writers of our time, one of the strongest, of the most "plantureux." His overflowing animal spirits seem to burst out into a dazzling, voluptuous, highly picturesque language. But most of his works are of a form and conception very difficult to be appreciated by any Anglo-Saxon readers.

Jean Richepin is not only a fine poet and prosateur, he has shown himself an actor of some merit in taking one of the principal characters of his drama *Nana Sahib*, when it was played at the Odéon. A good musician, he himself wrote the musical part of his last poem produced at the Grand Opera and drew the designs for the dresses and scenery. He has a strong, rich, vibrating voice and might also have taken the part of the principal singer.

L'HOMME AUX YEUX PÂLES.

Monsieur le juge d'instruction Pierre-Agénor de Vargnes est absolument le contraire d'un mauvais plaisant. C'est la dignité, le sérieux, la correction en personne. Comme homme grave, tout à fait incapable de commettre, même d'imaginer, fût-ce en rêve, quoique ce soit pouvant ressembler, fût-ce de loin, à une fumisterie ; je ne vois guère, pour lui être comparé, que le président actuel de la République française. Inutile, je pense, d'insister.

Cela connu, on comprendra sans peine que j'aie senti passer en moi le frisson de la petite mort lorsque M. Pierre-Agénor de Vargnes me fit l'honneur de me raconter l'histoire suivante : —

Un jour de l'hiver dernier, vers les huit heures du matin, comme il allait sortir de chez lui pour se rendre au *Palais*, son valet de chambre lui remit une carte de visite libellée :

LE DOCTEUR JAMES FERDINAND,
MEMBRE DE L'ACADÉMIE DE MÉDECINE
DE PORT-AU-PRINCE,
CHEVALIER DE LA LÉGION D'HONNEUR.

Dans le bas de la carte il y avait, écrit au crayon : *de la part de M*me *Frogère.*

M. de Vargnes connaissait fort bien cette dame, très aimable créole d'Haïti, qu'il rencontrait dans plusieurs salons. D'autre part, si le nom du docteur n'éveillait en lui aucun souvenir, la qualité seule du personnage et ses titres, même sans la recommandation de Mme Frogère, exigeaient la politesse d'un accueil, quelque bref qu'il dût être. Aussi, quoique pressé de sortir, M. de Vargnes donna-t-il au valet de chambre l'ordre d'introduire ce visiteur si matinal, tout en le prévenant que le *Palais* réclamait M. le juge, dont les minutes étaient comptées.

A l'entrée du docteur, M. de Vargnes ne put, malgré son habituelle impassibilité, retenir un mouvement de surprise.

Le docteur, en effet, présentait cette étrange anomalie d'être un nègre du plus beau noir avec des yeux d'homme blanc, de blanc extrêmement septentrional, des yeux bleus très pâles, très froids, très clairs.

La surprise de M. de Vargnes redoubla quand le docteur, après quelques mots d'excuses sur l'heure indue de sa visite, ajouta en souriant d'un sourire énigmatique : "Mes yeux vous étonnent, n'est-ce-pas, monsieur? J'étais sûr qu'ils vous étonneraient. Et, à vrai dire, je ne suis venu ici que pour vous les faire bien regarder, afin que vous puissiez ne les oublier jamais."

Le sourire, et la phrase encore plus que le sourire, semblaient d'un fou. Cela, d'ailleurs, était dit fort doucement, de cette voix enfantine, zézayante, particulière aux nègres avec les *r* s'écrasant sous la langue en flûtements mouillés. Et, dans ce gazouillis, les paroles au sens mystérieux, presque menaçant, n'en avaient que mieux l'air d'être proférées au hasard par un être dénué de raison.

Mais le regard, lui, le très pâle, très froid et très clair regard des yeux bleus, il n'était pas d'un fou, certes. Il disait nettement la menace, en vérité, oui, la menace et aussi l'ironie, et par-dessus tout une férocité implacable. Ce ne fut qu'un éclair, mais flamboyant, de façon qu'on ne pût, en effet, jamais l'oublier.

—J'ai vu, ajoutait M. de Vargnes en parlant, j'ai vu
bien des regards d'assassin, et à fond. En aucun cependant
comme en celui-là je n'ai plongé jusqu'à une telle profondeur de crime et d'impudente sécurité dans le crime.

L'impression fut si forte que M. de Vargnes crut alors
être le jouet d'une hallucination, d'autant que le docteur,
sa phrase prononcée, continuait en souriant de plus belle et
avec son accent le plus puéril.

—Vous devez, monsieur, ne rien comprendre à ce que je
vous dis là. De cela aussi, veuillez m'excuser. Demain
vous recevrez une lettre qui vous expliquera tout. Mais il
était nécessaire que d'abord je me fisse voir à vous, ou du
moins que je vous fisse voir, bien voir, tout à fait voir, mes
yeux qui sont moi, moi seul et vrai moi, comme vous en
jugerez.

Après quoi, sur un salut d'une suprême distinction le
docteur s'était retiré, laissant M. de Vargnes abasourdi, en
proie à ce doute :

—Ne serait-ce qu'un aliéné ? La féroce expression, la
profondeur criminelle de ce regard auraient-elles pour cause
unique le bizarre contraste de la face ténébreuse et des
yeux si pâles ?

Ainsi absorbé, M. de Vargnes laissa malheureusement
s'écouler quelques minutes. Puis, tout d'un coup : — Mais
non, non, pensa-t-il, je ne suis le jouet d'aucune hallucination. Il n'y a là aucun phénomène d'optique. Cet homme
est évidemment un scélérat effroyable. J'ai failli à tous
mes devoirs en ne l'arrêtant pas moi-même, séance tenante,
illégalement, au risque de ma vie, qu'importe !

Et le juge s'était précipité dans l'escalier, à la poursuite
du docteur. Mais trop tard ! L'autre avait disparu.

M. de Vargnes se présenta dans l'après-midi chez Mme
Frogère, pour lui demander quelques éclaircissements.
Elle ne connaissait pas le moins du monde le docteur nègre

et pouvait même certifier que le personnage était fictif ; car très au courant de la haute société haïtienne, elle savait pertinemment que l'Académie de médecine de Port-au-Prince ne comptait parmi ses membres aucun docteur de ce nom.

M. de Vargnes insistant et donnant le signalement du docteur, avec mention spéciale de ses yeux si extraordinaires, Mme Frogère se mit à rire et dit :

— Vous avez certainement eu affaire, cher monsieur, à un mystificateur.   Les yeux que vous me décrivez là sont des yeux de blanc, sans doute possible.   L'individu devait être barbouillé.

Rappelant alors tous ses souvenirs, M. de Vargnes reconnut que le docteur, en effet, n'avait guère du nègre que la noirceur, la chevelure et la barbe en toison, le parler facile à contrefaire, mais nullement le type, ni même l'allure onduleuse si caractéristique.   Peut-être bien, donc, n'était-ce qu'un mauvais farceur.   Tout le jour, M. de Vargnes se complut dans cette idée, qui blessait un peu sa dignité d'homme grave, mais qui apaisait ses scrupules de magistrat.

Le lendemain, il recevait la lettre promise.   Elle était écrite, ainsi que l'adresse, en mots imprimés découpés dans les journaux.   La voici :

" Monsieur,

" Le Dr James Ferdinand n'existe pas ; mais l'homme dont vous avez vu les yeux existe, et vous le reconnaîtrez sûrement à ces yeux-là.   Cet homme a commis deux crimes. Il n'en a pas de remords.   Seulement, étant psychologue, cet homme a peur de céder quelque jour à l'impérieuse tentation de confesser ses crimes.   Vous savez mieux que personne (car c'est là votre aide la plus puissante) avec quelle force irrésistible les criminels, les *intellectuels* surtout, éprouvent cette tentation.   Le grand Edgar Poe a écrit là-dessus des chefs-d'œuvre qui sont l'exacte notation de la

vérité. Toutefois, il a oublié de noter le phénomène ultime,
dont je vais vous instruire, monsieur le juge d'instruction.
Oui, moi, criminel, j'ai besoin, épouvantablement besoin,
que quelqu'un sache mes crimes. Mais, ce besoin satisfait,
mon secret révélé à un confident, je suis tranquille à jamais,
quitte envers le *démon de la perversité* qui ne tente *qu'une
fois.* Eh bien! voilà qui est accompli. Vous aurez mon
secret; car le jour où vous me reconnaîtrez *à mes yeux*, vous
chercherez à découvrir de quoi je suis coupable et comment
je le fus; et vous le découvrirez, étant un maître en votre
profession, ce qui, entre parenthèses, vous vaut l'honneur
d'avoir été choisi par moi pour porter le poids de ce secret,
désormais à nous deux, et à nous deux seuls. Je dis bien
à nous deux seuls. Vous ne pourrez, en effet, ce secret, en
prouver à personne la réalité, sinon par mon aveu, que je
vous défie d'obtenir sous forme d'aveu public, puisque
maintenant j'ai trouvé moyen de vous le faire, à vous, et
sans danger."

Trois mois plus tard, dans une soirée, M. de Vargnes
rencontrait M. X..., et du premier coup, sans la moindre
hésitation, il reconnaissait en lui les extraordinaires yeux
bleus très pâles très froids et très clairs, les yeux
inoubliables.

L'homme, lui, demeura impassible souverainement, si
bien que M. de Vargnes en fut réduit à se dire:

—C'est probablement cette fois-ci que je suis le jouet
d'une hallucination. Ou bien alors il existe au monde deux
paires d'yeux tout à fait semblables. Et quels yeux
pourtant! Est-ce donc possible?

M. de Vargnes fit une enquête sur la vie de M. X... Il
apprit ceci, qui leva tous ses doutes.

Cinq ans auparavant, M. X... était un pauvre étudiant
en médecine, fort brillant, d'ailleurs, et qui, sans être encore

reçu docteur, s'était fait remarquer déjà par de curieux travaux microbiologiques.   Une jeune veuve extrêmement riche s'était éprise de lui et l'avait épousé.   Elle avait, de son premier mariage, un enfant.   En l'espace de six mois, l'enfant d'abord, puis la mère, étaient morts de la fièvre typhoïde, et M. X... avait ainsi hérité, en bonne et due forme, sans discussion possible, de la grosse fortune.   Il n'y avait qu'une voix pour proclamer qu'il avait prodigué ses soins aux deux malades avec un dévouement admirable.

Ces deux morts, fallait-il donc y voir les deux crimes mentionnés dans la lettre ?

Mais alors, M. X... aurait empoisonné ses deux victimes avec des microbes de fièvre typhoïde, savamment cultivés en elles, de façon à rendre l'infection invincible même aux soins du dévouement le plus admirable ?

Pourquoi pas ?

— Vous croyez cela ? demandai-je à M. de Vargnes.

— Absolument, me répondit-il.   Et ce qu'il y a de plus affreux, c'est que le scélérat a eu raison en me défiant de le contraindre à un aveu public.   Je ne vois, en effet, aucun moyen d'y arriver, aucun.   Un instant, j'ai songé au magnétisme.   Mais qui pourrait magnétiser cet homme aux yeux si pâles, si froids, si clairs ?   Avec des yeux pareils, c'est lui qui forcerait le magnétiseur à se dénoncer lui-même comme coupable.

Puis, en poussant un grand soupir :

— Ah ! la justice d'autrefois avait du bon !

Et comme mon regard l'interrogeait, M. de Vargnes ajouta d'un ton très ferme et très convaincu :

— La justice d'autrefois avait à son service la torture.

— Ma foi ! répliquai-je avec un inconscient et naïf égoïsme d'artiste, il est certain que, sans la torture, cette étrange histoire n'a pas de conclusion, et, pour le conte que je vais en faire, c'est bien fâcheux.

CROQUIS DE PRINTEMPS.

Les Lilas.

C'est le mois des lilas, des lilas jolis, des lilas fleuris, des lilas fleurant le miel, des lilas couleur de ciel, couleur de ciel à l'heure où les nuages sont encore azurés par la nuit qui s'en va et sont déjà rosés par l'aube qui vient, en sorte que cet azur et ce rose se fondent en une délicate et tendre nuance de liquide améthyste : c'est le mois des lilas fleuris fleurant le miel.

A la fenêtre grande ouverte, l'ouvrière travaille en chantant, et fait assaut de roulades avec le petit serin en cage. Aux fils de fer de la cage, près de l'échaudé, est accroché un brin de lilas. Et de temps en temps, quand ils sont las, l'oiseau vient becqueter une larme d'eau suspendue à la fleur, et la fillette se penche pour respirer une bouffée de la fraîche odeur qui sent le printemps et la campagne.

Dans le salon encombré de meubles, la femme élégante promène languissamment son ennui. Elle soulève les tentures, feuillette les livres, tapote sur le piano, et songe sans savoir à quoi, ne trouvant aucun charme à toutes ses richesses familières. Mais sur la cheminée, dans un cornet de cristal, une branche de lilas s'épanouit, et chaque fois que la jeune femme passe auprès, un vague sourire de souvenir heureux fleurit sur ses lèvres pâles, qui sont comme la fleur teintée d'améthyste.

—Hu ho ! dia ! crie le charretier. Et, se baissant, il ramasse sur le pavé une pauvre touffe de lilas qui a roulé dans la poussière. Il la secoue, il la trempe à une borne-fontaine, et voici que la fleur reprend un instant de vie.

Il en pique un pompon derrière l'oreille du limonier, et il mâchonne le brin qui reste, en dilatant ses narines poilues pour humer l'âme des lilas fleuris fleurant le miel.

Le valet de chambre a fini la toilette de monsieur. Après avoir donné la dernière chiquenaude au col du veston, il prend le pulvérisateur pour embaumer dans l'odeur à la mode toute la suave petite personne du gentleman à tournure de groom.   Mais Monsieur trouve aujourd'hui que l'odeur à la mode est agaçante.   Il fait du doigt un signe de refus, et prenant dans un gros bouquet une poignée de lilas, il l'égrène entre ses mains frottées avant de passer ses gants de cheval.

Plus triste encore que de coutume, la vieille-mère, devant ce printemps radieux, songe aux printemps passés, où s'épanouissaient avec les fleurs les chers enfants qu'elle a perdus.   Et elle s'en va là-bas, dans le cimetière plein de verdures éclatantes et de moineaux amoureux, elle s'en va déposer sur les tombes des bottes énormes de lilas, de lilas mélancoliques, des lilas qui ont la couleur charmante et navrante des robes de demi-deuil.

Les gamins sortent de l'école en vrombissant comme un tourbillon d'abeilles.   Et vite, vite, avant que le propriétaire bougon soit venu les menacer de son balai, vite ils escaladent le mur pour arracher les branches qui pendent au-dessus de la rue.

Et ce n'est plus à coup de pierres aujourd'hui qu'ils se mitraillent ; c'est à coups de perles violettes, à coups de parfums, et les vaincus sont fouettés avec des grappes de fleurs.

Le croûton de pain ramassé par terre est bien dur.   Le vieux qui le mange a bien peu de dents.   Ah ! comme quelque chose serait bon à grignoter avec !   Quelque chose, n'importe quoi, cela ferait une douceur.   Aussi faut-il bénir la fille folle qui, en passant, lui a jeté, en guise d'aumône, un brin de lilas pris à son corsage.   Car le pain du gueux est moins dur et moins amer, maintenant qu'il le mâche machinalement avec des grains de lilas, de lilas jolis, de lilas couleur de ciel, de lilas fleuris fleurant le miel.

CATULLE MENDÈS.

CATULLE MENDÈS (1840) is a writer of great and versatile talent. He has cultivated all kinds of literature, from heroic poetry to the so-called "roman de mœurs," conceived in the most lively form. But above all he is a poet ; he writes, he feels as a poet.

As all true poets, Catulle Mendès has a great predilection for sad subjects ; the brilliancy and the noise of boisterous gaieties have nothing to attract him, whereas he has a special fondness for melancholy and tears. He is the most refined and the most delicate of artists, the most supple and most skilful of poets, the most enticing of prosateurs. Though he is somewhat lacking in "naïveté" he has so much charm and a charm so feminine, so insinuating, that the reader has not always the energy to react against it.

Catulle Mendès is, with many other contemporary writers, a product of the refined dilettanteism of our present day ; he has exhausted, in the literary order, as well as in the sentimental order, the scale of all the sensations permitted to humanity. He has himself, perhaps, enriched that scale by a few notes. The author of *Méphistophéla* and of many complex and refined stories, being by a curious contrast, suddenly taken by the imperious desire of writing something pure, naïve, and simple, published the *Chansons de France* and the delicious and sweet "conte" of *Luscignole* of which we give an extract.

In 1862, Catulle Mendès had founded the *Revue fantaisiste*, in which all the poets afterwards called Parnassiens wrote successfully. His first book of poetry, *Philomela*, shows forth the qualities of the new school : great care of form, choice of sonorous words, chiselling of the verse.

Hyperus is a very strange and mystic epopee suggested to him by the reading of Swedenborg.

Catulle Mendès has written many short stories, "nou-velles" as we call them, *Le Crime du Vieux Blas, Le Rose et le Noir, Les Contes du Rouet, Les Oiseaux bleus,* and a novel, *La grande Maguet.*

LUSCIGNOLE.

[La petite Luscignole vit dans la tour d'une vielle cathédrale à côté de son oncle, un monstrueux ivrogne nommé Alas Schlemp, qui excelle à apprivoiser les rossignols. Luscignole adore les oiseaux chanteurs, elle gazouille presque aussi bien qu'eux et imite merveilleusement leur langage. . . . Mais un jour, en regardant par le trou de la serrure, elle surprend le secret d'Alas Schlemp, elle découvre par quel moyen criminel l'affreux bonhomme développe le talent musical des rossignols :]

Luscignole voyait, dans le crépuscule assombri, Alas Schlemp aller d'un mur à l'autre, s'arrêter près de la table avec les menus gestes de quelqu'un qui dispose des objets.

Ah ! mon Dieu ! si la nuit se faisait tout à fait ténébreuse avant l'accomplissement des choses ?

Mais il y eut un bruit d'allumette frottée ; Alas Schlemp, tournant le dos à la porte, avait de la clarté autour de lui, espèce d'auréole l'environnant partout. Sans doute, il allumait une lampe posée sur la table. Non. Quand il se détourna un peu, il n'avait, l'allumette éteinte, que de l'ombre sur la face ; ce fut seulement quelques minutes après qu'une lueur, — une lueur singulière, pas celle de la lampe assurément, — lui lécha le visage, le cou, la chemise, les mains, d'un vacillement rose. Luscignole ne pouvait s'y tromper : du charbon de bois commençait à s'embraser dans le fourneau sur lequel elle avait coutume, petite ménagère, de faire chauffer les fers à repasser le linge. Pourquoi Alas Schlemp avait-il allumé ce feu ? A la flamme qui s'en dispersait, elle distingua sur la table trois ou quatre des gaines en fer-blanc qu'elle avait remarquées naguère, puis, — ustensiles imprévus, outils de quelque besogne peut-être affreuse,— de longs tuyaux de pipe sans godet à tabac, et, non loin, presque semblables à des aiguilles à tricoter, de très fines lances luisantes, pointues ; la rougeur plus épanouie du réchaud teignait cruellement les choses . et la face d'Alas Schlemp, qui se penchait, sinistre.

A cause d'un mouvement d'Alas Schlemp,— en ce moment ressemblance d'un démon plutôt que d'un homme,— Luscignole eut le ventre serré d'une étreinte d'angoisse.

Après avoir allongé l'une de ses mains, Alas prit entre deux doigts, délicatement, l'une des fines lances, et, la tenant d'un bout, il mit l'autre bout parmi le charbon embrasé.

Oh ! pourquoi faisait-il cela ?

Elle tremblait, se retenait de trembler, craignant que sa présence ne fût révélée par un heurt du genou au bois de la porte.

Il ne bougeait plus.

Pourtant, à deux ou trois reprises, il leva la lancine, dont la pointe déjà était rose, la remit dans la braise flambante, attendit. Il la retira encore ; la pointe n'était plus rose, mais blanchissante. Alors, ayant entre le pouce et l'index de la main droite, la petite lance pareille à une aiguille à tricoter, il prit de l'autre main l'un des longs tuyaux fins, blancs, pareils à un tuyau de pipe sans godet, et, ainsi armé, — armé, oui, mais contre qui ? — il fit, de l'ongle de l'annulaire, glisser le couvercle, où l'on voyait de petits trous, d'une des gaines en fer-blanc.

Ce qui apparut, ce fut la petite tête fauve, hérissée, aux yeux ronds, d'un rossignol !

Luscignole pensa que, d'effroi, elle allait perdre l'esprit. Pourquoi cet oiseau, — l'un des chers oiseaux dont elle était la sœur, — était-il là ? Qu'est-ce qu'on allait lui faire ? Elle prévoyait, elle devinait qu'il se passerait quelque chose d'épouvantable.   Elle voulait crier, n'osait pas, regardait toujours, éperdue.

Enserré dans un de ces tubes ronds et étroits où l'on met les très sauvages oiseaux récemment pris, pour que, immobilisés, ils ne puissent se rompre les pennes ni se friper le duvet, le rossignol restait sans mouvement, sa tête même prise entre le haussement serré des ailes.   Ses yeux seuls vivaient ! hagards, profonds, farouches, nostalgiques prunelles qui ne verront plus la vaste forêt mystérieuse. Ces yeux, Luscignole s'en étonnait.   Les yeux des chanteurs en cage, — elle s'en souvenait, — ne semblaient pas faits d'un tel éclair sombre ; ils auraient semblé des yeux morts à côté de ceux-ci.   Ah ! comme en ceux-ci vivaient la grandiose plainte de l'exil et le refus de la servitude et le défi à la nuit des prisons !

Cependant, Alas Schlemp. . . .

—Non ! non ! cria-t-elle.

Mais son cri, râle plutôt, mourut dans sa gorge serrée.

Alas Schlemp n'avait rien entendu.   La face toute ensanglantée à présent par l'écarlate charbon, il continuait sa besogne.

A l'un des yeux du rossignol, il appliquait, très précisément, sans déviation d'une ligne, le tuyau blanc.   D'une minutieuse circonspection de mère qui, pour le baiser sans le désendormir, écarte du nouveau-né les dentelles d'un berceau, il avait, çà et là, chassé du souffle la fumée du fourneau, et, maintenant, si adroit, d'une main à la fois légère et sûre, dans le trou du tuyau, il insinuait l'aiguille chauffée à blanc, vers l'œil.

Elle hurla, Luscignole !

Peut-être crut-elle s'entendre hurler ; ou bien, tout entier à son effroyable devoir, le gnome-bourreau ne pouvait-il plus rien ouïr.   Il l'achevait, il l'achevait, la besogne ; tandis que, terrifiée, menaçante aussi, les ongles entrés dans la porte comme des griffes d'oiseau dans l'écorce d'un arbre, elle regardait encore, en un vertige d'horreur.

La pointe atteignit l'œil ! car il y eut, — avec un petit bruit grésillant, qu'elle imagina sans doute, — un roidissement de toutes les plumes sur la fière tête martyrisée et une secousse de tout le corps enserré, si vive qu'elle fit rouler deux fois la pesante gaine de fer-blanc.

Puis, le tuyau et l'aiguille écartés, Luscignole vit un petit œil rond, où il n'y avait plus la nostalgie des profondes forêts, qui était nul, qui était mort, ô pauvre petit œil où se mira une rêverie infinie d'étoile ! Alas Schlemp, paisiblement, avait remis l'aiguille à chauffer, parce que, pour sécher l'autre œil, elle n'était plus assez brûlante. Deux ou trois fois, il la retira des braises pour voir si elle était rose, pour voir si elle était blanche ; il attendait, avec patience.

L'enfant, derrière la porte, devenait folle.

Il lui semblait, presque oiselette, qu'à elle aussi on infligerait un jour l'effroyable supplice, qu'elle aurait une pointe rouge aux prunelles, qu'elle n'y verrait plus. . . .

Cependant que faire ? Comment s'opposer aux forfaits d'Alas Schlemp ? Tandis qu'elle hésitait, bourrelée aussi, le tortureur, très adroitement, par le tuyau, insinuait l'aiguille, chauffée à blanc, vers l'autre œil du rossignol.

Cette fois elle poussa un cri d'horreur et de rage que répéta tout le silence de la cathédrale ; et, dégringolant les escaliers, poussant des portes, levant ses bras dans l'air libre, elle s'enfuit.

Elle courait à travers les rues nuitées de silence, ensilencées de nuit. Elle ne savait pas où elle allait, où elle irait. Elle continuait de fuir.

Un instant, elle eut l'idée de se réfugier dans la cathédrale, de réclamer asile aux profondes cryptes, protection aux saintes images des anges qui étaient depuis si longtemps ses petits amis.

Mais elle avait peur de tout ce qui était proche d'Alas Schlemp.

La face rouge de braise qui grésille, et la pointe de l'aiguille rosissante ou blanchissante hors du long tuyau pâle, elle les retrouverait, où qu'elle se cachât dans l'église ; et, malgré les ténèbres des caves, sacrées et l'immobile secours des images, elle n'éviterait pas l'épouvantable approche, et la main sur son épaule, du brûleur d'yeux.

Elle fuyait toujours. Aucun passant. Fenêtres éteintes, mortes comme les yeux des oiseaux aveuglés. Pour plus de tristesse, il y avait des étoiles, çà et là, dans le bleu noir. Pourquoi ces étoiles luisaient-elles encore, lorsqu'étaient clos à jamais les yeux où elles se mirèrent ? Puis, vraiment, à quoi pensaient en leurs songes les gens endormis derrière ces paisibles murs ? est-ce qu'ils n'auraient pas dû se lever, sortir, et s'armer et courir vers la tour, et châtier d'injures et de coups l'exécrable bourreau des frêles chanteurs ? Ah ! mon Dieu ! les pauvres petits, ils étaient aveugles, tous, tous, hélas ! les uns depuis naguère, les autres depuis si longtemps. Luscignole savait les choses enfin. Elle se rappelait les yeux étranges, si ternes, si fixes, au fond des cages ; et elle se faisait, affolée, des reproches. Elle avait profité, elle, des crimes d'Alas Schlemp. C'était parce qu'il était horrible qu'elle avait eu tant de joie à entendre les nocturnes oiseaux ; et même — puisque de les entendre si bien ramager, l'envie lui était venue de ramager comme eux — elle devait à ces abominables pratiques la rossignolante voix dont elle fut si fière.

Elle courait encore, les bras jetés en arrière, avec un instinct de repousser des poursuites ; ses cheveux défaits, que suivaient, or pâle à de l'or pâle mêlé, des rayons d'astres, faisaient un sillage blond dans la nuit des rues. Ce fut comme la queue d'une très petite comète qui s'en va très vite et très loin. Luscignole traversa la muette ville obscure, traversa les mornes faubourgs, vit, au-delà, l'embrasement rouge des usines et des forges nocturnes, eut la pensée — grandissement des choses par l'effroi — de cent Alas Schlemp, énormes devant d'énormes brasiers, et faisant en de prodigieux fours écarlates chauffer des barres à brûler des yeux de rossignols géants ! Ses affres redoublèrent, elle se précipita, plus rapide, vers le loin, vers l'inconnu, vers le noir plus éclairé d'étoiles. Car il y a plus d'étoiles sur les plaines que sur les villes ; pudeur d'astres qui ne veulent pas être vus. Essoufflée, chancelante parfois, elle courait, elle courait. Elle grimpa une côte, — c'était la pente de la colline tombée de la hotte du Diable, — crut qu'elle ne pourrait pas aller plus haut, grimpa encore, se laissa rouler — car, de tant se hâter, elle ne savait plus si c'était des mains ou des pieds qu'elle touchait le sol — le long de l'autre côté, et enfin, mourante, mais prête à revivre pour fuir encore si la menace d'Alas Schlemp apparaissait avec ses aiguilles, elle se trouva assise sur la lisière d'un bois où la lueur de la lune laissait voir qu'il y avait des violettes dans l'épaisseur de l'herbe.

Alors, seule, ayant tout quitté, orpheline de tout, que fit-elle, pauvre enfant fuyarde ?

Elle chanta.

Oui, comme il arrive quelquefois aux plus farouches rossignols, le jour même où on les prit, de moduler, en leur première désespérance voisine encore de l'espoir, leurs plus belles odes (bientôt, ils se tairont, et jamais plus ne chanteront que vaincus enfin, et aveugles !) elle chantait, la fillette-oiselle; et il fut, son chant, si mélancoliquement, si délicieusement, un chant de luscinie, que tous les rossignols des bois, ici, là, ailleurs, partout, éveillés sous les branches et laissant à la silencieuse femelle la surveillance du nid, extasièrent l'immense nuit de leur mélodieuse plainte qu'écouta peut-être, et garda en son cœur, et garda en son âme, pour en faire la mélodie et le rythme de quelque noble élégie, un poète passant, sur le chemin sans gîte, de l'autre côté de la colline !

———•••———

RENÉ MAIZEROY.

Le baron RENÉ JEAN TOUSSAINT, known under the pseudonym of *René*, was born in 1856. On leaving the École Militaire de Saint-Cyr, with the title of lieutenant, he took the surname of *Maizeroy* (tombé en quenouille).

His first books were military studies : *Souvenirs d'un Saint-Cyrien, Le Capitaine Bric-à-Brac.*

René Maizeroy, as a novelist, made at once a place for himself among the young generation of writers by the originality of his subjects and the modernism of his touch. He is one of the most elegant of our present men of letters; many of his pages are chiselled with the most masterly and artistic strokes.

Among his novels we shall name : *Deux Amies, Le Boulet, La Petite Reine, Au Régiment, La Grande Bleue,* an exquisite series of pictures of the sea, with prefaces by Guy de Maupassant, Paul Arène, Pierre Loti, Jean Richepin, and Paul Bourget.

———•◦•———

LA GRANDE BLEUE.

· *La chanson de la mer.*

La mer vous prend comme une musique, — une musique qui enveloppe, qui berce, qui trouble et qui repose.

Parfois le rythme geignard, voilé d'une chanson de nourrice qui s'endort en donnant le sein et en dodelinant de la tête. Parfois la plainte vagissante d'une voix de femme qui se calme après avoir longtemps sangloté. Et aussi la large rumeur des foules en révolte, les puissantes lamentations qui montent furieuses et hurlantes, le cinglement des lames passant dans le bruit sourd de la rafale. Toutes ces musiques sont la musique de la mer, — la mer grande, comme disent les vieilles complaintes des pilotes.

Et c'est une musique qui ne s'interrompt jamais, qui donne une sensation profonde d'éternité, de renaissance perpétuelle.

Point de ces silences pleins de douceur comme dans les paresseuses rivières qui coulent lentement sur des lits d'herbes vertes, sous le dôme ténébreux des branches entrelacées, — ces silences absolus de l'eau dormante où l'on rêverait de s'enfoncer peu à peu, de s'endormir avec le bleu du ciel dans les yeux. Silences exquis à savourer comme une extase furtive, surtout par les blondes nuits d'été où la lune s'épanouit ainsi qu'une rose blanche dans le jardin illuminé des étoiles, où les derniers rossignols s'appellent mélancoliquement et où d'âcres odeurs de foin se mêlent à l'odeur des moissons mûres. Silences si endormeurs qu'on n'ose les troubler par le clapotement des avirons et qu'on laisse sa barque descendre le fil de l'eau à la dérive, comme si l'on voguait sur le Léthé, — le fleuve d'oubli.

La mer chante nuit et jour. Elle chante sur les sables d'or, sur les roches tapissées de varech et de goémons, au pied des falaises déchiquetées et sur les galets qui roulent et se heurtent comme des cymbales graves. Elle chante sans trêve, — et c'est à la fois monotone et nouveau, — une musique dont on ne parvient pas à se lasser, qui réjouit le cœur lorsqu'on l'écoute après de longs mois d'absence, et qui demeure interminablement dans l'oreille comme au fond des coquillages nacrés.

O grandes voix gémissantes des sirènes qui retentissez dans l'épaisse nuit devant les ports qui dorment et les phares au regard pensif, sanglots étranges de bête blessée, qui venez on ne sait d'où, qui traînez sur la mer par hoquets convulsifs, clameurs rauques des steamboats impatients de jeter l'ancre, de franchir les passes dangereuses. Que de fois vous m'avez halluciné et apeuré dans tout mon être !

Que de fois en écoutant vos formidables bâillements qui secouent les vitres d'un frisson, qui assourdissent les oreilles, je me suis rappelé les légendes de jadis que les vieux matelots revenus des îles lointaines racontent aux veillées en buvant des verres de cidre, les histoires où se dressent des monstres aux noms bizarres, où luisent comme des fanaux attirants les verdâtres prunelles de la grande ourque, le noir drapeau du vaisseau hollandais, et les poissons qui chantent d'une voix câline comme les femmes brûlées du mal d'amour.

Et cependant vous êtes aux oreilles tendues de ceux qui s'aimaient et que la mauvaise chance a séparés, plus douce que toutes les chansons, que toutes les musiques. Vous leur faites battre le cœur à se rompre.

Vous leur criez que l'épreuve est finie, que dans quelque temps on se reverra, on rallumera les flammes éteintes, on oubliera les anciennes angoisses, la si longue, si pénible séparation où l'on n'osait pas songer au lendemain. Vous annoncez le retour des absents, vous êtes le carillon sonore qui retentit par delà les vagues, qui entr'ouvre les portes des maisons endeuillées, et celles dont les bien-aimés sont partis sur la mer tressaillent et se dressent aussitôt pour vous entendre, ô grandes voix gémissantes des sirènes qui retentissez dans l'épaisse nuit, clameurs rauques des steamboats impatients de jeter l'ancre, de se reposer, de dormir. . . .

PAUL BOURGET.

PAUL BOURGET is an indirect disciple of Renan. He was born in 1853, and has become famous within the past ten years.

His first literary efforts were three volumes of poetry: *La Vie Inquiète, Edel, Les Aveux.* In these verses, Paul Bourget describes the vibrations of his soul in contact with hopes, desires, and secretly mournful memories ; he shows himself a delicately sensitive observer, surprised, and even horrified, by the brutality of real life.

He then published a series of critiques under the titles of *Essais de Psychologie Contemporaine, Études et Portraits.* The critiques of Paul Bourget belong to a special kind of criticism ; he himself tells us that he prefers the appellation of "psychologist" to that of critic. "Mon ambition," he says, "a été d'esquisser quelques notes qui seront utiles à l'historien de la vie morale en France pendant la seconde moitié du 19ᵉ siècle."

Bourget does not analyze the books or the literary processes of the writers whom he studies, nor does he try to define the impression their books make as works of art; he only seeks to explain and describe such of the authors' states of conscience and ideas as he has himself appropriated by initiation and sympathy. His criticism might be called egotistic. Nevertheless, his essays and notes of travels charm the reader by their very personality. Bourget possesses a wide comprehension of things and a horror of radical theories ; his only delight is to comprehend, to interpret, and to demonstrate. He reacts against materialism, filling with infinite tact the "rôle" of an apostle of culture.

Later on, Paul Bourget appeared as a novelist of talent, and won the favor of the feminine public by the books he successively published, *L'Irréparable, Cruelle Enigme, Crime d'Amour, André Cornélis, Mensonges, Le Disciple, Un Cœur de Femme, Pastels, Nouveaux Pastels, Terre Promise,* and quite· recently, *Cosmopolis.*

Paul Bourget's novels deal with dramas of conscience, moral scruples, remorse, repentance, expiation and purification. They are the natural outcome of his essays on psychology.

The style of Paul Bourget is perhaps better in his *Essais de Psychologie* than in his novels. In the latter, it is sometimes awkward and heavy, the epithets are not always severely selected. But there is, nevertheless, a great charm in the subtlety, the deep melancholy, the exquisiteness which are prevalent all through his works. His faculties of patient analysis are remarkable. Jules Lemaître, in his essay on Bourget, shows in this author traces of the influence of many contemporary writers, his elders, such as Baudelaire, whose sensual and mystic attitudes he has borrowed, Alex. Dumas, Taine, Stendhal, from whom he has inherited a craze for analysis and the inevitable pessimistic conclusions, and lastly, Renan, whose affected and intelligent indifference of dilettanteism he involuntarily perhaps, but very apparently, has reproduced in his works.

Paul Bourget is still very young, but his reputation is already widely spread among the literary world; he is regarded as one of the leaders of the Psychological school. One might reproach him with an excess of subtlety in his analyses, but he certainly has a very finely gifted mind with · solid qualities. Foreigners are great admirers of Bourget, and are very sensitive to his literary personality.

TERRE PROMISE.

En Plein Rêve.

La comtesse Louise Scilly avait dit à sa fille Henriette et à Francis Nayrac, le fiancé de cette jolie enfant : — " Marchez un peu et ne vous inquiétez pas de moi, je vous attendrai ici.   Je ne veux pas que ma vieille figure vous gâte ce beau matin. . . ." Et elle s'était assise sur un banc de marbre sculpté, auprès d'un buisson de roses, de ces roses frêles, à peine parfumées, qui fleurissent tout l'hiver dans les haies de cette douce Sicile.   On était vers la fin de novembre, et une lumière d'une divine transparence, si légèrement, si puissamment réchauffante, enveloppait, baignait, caressait ce jardin, cette oasis plutôt, de la villa Tasca, — fantaisie de grand seigneur hospitalier bien connue de ceux que le caprice du voyage ou le souci d'une santé compromise ont exilés quelques mois à Palerme.

Dans les massifs, des aloès pâlissants tordaient leurs poignards barbelés.   Des dattiers remuaient lentement leurs palmes d'un vert sombre.   Des cactus tendaient leurs raquettes épineuses où pointaient des fruits violets.   De blanches statues brillaient dans l'interstice des verdures, et la villa elle-même, toutes fenêtres closes, semblait, parmi cette paix et cette clarté de la matinée, retenir, derrière sa façade peinte de couleurs tendres, un rêve de félicité.

Dans ce décor de solitude, animé uniquement par le frisson des feuillages ou par le vol d'un cygne dont les ailes mutilées rasaient l'eau dormante d'un invisible étang, les yeux de la mère revenaient sans cesse vers la portion du vaste et lumineux jardin où se promenaient les deux fiancés. Leur pas lent, incertain, distrait, — ce pas d'un couple heureux et dont les moindres mouvements s'harmonisent, s'épousent pour ainsi dire d'un inconscient accord, — les éloignait tour à tour et les rapprochait.   Ils disparaissaient, puis reparaissaient au tournant des allées. Ils marchaient, s'arrêtaient, marchaient de nouveau. Ils se regardaient, parlaient, se taisaient, si délicieusement exaltés et ravis par ce ciel bleu, cette clarté du jour, ces arbres, ces eaux, ces fleurs, par eux-mêmes surtout, par cette magie de la présence aimée, qui mettrait le printemps là où règne l'hiver ; et, ajoutée à l'enchantement d'une heure enchantée, peu s'en faut qu'elle ne dépasse les forces de l'âme ! Henriette et Francis avaient autour de leurs personnes ce mystérieux rayonnement que projette l'extrême bonheur. Ils étaient comme soutenus, comme soulevés par cet intime esprit de félicité que révèle chaque geste de deux êtres qui se chérissent entièrement, absolument.

Jamais la taille souple de la jeune fille n'avait été plus souple, son fin sourire plus fin, jamais son visage plus délicat, ses yeux plus bleus, sa joue plus rosée, sa bouche plus spirituelle, l'or de ses cheveux plus soyeux et plus brillant. Jamais non plus la physionomie, volontiers concentrée et réfléchie, de Francis, ne s'était éclairée d'une pensée plus radieuse. La flamme noire de ses prunelles s'adoucissait pour contempler celle qui serait bientôt sa femme, dans des regards caressants.

A la manière dont il lui donnait le bras pour la soutenir, tout le génie protecteur d'un dévouement d'homme se devinait. Elle était si jeune, si mince, si fragile, malgré ses vingt-trois ans, qui en paraissaient à peine dix-huit, au lieu que ses trente-quatre ans à lui étaient bien marqués sur son masque bistré et creusé, si mélancolique parfois au repos et transfiguré à cette minute par un magnétisme de félicité. C'était comme une vision d'un rêve réalisé que cette promenade, pour le tendre témoin qui contemplait les deux fiancés, pour cette mère qu'ils n'oubliaient pas même dans leur extase, car, à chaque passage près du banc de marbre, Henriette la saluait d'un sourire et d'un regard.

Elle savait, quoiqu'elle n'entendît pas même le bruit de leurs chères voix, qu'ils l'associaient de leur côté au charme de cette promenade, et c'était vrai qu'en se parlant d'eux, ils se parlaient d'elle. Ils la mêlaient si naturellement à l'avenir dans lequel ils avaient cette confiance enivrée de ceux qui s'aiment d'un amour permis. Oui, quel rêve ils réalisaient dans ce cadre de paradis, elle si tendre, si fière, n'ayant connu de la vie que ses heures pures, lui encore assez jeune pour ne pas craindre de vieillir avant elle, assez éprouvé par les passions pour savoir le prix de ce qu'il avait rencontré dans cet être pour lui unique ! Et ils causaient, ou mieux, ils pensaient, ils sentaient tout haut, ne cherchant pas leurs paroles, mais chaque phrase avait pour eux la secrète, la pénétrante magie de l'intimité toute prochaine. Rien que le son de leur voix leur faisait savourer d'avance d'innombrables minutes d'amour, comme en allant et en venant dans le jardin ils respiraient l'arome de toutes les fleurs et de tous les feuillages qu'ils ne voyaient pas.

—Chère mère, dit le jeune homme en serrant le bras de la jeune fille. Si elle m'aime un peu, vous savez que moi je l'aime beaucoup. Je lui garde une telle reconnaissance de vous avoir faite celle que vous êtes. . . . Je l'aurais trouvée hostile à notre mariage que je la lui voucrais encore, cette reconnaissance, rien que pour avoir rencontré en vous ce que j'y ai rencontré, la vivante preuve que les rêves les plus beaux de la jeunesse ne mentent pas toujours. . . .

—Taisez-vous, interrompit-elle en rougissant, et elle lui mit sur la bouche sa main demeurée libre qu'il baisa à travers le gant ; vous allez recommencer de me flatter, ce qui n'est pas bien, et vous oubliez de regarder ces beaux pins d'Italie dont j'aime tant la silhouette et ce sombre bouquet que font leurs branches là-haut, ce *bel vaso*, comme nous disait le jardinier qui m'a montré la villa le premier jour. Est-ce assez cela et comme ils sont ingénument artistes, dans cet étrange pays ! . . . Mais la Sicile est trop loin. Si nous pouvions trouver l'année prochaine, pour y passer l'hiver, une propriété qui eût un parc, avec des arbres comme ceux-ci et cette lumière, mais plus près de Paris, pour que le voyage fût moins fatigant, en Provence ou sur la côte de Gênes ! . . .

— Je vous ai promis de m'arrêter là quand je retournerai en France et de chercher, repartit Nayrac. Je suis si heureux que vous aimiez la même espèce de nature que moi et de la même façon. . . . Mais avez-vous remarqué, l'autre jour encore, au Musée, quand je me suis arrêté devant l'Hercule qui tue la pauvre Amazone, et sans que vous m'en eussiez parlé, comme nous avons ainsi les mêmes goûts en toutes choses, si instinctivement ?

— C'est encore vrai, dit Henriette, les mêmes, tout à fait les mêmes. . . . Mais je le savais si bien dès le premier jour que je vous ai vu. . . .

— Et à quoi ? demanda-t-il.

— Est-ce qu'on se rend compte ? fit la jeune fille. Mais j'étais sûre, quand je suis venue dans ce jardin pour la première fois, que vous le préféreriez à tous les autres. . . . Je n'ai pas lu beaucoup et je ne suis qu'une ignorante. Je suis certaine que du premier coup je saurais d'un livre si vous l'aimerez. . . .

— C'est si pénible, reprit-il, lorsque entre deux êtres il n'y a pas cette harmonie, cet intime accord. . . . Au lieu qu'il m'est si doux de penser que vous êtes ma femme, vraiment ma femme, vous comprenez, un cœur fait justement à la ressemblance de mon cœur. . . .

— Et vous mon fiancé, répondit-elle à mi-voix, mon cher fiancé. . . .

— Et pourtant, continua-t-il, ce profond accord me rend quelquefois presque triste. . . . A quoi cela tient-il que nous soyons ici ? . Je pense que j'ai si bien failli ne pas vous connaître ! Si je n'avais pas quitté ma carrière ? Si en la quittant j'étais venu m'établir en Italie comme j'en avais l'intention ? Si je n'étais pas allé chez Mme de Jardes ce mercredi ? Si nous ne nous étions pas rencontrés ce jour-là ? . . .

—Je n'admets pas tous ces *si*, interrompit-elle en riant avec une mutinerie de son joli visage ; nous ne pouvions pas ne pas nous rencontrer. . . .

— Si cependant ? . . . reprit-il.

—Je comprends bien que c'est insensé, répondit-elle avec une bouche redevenue sérieuse et songeuse ; mais je sais que je ne me serais jamais mariée. . . .

Ils s'arrêtèrent pour échanger un long regard. Il lut à travers ces beaux yeux bleus jusqu'au fond de cette âme qui était à lui. Dans cette chère âme tout était candeur et vérité. Il n'y avait pas un repli où il ne devinât la plus irréprochable, la plus passionnée des tendresses. Sur ce cœur virginal rien n'avait jamais passé, pas un frisson, pas une ombre. Autour de leur silence les palmes continuaient de palpiter, le vent de murmurer dans les pins, les buissons de roses et les citronnelles d'exhaler un léger parfum vaguement musqué, l'ombre des feuillages de trembler sur les marbres, le cygne d'errer sur l'eau dormante, le soleil de rayonner dans le vaste ciel. Ils étaient si seuls dans ce tournant d'allée, — si loyalement, presque pieusement seuls, avec la présence bénie de la meilleure des mères à côté de leur amour comme pour le sanctifier. Francis attira sa fiancée contre son cœur, et il posa ses lèvres sur ce front qu'aucune pensée mauvaise n'avait jamais traversé, pas même effleuré. Il se sentit alors si heureux, que ce bon-heur trop complet, trop absolu, dépassa tout d'un coup les puissances de son être et lui fit mal pour la première fois, et tout bas il dit à sa chère "aimée," comme elle lui permettait de l'appeler quelquefois à des minutes pareilles :

—Nous sommes trop heureux, j'ai peur. . . .

Elle ne répondit rien d'abord. Mais il vit distinctement une angoisse passer dans ces douces prunelles, un frémissement courir autour de ces lèvres à demi-ouvertes. Les paupières de la jeune fille battirent, son sein palpita, puis, le regardant de nouveau, bien en face, elle fit un effort pour dominer son impression et, avec un sourire de courage :

—Moi aussi, quelquefois, dit-elle, j'ai peur d'être si heureuse. Mais il ne faut pas. Quand on n'a rien sur la conscience, n'est-on pas avec Dieu ?. . . .

RÉCURRENCES.

On dirait que cette Irlande, si proche et si lointaine, est vraiment encore la terre des prodiges dont rêvaient les anciens. Ai-je été jamais aussi voisin de la sensation, si rare aujourd'hui, où l'âme erre sur le bord du surnaturel, qu'à ma dernière traversée entre Holyhead et Dublin ?

Un brouillard de mer, tout blanc et si épais que l'œil ne distinguait pas les objets d'un bord à l'autre du navire, s'était abattu autour de nous. Le paquebot avançait à peine dans cette buée, de crainte de rencontre, et, de minute en minute, la machine jetait un sifflement d'alarme, auquel d'autres sifflements d'autres bateaux invisibles et tout proches répondaient. Des coups de canon partaient par intervalles, et, en me penchant sur le bastingage, j'apercevais l'eau de la mer, morte et livide d'une nuance de gris vert, qui clapotait à peine contre la quille presque immobile, tant la dangereuse marche se faisait lente, jusqu'à ce que le bateau s'arrêtât ; et il n'y eut plus d'autre bruit dans le silence de l'hélice que ce sifflement de détresse. Ah ! si j'avais en ce moment vu de mes propres yeux le vaisseau fantôme passer avec ses agrès noirs, le long de notre navire,

non, je ne fusse pas demeuré étonné ! Mais ce que je
voyais passer dans cette mort de toutes choses autour de
moi, qui, couché sur le pont, rêvais dans cette buée, c'étaient
toutes les mélancolies de la pensée, toutes les déceptions et
tous les regrets, — équipage d'un embarquement pour la
mort qui ferait le pendant à cet embarquement pour Cythère
que peignit l'adorable Watteau ; — et le clapotis de l'eau
noire m'arrivait comme un conseil d'abdication définitive,
dans une plainte exhalée indéfiniment, vainement, comme
cet appel du vaisseau immobile parmi la buée blanche, plus
impénétrable que l'avenir.

Flots changeants de la vaste mer, flots mystérieux dont le
vieux poète célébrait l'innombrable concert, vous devez être
pour l'âme humaine un symbole de joie profonde et d'apaise-
ment comme de mélancolie et de fatalité. Combien m'avez-
vous donné d'émotions douces durant cet heureux voyage
que je fis de la claire Marseille à la lumineuse Malaga, tout
le long des côtes de cette Espagne, qui me demeure dans le
souvenir comme une vision de lumière ! Et je revois
l'instant du départ, à la nuit tombée, l'eau noire et souple,
les feux du port et ceux des étoiles piquant le sombre du
ciel où s'entremêlait une population d'agrès noirs. Un peu
de musique arrivait à moi d'un bal ouvert sur le port.
L'ancre dérapait, le bateau sifflait, et par la nuit tiède de
printemps, nous voici en marche sur l'eau dormante. Au
matin, nous étions en vue du golfe de Rosas, tout près de
la côte dont nous séparait une mer bleue à peine remuée,
d'où sortaient des îles de rochers, comme des aigrettes roses,
puis une ligne de montagnes bleuâtres, et entre ces montagnes et le dôme bleu du ciel, l'éclatante neige des Pyrénées. Et ce fut ainsi des heures et des heures, — la mer
toujours douce et claire, la côte découpée, basse tour à tour
et s'apercevant montagneuse, avec des villes jetées comme
des nids de pirates sur les hauteurs ou étendues comme des

nids de pêcheurs sur la plaine paisible, et des fleurs à partir de Valence qui paraient tout le pont du navire, et des chansons de matelots sur un rythme andalous.

Homme libre, toujours tu chériras la mer !

ALEXANDRE DUMAS *FILS.*

A novelist, a dramatist, the son of the famous novelist of the same name, ALEXANDRE DUMAS was born at Paris in 1824.

He began to write when only sixteen years old, and while still at college. His first work was well received, and he successively published many novels, the most remarkable of which are : *Le Docteur Servans, Sophie Printemps, Le Roman d'une Femme, Contes et Nouvelles, L'Affaire Clémenceau, Lettres sur les Choses du Jour, 1871, La Tulipe Noire.* *La Dame aux Camélias,* his principal work, was written in 1848 ; in 1852 it was produced on the stage, and obtained a great success ; now it ranks among the most dramatic and touching plays, and is universally known.

Le Demi-Monde, which followed, achieved Alexandre Dumas' reputation as a dramatist. His other theatrical works, such as *La Question d'Argent, Le Supplice d'une Femme, Les Idées de Mme Aubray, La Princesse Georges,* show the richness and versatility of his imagination, together with his power of creation.

Alexandre Dumas' dramas are remarkable for the fine drawing of characters, the pathos of many scenes, the skill with which he brings out the denouement. Few among the best psychologists have shown a more perfect knowledge of the customs of our times, a greater keenness of observation, and a deeper study of passions and of human nature.

Most of Dumas' plays have been directed to some burning question of the social and ethical kind, and it has been his practice to re-issue them after a time with argumentative prefaces.

The last novel of Alexandre Dumas, *La Question du Divorce*, may be considered his best as a literary and philosophical work.

Alexandre Dumas' style, both in his dramas and his novels, is very correct, pure, elegant, terse, reminding one of the authors of the 17th century.

SOPHIE PRINTEMPS.

Quel nom a-t-elle ? Un nom frais et parfumé : Sophie Printemps. Quel âge ? Dix-huit ans à peine.

Est-elle éveillée ou endormie ? Vit-elle seulement ? On ne l'affirmerait pas, tant elle est délicate et pâle, à ce point qu'on dirait que son corps n'a été fait que pour laisser voir son âme.

Voyez comme elle est triste ! Étendue tout au long dans un grand fauteuil, son livre sur ses genoux, sa tête posée sur sa main gauche, qui la soutient sans effort, l'œil fixé sur une chose qu'elle ne voit pas, elle songe. A quoi ? Nous le saurons peut-être.

Mais, auparavant, regardons-la.

Que de cheveux blonds et quelle grâce dans le désordre qui leur sert de coiffure ; car une coiffure régulière, à une pareille quantité de cheveux, serait une fatigue trop grande et un travail trop long pour celle qui le ferait.

Cette belle enfant est mince, grande et toujours lasse, comme s'il lui fallait toute sa vie pour se reposer du chemin qu'elle a fait en venant du ciel. Peut-être Dieu hésitait-il à nous la donner, et, curieuse, s'était-elle glissée dans ce

monde, au milieu de cette hésitation.   Toujours est-il que
la vie semble n'avoir reçu ordre que de passer par ce beau
corps et de n'y point séjourner.

Elle a l'air d'une de ces belles vierges blondes des vi-
traux chrétiens que les peintres mettaient dans les églises,
entre la lumière du soleil et le feu des encensoirs, pour
qu'elles s'éclairassent de l'un et de l'autre, et, ne touchant
pas à la terre, parussent toujours être sur la route du ciel.
Pour être logique, elle devrait être vêtue d'une longue robe
bleue à bordure d'or, porter sur le front une couronne de
roses blanches, et attendre, dans une attitude complaisante
de clémence et de pardon, les pélerins qui doivent, en passant, s'agenouiller devant toutes ces madones.

A quoi bon vous dire qu'elle a la peau comme ce beau
marbre, légèrement teinté de rose, et dont la Grèce seule eut
le secret ; que, sous ses sourcils fins et tirés d'un seul coup
de pinceau, ses yeux d'une nuance céleste sont deux bluets
éclos dans là neige ; que sa bouche est d'un rose pâle ; que
le sourire y est facile, surtout ce sourire vaste qui entr'ouvre
les lèvres pour laisser exhaler un peu de l'âme ; que le nez
est petit, et que les narines, transparentes comme la cire la
plus fine, aspirent sans cesse les parfums qui l'entourent ?
Vous saviez cela aussi bien que moi, ou plutôt vous le
deviniez.

Cependant, rassurez-vous ; si faible qu'elle paraisse et
qu'elle soit, cette belle personne n'est pas malade.   Non,
grâce à Dieu, rien ne souffre en elle.

Elle est ainsi faite, voilà tout ; et si vous lui demandiez la
cause réelle de toute la mélancolie répandue sur elle et
presque dans les plis de sa robe blanche, elle ne saurait
vous la dire, car elle ne la sait pas.   Elle est rêveuse, pâle
et triste, et, comme certaines choses sont nées pour être
ainsi, comme le chant du pâtre dans le crépuscule, comme
la fleur éclose dans l'aridité d'un rocher ; l'âme d'élite n'est-

elle pas d'ailleurs, au milieu de ce monde, aussi isolée que la fleur perdue dans la montagne déserte ?

Des mains fines, blanches, aux doigts effilés et roses, mains faites exprès pour cueillir et pour caresser, et si souples, si ductiles, que lorsqu'elles touchent un clavecin, on se demande si, sous d'autres mains, l'instrument rendrait une pareille harmonie.   Voilà tout ce qu'après sa tête la pudeur de son vêtement laisse voir et même imaginer d'elle.

Puis, autour de cette femme, un autre air que celui que nous respirons ; si bien qu'elle semble avoir emporté avec elle un écho des divines harmonies imprégnées des senteurs éternelles.   Tout ceci ressemble un peu bien à la légende et à un parti pris de poésie.   C'est à vous à ne pas me croire ; mais alors tant pis pour vous, car je vous déclare que cette jeune fille est telle que je viens de la décrire, avec toute la supériorité de la réalité sur la peinture, du fait sur le récit.

OCTAVE FEUILLET.

OCTAVE FEUILLET, born in 1822, was equally distinguished as novelist and dramatist.   In 1862, he was made a member of the French Academy.   He died in January, 1891.

Octave Feuillet was a very successful and popular writer ; many of his works have been translated into different languages.   His style is always pure and elegant, his characters well pictured ; he is very fond of dramatic situations, which are sometimes a little overdone, but always inspiring interest, and often true emotion.   His choice of subjects denotes a pure and noble mind.   Most, if not all, of his heroes and heroines belong to high society.   His situation as librarian of the Imperial Library at Compiègne, where the court of the late French emperor used to spend some months every year, enabled him to study closely the different types he has depicted.

Octave Feuillet excited the greatest enthusiasm among the feminine public, who could not fail to appreciate the delicacy of touch with which he drew his fine pictures of women. Indulgence for their faults and frailty, admiration for their higher qualities, tender love and respect for their devotion, their pity, their kindness, are felt in most of his novels.

Octave Feuillet's best known novels are : *Le Roman d'un Jeune Homme Pauvre*, which is known all over the world ; *Monsieur de Camors*, his strongest one; *Histoire de Sybille*, *La Petite Comtesse*, *Le Journal d'une Femme*, *Julia de Trécœur*, *Bellah*, and his last one, written but a few months before his death, *Honneur d'Artiste*, which proved that the writer had lost nothing of his remarkable qualities.

CONSEILS À UN ARTISTE.

Sertorius, professeur de contre-point.
Roswein, son élève.

Sertorius (faisant signe à Roswein d'approcher). Mon enfant, lorsqu'un élève sort de mes mains, je crois de mon devoir de lui donner quelques conseils suprêmes ; mais je ne les impose à personne. Je te demande donc, André, s'il te convient de m'écouter, si tu veux bien me reconnaître, vis-à-vis de toi, l'autorité d'un vieillard et d'un ami ?

Roswein. L'autorité d'un père chéri et respecté, maître Sertorius.

Sertorius. Assieds-toi donc, mon enfant, André ! . . . André Roswein, le ciel t'a doué avec une munificence que j'ai souvent admirée. . . . Il t'a fait musicien et poète, il t'a donné la lyre et la harpe, il a exhaussé ton jeune front pour y placer deux couronnes. . . . Songe, mon fils, que l'ingratitude se mesure au bienfait. . . . Tu n'as qu'une façon de t'acquitter envers Dieu ; il t'a prêté le génie, rends-lui la vertu, il t'a fait grand, sois honnête !

Roswein. Oui, maître !

Sertorius. Sois honnête ! Et si ce n'est pas assez que ta conscience te le commande, sache que l'intérêt même de ton avenir l'exige ! Ne pense pas, en effet, jeune homme, trouver une inspiration sincère et durable dans les émotions du désordre, dans la fougue des sens et dans l'excitation maladive des passions. . . . Le délire n'est point la force ! Ah ! je n'ignore pas, crois-le bien, les dangers qui t'attendent. . . . Je sais quelles tentations redoutables assiègent l'imagination et la vie fièvreuses de l'artiste ; je sais quels philtres puissants se glissent dans ses veines sans cesse enflammées ; je le sais, et tu le sauras bientôt toi-même, si tu ne le sais déjà. . . . Mais si tu n'as pas le courage de repousser les entraînements vulgaires, je te le dis, tu es perdu ! Tu ne fourniras pas ta course ! Souviens-toi que les anciens, dans leurs profondes allégories, appelaient du même nom la vertu et la force, qu'ils faisaient les muses chastes, et qu'ils donnaient aux vestales la garde du feu sacré ! Règle donc ton cœur et règle ta vie. . . . Tout est là. (Il se lève.) Dans tes nuits de défaillance, mon fils, évoque à ton aide les ombres des vaillants et des forts, évoque ces illustres bénédictins de notre art, les seuls peut-être qui aient touché du front les voûtes de l'idéal : Palestrina, Beethoven, Mozart. . . . Ah ! ceux-là n'étaient pas seulement de grands hommes . . . ils étaient des saints ! (La nuit commence.)

Roswein (se levant). Maître, je le sais.

Sertorius (avec une émotion grave et contenue). Et si j'ose me nommer moi-même après ces colosses, songe aussi quelquefois, mon ami, à ton vieux maître ; du sein de la gloire qui t'attend sans doute, retourne quelquefois ton regard vers mon obscurité. . . . Nous allons nous quitter,

mon ami ; nous allons rompre la chaîne de nos études communes et de nos enthousiasmes partagés. . . . C'est un
déchirement pour mon cœur, je ne te le cache pas. . . .
Jamais je n'ai semé sur un sol plus heureux ; jamais mois-
son plus féconde ne paya les soins de l'humble labou-
reur. . . . Je te remercie, André, des joies que tu m'as
données, et je prie Dieu qu'il t'en récompense. . . . Et
maintenant, maintenant . . . adieu, mon enfant ; adieu,
mon disciple bien-aimé . . . embrasse-moi !

Roswein (se jetant dans ses bras). Mon père ! (Il
pleure.)

Sertorius. Oui, tu es bon, je le sais. . . . Mais tu es
faible aussi. . . . Prends garde, prends bien garde à
cela. — DALILA.

JULES CLARETIE.

JULES CLARETIE, born in 1840, is at present the administrator of the Comédie Française. A very talented and
gifted man, he has achieved success in various branches of
literature : history, novel, drama and journalism ; but he is
above all an assimilator of ideas rather than an originator ;
he has not opened any new paths in the various branches
that he has cultivated.

Jules Claretie's talent is specially adapted to journalism,
and in this line he has won some reputation. Before he
became the administrator of the Comédie Française, he
wrote a daily "chronique" in "Le Temps," which was very
much appreciated by the readers of that paper. From
1867–68, he wrote in "L'Opinion Nationale" a series of
"feuilletons dramatiques," which were published afterwards
in a volume having for title *La Vie Moderne au Théâtre*, and
which contains two remarkable studies, one on *Le Fan-*

tasia of Alfred de Musset, the other on *Les Idées de Mme d'Aubray* by Alexandre Dumas fils.

As a novelist, Jules Claretie holds a good place without being in the first rank. His style is pure, fluent, elegant. His best novels are : *Monsieur le Ministre, Le Prince Zilah, Le Million, Norris, Mœurs du Jour, Le Drapeau*, which has been rewarded by the French Academy, and in which the ardent patriotism of the author has found eloquent and noble language to describe the humble and touching devotion of two poor soldiers. *Les Victimes de Paris, Un Assassin, Les Derniers Montagnards, Histoire de l'Insurrection de Prairial, An III*, belong to his historical works ; they are remarkable for the clearness, as well as for the liveliness of the style.

LA TANTE ANNETTE.

Elle fut pour moi une mère, la pauvre vieille fille ; après avoir adoré son frère et l'enfant de son frère, elle s'éprit d'une affection profonde pour ce petit-neveu qui lui tendait ses bras et son sourire. Elle fut ma première institutrice, et je me souviens du jour où elle m'enseigna pour la première fois, les lettres de l'alphabet. Mon père avait tiré de sa poche une petite grammaire, que j'étudiai plus tard, et la posant sur la table,

— Allons, Régis, avait-il dit, il s'agit de devenir un savant !

Mais la tante fit, en apercevant la grammaire, une belle grimace : " Est-ce que tu crois, s'écria-t-elle en croisant les bras devant mon père, que je vais le faire épeler pour la première fois là-dedans ? "

La chère femme était fort dévote, d'une dévotion, il est vrai, plus chrétienne que catholique ; elle courut (car elle était agile malgré son âge) chercher, je ne sais où, une bible

monumentale, et ce fut sur ces larges pages, et avec des
caractères gros comme l'ongle, que j'appris mon alphabet.
Mon père souriait et laissait faire.

Mon père, libre penseur et démocrate, avait, comme la
grand'tante, sa charité, et n'essayait plus de convertir la
bonne femme qu'elle ne tentait de le ramener aux sermons
de M. le curé.   Elle poussait des soupirs, lorsqu'en passant,
ses yeux rencontraient les titres des volumes de la bibliothèque, volontiers se fut-elle signée en apercevant les noms
flamboyants et maudits de Voltaire et de Diderot ; mais elle
ne laissait jamais échapper une parole de reproche, et je l'ai
bien souvent surprise époussetant ces atroces volumes
qu'elle eût brûlés pour un peu, mais qu'elle ne voulait point
se laisser couvrir de poussière.   En revanche, elle avait
établi, dans son alcôve, un petit autel, garni de bougies, de
cornets en porcelaine dorée, avec le chiffre de Jésus et de
Marie entrelacé, et, bien souvent, elle allait s'agenouiller, là-
haut, et y prier.

—Mais, tante Annette, disait mon père, qu'avez-vous donc
à prier tant que ça ?   Vous ne faites que du bien, et vous
passez votre temps à demander pardon de vos fautes.

—C'est pour toi que je prie, mécréant, disait-elle avec un
bon sourire qui illuminait sa figure de vieille femme, rose
encore, appetissante et gaie.

Elle n'insistait pas plus que mon père n'insistait lui-même,
et pourtant elle essaya plus d'une fois de m'attacher à ses
croyances ; elle m'emmenait à l'église, elle me donnait,
quand venait la Fête-Dieu, quelque pièce blanche pour me
construire un autel, à mon tour ; elle voulut un jour me
revêtir d'une peau de brebis et me faire jouer le rôle de
Saint Jean, dans je ne sais quelle procession.   Mon père
s'y opposa, et ce fut une douleur pour la pauvre fille.   Je la
vois encore, avec ses yeux rouges, assise sous le figuier du
jardin, et me disant, tout en plumant un poulet : " Ton père,

mon pauvre petit, ton père sera damné, vois-tu ! Et c'est injuste, un si honnête garçon, le meilleur des hommes ! . . ."

Quand il fallut annoncer à la tante Annette que nous partions pour Paris, car mon père m'emmenait ; lorsqu'il fallut se séparer, l'embrasser, lui dire adieu, la laisser seule, quel déchirement ! Nous suivre, elle ne l'eût point voulu ; elle aimait sa vieille maison noire, ses meubles de chêne usé, sa chaise auprès de la fenêtre, dont le siège et le dos, garnis d'étoffe à ramages, gardaient la trace de son corps, et cette campagne, ces prés, ces arbres frissonnants qu'elle regardait à travers ses lunettes ; mais surtout elle haïssait Paris, le Paris des révolutions et des théâtres ! Pauvre chère excellente femme ! Elle ne dormit guère la nuit qui précéda notre départ. Elle avait les yeux rouges, le matin, et ses couleurs n'étaient plus là   Quelle pâleur !

— Est-ce que vous êtes malade, tante Annette ? lui dis-je.

— Malade ? tâche de te porter toujours aussi bien que moi, galopin !

Elle faisait des paquets, bouclait des malles, surveillait les domestiques qui devaient porter nos bagages jusqu'au Bugue, où nous prenait la diligence. Elle embrassait mon père, elle me dévorait de caresses, elle me gourmandait, me sermonnait, me disait de prier Dieu et "d'écouter toujours mon père qui avait de si détestables idées."

— Vous êtes mes deux enfants : lui, le grand ; toi, le petit, disait-elle. Et vous me quittez ! Ah ! je vais faire une belle figure, là, toute seule, toute seule !

— Mais nous reviendrons, tante Annette !

— Parbleu ! je l'espère bien que vous reviendrez. Il ne manquerait plus que cela. Mais qui sait si vous me retrouverez après ? Je suis bien vieille, mon pauvre Régis !

— Tante Annette, vous êtes méchante. Est-ce qu'on dit cela ?

—C'est vrai, je suis une bête. D'ailleurs je vivrai cent
ans, ne crains rien, et je te tirerai encore les oreilles, gamin,
et je te ferai encore des confitures. J'ai donné au valet des
pots de coings, que tu aimes tant. Ce sera pour tes des-
serts, au collège ; car voilà pourquoi je te laisse partir. On
va te mettre au collège, tu reviendras savant comme un
apôtre et tu nous reviendras en parlant latin comme tous les
curés du canton réunis. Cela me console un peu, mon
pauvre Régis ; mais, vraiment, n'était cela, je ne sais pas ce
que je deviendrais à présent. C'est de ma faute, après
tout ; si j'avais su naître à Paris, ton père serait devenu
député tout de même, — tu seras député aussi, toi, et
ministre, si tu travailles bien et si tu es sage, — et je n'aurais pas été forcée de le quitter ! Tu m'écriras, n'est-ce pas ?
N'oublie pas la ponctuation, les virgules, et puis tu ne mets
jamais de trémas, ni de points sur les *i*, c'est laid. Auras-
tu froid avec cette veste-là ? Prends un autre gilet de
flanelle, va, n'aie pas honte. Tu as les yeux cernés, tu as
pleuré aussi, toi ; tu aimes donc un peu ta vieille tante ?

Je me jetai à son cou, je l'embrassai et nous pleurâmes
encore, moi ne disant rien, elle continuant son bavardage
sublime d'amour et de sacrifice doux, humble. Quand mon
père rentra, elle se leva toute droite, essuya brusquement
ses yeux, et, avec une autorité que je ne lui avais jamais
connue :

—Joseph, lui dit-elle, tu sais si je t'aime ; mais je te dis
au revoir sans trop trembler. Tu es un brave garçon.
Sois là-bas ce que tu as été ici, et tu les étonneras bien, tes
Parisiens ; en un mot, sois un homme !

Je n'avais jamais vu pleurer mon père (j'étais trop jeune
lorsque ma mère est morte), mais ce jour-là, pour la première fois, j'aperçus deux grosses larmes rouler dans ses
yeux et tomber sur ses joues brunes. La pauvre tante les
but dans un baiser.

J'étais oppressé, j'avais peur, je voulais partir, et le désir me prenait maintenant de rester, de me cacher quelque part, là-haut dans le grenier.

— " Allons, en route, mauvaise troupe ! " dit ma tante. Elle m'embrassa encore et tomba comme foudroyée dans son fauteuil.   Les servantes l'entouraient.   Mon père monta à cheval, me prit en croupe et nous partîmes.   Jusqu'à la porte Récluson, je regardai, tournant la tête, pour apercevoir encore une fois tante Annette ; mais la pauvre femme n'avait pas eu la force de se traîner jusqu'au seuil pour essayer de nous revoir. — MADELEINE BERTIN.

ANDRÉ THEURIET.

ANDRÉ THEURIET, poet and novelist, was born in Lorraine. He is a writer of healthy and sympathetic talent, who does not belong to any particular school.   In his novels, he describes the life of the province, so little known by foreigners and even by Parisians.   Most of his books can be read by young people, whom they charm and delight. His language is simple, and at the same time very fresh, and not without a certain elegance.   André Theuriet is a lover of nature ; he is very well acquainted with many parts of France.   His descriptions of landscapes are full of poetry and life, they breathe an ardent love for his native soil, so rich, so varied in its aspects.

André Theuriet's best known works are : *Charme Dangereux, Nouvelles Intimes, Péché Mortel, Deux Sœurs, L'oncle Scipion, Sauvageonne, Le Fils Maugars, Madame Heurteloup, Raymonde, Le Filleul du Marquis.*

PÂQUES FLEURIES.

Pâques Fleuries ! Un joli nom, tout plein de jolis souvenirs d'enfance. . . .

D'abord ce dimanche des Rameaux ouvrait la série des vacances de Pâques ; c'était le premier jour de liberté après l'emprisonnement des longs mois d'hiver. Puis, ce jour-là, l'église était toute parée de branches vertes et sentait déjà le printemps. Branches de buis à l'odeur amère, branches de saules couvertes de chatons jaunissants. Toutes ces *pâquettes*, comme on les appelle dans mon pays meusien, se balançaient aux mains des hommes, des femmes et des enfants, et mettaient un frisson vert dans la nef endimanchée. Les blancs et les ors des vêtements sacerdotaux, le rouge des soutanes d'enfants de chœur tranchaient plus vivement parmi cette verdure ; et, en dépit des longs récitatifs de la Passion, chantés alternativement par trois prêtres debout devant de hauts pupitres, une gaieté printanière régnait dans l'église. Par un vitrail ouvert dans la verrière de l'abside, on voyait des nuages blancs courir sur le ciel bleu, on entendait des pépiements d'oiseaux, on respirait à pleins poumons l'air humide imprégné de cette pénétrante senteur du buis, et on se disait, avec un soubresaut de joie au cœur : " Le printemps est revenu ! "

Dès le lendemain matin, avide de jouir de ma liberté reconquise, je m'en allais tout seul par les chemins qui montent vers les vignes et les bois.

Les buissons d'épine noire n'avaient pas encore de feuilles, mais ils étaient tout neigeux de fleurs blanches, ce qui leur donnait des airs d'arbustes Japonais. En dessous, l'herbe poussait verte et drue, et, à chaque pas, des oiseaux en train de bâtir leur nid s'envolaient de la haie et filaient presque à ras de terre.

Les friches étaient grises, mais çà et là on y voyait s'épanouir les corolles verdâtres de l'ellébore noir et les magnifiques fleurs violettes de l'anémone pulsatille, tandis qu'à la lisière des bois les merles sifflaient à plein gosier dans les branches rougissantes.

Les vignes à la terre d'un jaune rougeâtre étaient pleines de gens courbés vers les ceps. On n'y voyait pas encore le moindre soupçon de verdure ; rien que l'argile couleur d'ocre et les ceps noueux d'un ton noir. Seulement, de loin en loin, un pêcher en plein vent dressait sa ramure épanouie et comme poudrée d'un rose vif. Puis, en y regardant de plus près, on distinguait à deux pouces du sol une petite plante de la famille des liliacées, à la hampe minuscule terminée par de minuscules fleurettes d'un bleu violet : c'était l'hyacinthe ou muscari à grappe, qu'on nomme aussi *l'ail des chiens.*

Cette plante abonde dans nos vignes, et je ne puis respirer sa suave odeur de prune sans revoir en esprit nos coteaux rougeâtres aux ceps tordus, et ces premières journées de printemps qui s'associent pour moi à mes premières émotions d'adolescent. Le parfum de cette humble fleur évoque devant mes yeux notre paysage vignoble, qui, avec les forêts, est un des traits les plus saillants du territoire barrois. . . .

Aux environs de la Saint-Jean, pendant les nuits de juin, c'est un charme que d'errer à travers nos collines, alors que la fleur de la vigne a déclos les corolles verdâtres de ses grappes. Une virginale et amoureuse odeur se répand dans toute la vallée. Ce n'est pas le parfum capiteux du vin, mais c'en est déjà l'avant-courreur ; dans l'exquise et pure haleine de la vigne en fleur, on devine déjà toutes les ivresses qui sortiront de la grappe mûre et fermentée. Ainsi les idéales exaltations de la puberté commençante font pressentir les passions brûlantes de la jeunesse en pleine maturité.

Cette odeur vous grise doucement, chastement, mais elle vous grise. Quand elle se répand dans la vallée et arrive jusque dans la ville, les jeunes gens accoudés à leur fenêtre se mettent à rêver d'amour ; les jeunes filles se sentent prises d'une langueur indéfinissable, et les vieillards resongent, avec un soupir de regret, à leur jeunesse passée.

On dit même qu'au fond des caves, dans les barriques où il est enfermé, le vin des années précédentes subit l'influence de cette odeur qui s'exhale du vignoble, et qu'il fermente et bouillonne à faire craquer les cercles des tonneaux.

Cette odeur de la jeune grappe aux boutons fraîchement éclos, et cette autre pénétrante senteur de l'hyacinthe des vignes pendant la semaine de Pâques-Fleuries, se confondent dans ma mémoire comme deux sensations sœurs : l'une plus innocente, plus enfantine, délicate comme la première verdure du printemps ; l'autre, plus vive, plus brûlante, apportant avec elle les ardeurs de l'été et le trouble des sens déjà éveillés par l'éclosion de la vingtième année. . . .

Hélas ! et toutes deux ne sont plus que des souvenirs lointains ! . . .

N'importe ! je suis comme le vieux vin enfermé dans les futailles, et quand ces odeurs me reviennent, évoquées par les premières branches de saule et les premières floraisons de Pâques, je ne puis m'empêcher de tressaillir. Comme le poète de Goethe, je crie au printemps : — Rends-moi ma jeunesse, rends-moi le temps où je n'étais qu'un écolier et où je foulais d'un pied léger et content la terre rouge de nos vignes toutes fleuries d'hyacinthes bleues, toutes gonflées de bourgeons naissants !

· PIERRE LOTI.

PIERRE LOTI, whose real name is Julien Viaud, is an officer in the French navy.   He has lately become a member of the French Academy.

Pierre Loti has a very distinct and curious personality in literature.   He never belonged to any school, and when he began to write, he was totally ignorant of contemporary literature and contemporary technic ; he wrote because his nature compelled him to write, being in that a spontaneous and original artist.

His success began with the publication of *Le Mariage de Loti*, in 1880, and from that day, his fame has been increasing year by year.   He then gave to the public : *Le Roman d'un Spahi*, *Mon Frère Yves*, *Propos d'Exil*, *Les Trois Dames de la Kasbah*, *Fleurs d'Ennui*, *Pêcheurs d'Islande*, *Madame Chrysanthème*, *Japoneries d'Automne*.

The novelty and keenness of the sensations experienced by Loti, the strange customs and the picturesque aspects of the unknown lands he describes, render his novels extremely attractive.   The soft and musical delicacy of the style, the melancholy and sadness which seems to envelop the reader as with a lulling caress, give to the works of Pierre Loti a charm very peculiar and, at the same time, very enticing. Of an extremely sensuous temperament, he is alive to every sensation ; his whole being is always vibrating, sometimes with delightful emotions of such intensity that the pleasure is almost a suffering ; sometimes with a melancholy so deep, that pains and joys seem to mix and dissolve into one great sensation : that of the entire nothingness of things.   .

The heroes of Pierre Loti are always simple people very near nature, such as that kind-hearted sailor Yves, or the

✗ *Best novel.*

half child half woman *Rarahu,* or the pretty Japonese dolls, charming little animals who don't know much of life nor expect much of it.

KIOTO, LA VILLE SAINTE.

Jusqu'à ces dernières années, elle était inaccessible aux Européens, mystérieuse ; à présent, voici qu'on y va en chemin de fer ; autant dire qu'elle est banalisée, déchue, finie.

C'est de Kobé qu'on peut s'y rendre par des trains presque rapides, et Kobé est un grand port, situé à l'entrée de la mer Intérieure et ouvert à tous les navires du monde.

Départ de Kobé.

Départ du bord un peu avant le jour, car la frégate qui m'a amené est mouillée bien loin de terre. Sur rade, un ciel clair et froid avec de dernières étoiles. Beaucoup de brise debout et mon canot avance péniblement, tout aspergé d'eau salée.

A cette heure, le quai de Kobé est encore un peu obscur, désert, avec seulement quelques rôdeurs en quête d'imprévu. Pour aller au chemin de fer, il faut traverser le quartier cosmopolite des cabarets et des tavernes ; c'est au tout petit jour, frais et pur. Les bouges s'ouvrent ; on voit, au fond, des lampes qui brûlent ; on y entend chanter la *Marseillaise,* le *God save,* l'air national Américain. Tous les matelots "permissionnaires" sont là, s'éveillant pour rentrer à bord. En route, j'en croise des nôtres qui reviennent, leur nuit finie, se carrant comme des seigneurs dans leur *djin-richi-cha.* Incertains de me reconnaître dans la demi-obscurité, ils m'ôtent leur bonnet au passage.

Au bout de ces rues joyeuses, c'est la gare. Le jour se lève. Un drôle de petit chemin de fer, qui n'a pas l'air sérieux, qui fait l'effet d'une chose pour rire, comme toutes les choses Japonaises. Ça existe, cependant, cela part et cela marche.

Au guichet, on examine avec soin mon passeport, qui serait presque un *bibelot* tant il y a dessus de petits griffonnages drôles. Il est en règle et on me délivre mon billet. Très peu de monde, c'est surtout le public des troisièmes qui donne, et dans ma voiture me voilà installé seul.

Cela s'ébranle à tous ces bruits connus de sifflets, de cloches, de vapeur, qui se font au Japon comme en France, et nous sommes en route.

Kioto.

Quelle immense ville, ce Kioto, occupant, avec ses parcs, ses palais, ses pagodes, presque l'emplacement de Paris ! Bâtie tout en plaine, mais entourée de hautes montagnes comme pour plus de mystère.

Nous courons, nous courons, au milieu d'un dédale de petites rues à maisonnettes de bois, basses et noirâtres. Un air de ville abandonnée. C'est bien du vrai Japon, par exemple, et rien ne détonne nulle part. Moi seul je fais tache, car on se retourne pour me voir.

—*Ha! ha! he! hu!* Les *djin* poussent des cris de bêtes pour s'exciter et écarter les passants. Assez dangereuse, cette manière de circuler dans un tout petit char d'une légèreté excessive, emporté par des gens qui courent, qui courent à toutes jambes. Cela bondit sur les pierres, cela s'incline dans les tournants brusques, cela s'accroche ou renverse des gens et des choses. Dans certaine avenue très large, il y a un torrent qui roule, encaissé entre deux talus à pic, et tout au ras du bord nous passons ventre à terre. A toute minute, je me vois tomber là-dedans.

Une demi-heure de course folle pour arriver à l'hôtel Yoâmi dont j'ai donné l'adresse à mes djin. C'est, paraît-il, un vrai hôtel, tout neuf, qu'un Japonais vient de monter à la manière anglaise, pour loger les aimables voyageurs venus d'Occident. Et il faut bien aller là pour trouver quelque chose à manger, la cuisine Japonaise pouvant servir d'amusement tout au plus.

Il est situé d'une façon charmante, à cinquante mètres de haut dans les montagnes qui entourent la ville, parmi les jardins et les bois. On y monte par des escaliers fort mignons, par des pentes sablées avec bordure de rocailles et de fleurs, tout cela trop joli, trop arrangé, trop paysage de potiche, mais très riant, très frais.

L'hôte, en longue robe bleue, me reçoit au perron avec des révérences infinies. A l'intérieur, tout est neuf, aéré, soigné, élégant : des boiseries blanches et légères, d'un travail parfait. Dans ma chambre on m'apporte autant d'eau claire que j'en puisse désirer pour mes ablutions.

Un premier repas léger, servi tout à fait à l'anglaise, avec accompagnement de thé et de tartines beurrées, et puis je fais comparaître deux *djin* que je loue au prix fixé de *soixante-quinze sous* par tête et par jour ; pour cette somme là, ils courront du matin au soir à ma fantaisie, sans s'essouffler ni gémir, en m'entraînant avec eux.

Ces courses en *djin* sont un des souvenirs qui restent de ces journées de Kioto, où l'on se dépêche pour voir et faire tant de choses. Emporté deux fois vite comme par un cheval au trot, on sautille d'ornière en ornière, on bouscule des foules, on franchit des petits ponts croulants, on se trouve voyageant seul à travers des quartiers déserts. Même on monte des escaliers et on en descend ; alors, à chaque marche, pouf, pouf, pouf, on tressaute sur son siège, on fait la paume. A la fin, le soir, un ahurissement vous vient, et on voit défiler les choses comme dans un kaléido-

scope remué trop vite, dont les changements fatigueraient
la vue.

Mais c'est inégal, changeant, bizarre, ce Kioto! Des
rues encore bruyantes, encombrées de *djin*, de piétons, de
vendeurs, d'affiches bariolées, d'oriflammes extravagantes
qui flottent au vent. Tantôt on court au milieu du bruit et
des cris ; tantôt c'est dans le silence des choses aban-
données, parmi les débris d'un grand passé mort. On est
au milieu des étalages miroitants, des étoffes et des porce-
laines ; ou bien on approche des grands temples, et les
marchands d'idoles ouvrent seuls leurs boutiques pleines
d'inimaginables figures ; ou bien encore on a la surprise
d'entrer brusquement sous un bois de bambous, aux tiges
prodigieusement hautes, serrées, frêles, donnant l'impression
d'être devenu un infime insecte qui circulerait sous les
graminées fines de nos champs au mois de juin.

Et quel immense capharnaüm religieux, quel gigantesque
sanctuaire d'adoration que ce Kioto des anciens empereurs !
Trois mille temples où dorment d'incalculables richesses,
consacrées à toutes sortes de dieux, de déesses ou de bêtes.
Des palais vides et silencieux, où l'on traverse pieds nus des
séries de salles tout en laque d'or, décorées avec une
étrangeté rare et exquise. Des bois sacrés aux arbres
centenaires, dont les avenues sont bordées d'une légion de
monstres, en granit, en marbre ou en bronze.

FRANÇOIS COPPÉE.

FRANÇOIS COPPÉE (1843) is specially known as a poet.
His first work which attracted the attention of the public is
Le Passant, played at the Odéon with success. *Fais ce que
dois* was presented in many theatres all through France and
was well received. *Le Luthier de Crémone*, *Sévéro Torrelli*
and *Les Jacobites* won him a great reputation.

Coppée has also written short tales in prose and a few novels, showing that he is not only a fine poet, but can be a *prosateur* of talent. His prose is pure, elegant, and has a certain poetical charm which gives it a special flavor.

Toute une Jeunesse is a kind of autobiography, if not in the events, at least in the thoughts of the young man he has chosen for the hero of his novel. *Une Idylle pendant le Siège* is another prose work of very delicate fabric. His *contes* are charming. The style is delicate and attractive, and they may be read with pleasure by young and old.

LES SABOTS DU PETIT WOLFF.

Il était une fois, — il y a si longtemps que tout le monde a oublié la date, — dans une ville de l'Europe, — dont le nom est si difficile à prononcer que personne ne s'en souvient, — il était une fois un petit garçon de sept ans, nommé Wolff, orphelin de père et de mère, et resté à la charge d'une vieille tante, personne dure et avaricieuse, qui n'embrassait son neveu qu'au jour de l'an, et qui poussait un grand soupir de regret chaque fois qu'elle lui servait une écuellée de soupe.

Mais le pauvre petit était d'un si bon naturel qu'il aimait tout de même la vieille femme, bien qu'elle lui fît grand peur et qu'il ne pût regarder sans trembler la grosse verrue, ornée de quatre poils gris, qu'elle avait au bout du nez.

Comme la tante de Wolff était connue de toute la ville pour avoir pignon sur rue et de l'or plein un vieux bas de laine, elle n'avait pas osé envoyer son neveu à l'école des pauvres; mais elle avait tellement chicané, pour obtenir un rabais, avec le magister chez qui le petit Wolff allait en classe, que ce mauvais pédant, vexé d'avoir un élève si mal vêtu et payant si mal, lui infligeait très souvent, et sans

justice aucune, l'écriteau dans le dos et le bonnet d'âne, et
excitait même contre lui ses camarades, tous fils de bourgeois cossus, qui faisaient de l'orphelin leur souffre-douleur.
Le pauvre mignon était donc malheureux comme les pierres
du chemin et se cachait dans tous les coins pour pleurer,
quand arrivèrent les fêtes de Noël.

La veille du grand jour, le maître d'école devait conduire
tous ses élèves à la messe de minuit et les ramener chez
leurs parents. Comme l'hiver était très rigoureux cette
année-là, et comme depuis plusieurs jours, il était tombé une
grande quantité de neige, les écoliers vinrent tous au
rendez-vous chaudement empaquetés et emmitouflés, avec
bonnets de fourrure enfoncés sur les oreilles, doubles et
triples vestes, gants et mitaines de tricot, et bonnes grosses
bottines à clous et à fortes semelles. Seul, le petit Wolff
se présenta grelottant sous ses habits de tous les jours et
des dimanches, et n'ayant aux pieds que des chaussons de
Strasbourg dans de lourds sabots.

Ses méchants camarades, devant sa triste mine et sa
dégaine de paysan, firent sur son compte mille risées ; mais
l'orphelin était tellement occupé à souffler sur ses doigts et
souffrait tant de ses engelures qu'il n'y prit garde. Et la
bande de gamins, marchant deux par deux, magister en
tête, se mit en route pour la paroisse.

Il faisait bon dans l'église, qui était toute resplendissante
de cierges allumés ; et les écoliers, excités par la douce
chaleur, profitèrent du tapage de l'orgue et des chants pour
bavarder à demi-voix. Ils vantaient les réveillons qui les
attendaient dans leur familles. Le fils du bourgmestre
avait vu, avant de partir, une oie monstrueuse, que des
truffes tachetaient de points noirs comme un léopard. Chez
le premier échevin, il y avait un petit sapin dans une caisse,
aux branches duquel pendaient des oranges, des sucreries,
des polichinelles. Et la cuisinière du tabellion avait attaché

derrière son dos, avec une épingle, les deux brides de son bonnet, ce qu'elle ne faisait que dans ses jours d'inspiration, quand elle était sûre de réussir son fameux plat sucré.

Et puis, les écoliers parlaient aussi de ce que leur apporterait le petit Noël, de ce qu'il déposerait dans leurs souliers, que tous auraient soin, bien entendu, de laisser dans la cheminée avant d'aller se mettre au lit ; — et dans les yeux de ces galopins, éveillés comme une poignée de souris, étincelait par avance la joie d'apercevoir, à leur réveil, le papier rose des sacs de pralines, les soldats de plomb rangés en bataillon dans leur boîte, les ménageries sentant le bois verni et les magnifiques pantins habillés de pourpre et de clinquant.

Le petit Wolff, lui, savait bien, par expérience, que sa vieille avare de tante l'enverrait se coucher sans souper ; mais, naïvement, et certain d'avoir été toute l'année aussi sage et aussi laborieux que possible, il espérait que le petit Noël ne l'oublierait pas, et il comptait bien, tout à l'heure, placer sa paire de sabots dans les cendres du foyer.

La messe de minuit terminée, les fidèles s'en allèrent, impatients du réveillon, et la bande des écoliers, toujours deux par deux, et suivant le pédagogue, sortit de l'église.

Or, sous le porche, assis sur un banc de pierre surmonté d'une niche ovale, un enfant était endormi, un enfant couvert d'une robe de laine blanche, et pieds nus, malgré la froidure. Ce n'était point un mendiant, car sa robe était propre et neuve, et, près de lui sur le sol, on voyait, liés dans une serge, une équerre, une hache, un bisaiguë et les autres outils de l'apprenti charpentier. Éclairé par la lueur des étoiles, son visage aux yeux clos avait une expression de douceur divine, et ses longs cheveux bouclés, d'un blond roux, semblaient allumer une auréole autour de son front. Mais ses pieds d'enfant, bleuis par le froid de cette nuit cruelle de décembre, faisaient mal à voir.

Les écoliers, si bien vêtus et chaussés pour l'hiver, passèrent indifférents devant l'enfant inconnu ; quelques-uns
même, fils des plus gros notables de la ville, jetèrent sur ce
vagabond un regard où se lisait tout le mépris des riches
pour les pauvres, des gras pour les maigres.

Mais le petit Wolff, sortant de l'église le dernier, s'arrêta
tout ému devant le bel enfant qui dormait.

—Hélas ! se dit l'ophelin, c'est affreux ! Ce pauvre
petit va sans chaussures par un temps si rude. . . . Mais,
ce qui est encore pis, il n'a même pas, ce soir, un sou-
lier ou un sabot à laisser devant lui, pendant son som-
meil, afin que le petit Noël y dépose de quoi soulager sa
misère !

Et, emporté par son bon cœur, Wolff retira le sabot
de son pied droit, le posa devant l'enfant endormi, et,
comme il put, tantôt à cloche-pied, tantôt boitillant et
mouillant son chausson dans la neige, il retourna chez sa
tante.

—Voyez, le vaurien ! s'écria la vieille, pleine de fureur
au retour du déchaussé ; qu'as-tu fait de ton sabot, petit
misérable ?

Le petit Wolff ne savait pas mentir, et bien qu'il grelottât
de terreur en voyant se hérisser les poils gris sur le nez de
la mégère, il essaya, tout en balbutiant, de raconter son
aventure.

Mais la vieille avare partit d'un effrayant éclat de
rire.

—Ah ! monsieur se déchausse pour les mendiants ! Ah !
monsieur dépareille sa paire de sabots pour un va-nu-
pieds ! . . . Voilà du nouveau par exemple ! . . . Eh
bien ! puisqu'il en est ainsi, je vais laisser dans la cheminée le sabot qui te reste, et le petit Noël y mettra
cette nuit, je t'en réponds, de quoi te fouetter à ton réveil. . . . Et tu passeras la journée de demain à l'eau et

au pain sec. . . . Et nous verrons bien si, la prochaine
fois, tu donnes encore tes chaussures au premier vagabond
venu !

Et la méchante femme, après avoir donné au pauvre petit
une paire de soufflets, le fit grimper dans la soupente où se
trouvait son galetas.   Désespéré, l'enfant se coucha dans
l'obscurité et s'endormit bientôt sur son oreiller trempé de
larmes.

Mais le lendemain matin, quand la vieille, réveillée par le
froid et secouée par son catarrhe, descendit dans sa salle
basse, — ô merveille ! —elle vit la grande cheminée pleine
de jouets étincelants, de sacs de bonbons magnifiques, de
richesses de toutes sortes ; et, devant ce trésor, le sabot
droit que son neveu avait donné au petit vagabond, se trouvait à côté du sabot gauche qu'elle avait mis là, cette nuit
même, et où elle se disposait à planter une poignée de
verges.

Et comme le petit Wolff, accouru aux cris de sa tante,
s'extasiait ingénument devant les splendides présents de
Noël, voilà que de grands rires éclatèrent au dehors.   La
femme et l'enfant sortirent pour savoir ce que cela signifiait,
et virent toutes les commères réunies autour de la fontaine
publique.   Que se passait-il donc ?   Oh ! une chose bien
plaisante et bien extraordinaire !   Les enfants de tous les
richards de la ville, ceux que leurs parents voulaient sur-
prendre par les plus beaux cadeaux, n'avaient trouvé que
des verges dans leurs souliers.

Alors, l'orphelin et la vieille femme, songeant à toutes les
richesses qui étaient dans leur cheminée, se sentirent pleins
d'épouvante.   Mais, tout à coup, on vit arriver M. le curé,
la figure bouleversée.   Au-dessus du banc placé près la
porte de l'église, à l'endroit même où, la veille, un enfant, vêtu d'une robe blanche et pieds nus, malgré le
grand froid, avait posé sa tête ensommeillée, le prêtre

venait de voir un cercle d'or incrusté dans les vieilles pierres.

Et tous se signèrent dévotement, comprenant que ce bel enfant endormi, qui avait auprès de lui des outils de charpentier, était Jésus de Nazareth en personne, redevenu pour une heure tel qu'il était quand il travaillait dans la maison de ses parents, et ils s'inclinèrent devant ce miracle que le bon Dieu avait voulu faire pour récompenser la confiance et la charité d'un enfant.

GEORGES OHNET.

GEORGES OHNET was born at Paris, in 1848, of wealthy parents. He is a very popular writer among the general public, but laughed at by literary critics who cannot find expressions strong enough to express their disdain. He has published *Serge Panine*, *Le Maître de Forges*, which has been put into a dramatic form and played with the greatest success ; *La Comtesse Sarah*, *Lise Fleuron*, *La Grande Marinière*, *Les Dames de Croix-Mort*, *Rose et Noir*, *Volonté*, *Dernier Amour*.

There is no sincere observation in the characters, no artistic feeling in the execution, but great poverty of invention and vulgarity in the whole.

Nevertheless, Georges Ohnet has known how to interest women by romantic stories full of movement, in which the heroes are always noble by birth or sentiment, and the heroines beautiful and accomplished. His success is easily explained : he writes for the middle classes, providing them with the only kind of literature they are capable of appreciating.

✗ Great sale. His novels are not literature.

LE CHANT DU CYGNE.

[Sténio Marackzy, le célèbre violoniste hongrois, se fa't entendre devant la cour d'Angleterre. Une jeune lady, Miss Maud Mellivan, tombe en extase en écoutant les harmonieux accords du musicien ; elle demande à être présentée à Marackzy qui, lui aussi, est touché de sa grâce et de sa jeunesse. Le marquis de Mellivan-Grey, premier secrétaire de l'amirauté, père de Maud, fait grand accueil au célèbre Hongrois. Il l'attire chez lui ; les deux jeunes gens deviennent passionnément épris l'un de l'autre. Sténio demande la main de Miss Mellivan, il est rejeté avec mépris ; le même jour Maud disparaît. Elle a suivi Marackzy ; ils sont mariés au village prochain. Le marquis de Mellivan-Grey jure de ne jamais pardonner à sa fille. Celle-ci accompagne son mari à travers l'Europe, prend part à ses triomphes. Ils ont un bébé qui meurt au bout de quelques mois. La jeune femme regarde ce malheur comme la punition de sa faute. Elle tombe malade. Au moment où commence le passage que nous citons, les deux époux sont à Dieppe. Or le hasard veut que le marquis de Mellivan soit aussi à Dieppe avec son autre fille, Daisy. Une rencontre a lieu ; Maud revoit son père qui ne consent à embrasser une dernière fois sa fille que parce qu'il est assuré qu'elle est mourante. Sur la prière de la jeune malade, Sténio, qui n'avait pas touché son violon depuis plusieurs mois, consent à se faire entendre une fois encore pour le bénéfice des petits orphelins.]

Dans la salle de concert des *Bains Chauds*, tout ce que Dieppe comptait de dilettantes et de curieux était rassemblé. Il faisait une chaleur terrible, et les femmes, en robes claires, des fleurs dans les cheveux comme pour un' bal, agitaient leurs éventails qui, avec leurs couleurs vives sous la lumière des lustres, semblaient de larges papillons battant des ailes.

Au premier rang, dans un groupe, la petite duchesse, à qui chacun faisait honneur de l'acceptation de Marackzy, prenait des airs de présidente, donnait des ordres aux commissaires et se répandait en bruyantes explications.

Depuis deux jours, Maud avait été transportée dans l'appartement habité par sa sœur à l'hôtel des *Bains Chauds*. Et c'était vraiment un miracle ; dans l'attente du succès qu'allait remporter Sténio, elle renaissait. Les médecins osaient presque parler de guérison possible. Elle avait, le jour même, essayé quelques pas dans sa chambre. Maintenant, derrière l'estrade, dans le salon d'attente, elle était étendue sur un lit de repos, et, soutenant son mari par son invisible présence, elle réalisait le rêve, qu'elle avait fait, d'assister à son triomphe.

Car c'était un triomphe sans pareil que remportait le grand artiste. Depuis le moment où, ténébreux et pâle, il avait paru devant le public, et avait fait vibrer les cordes de son violon merveilleux, le ravissement de ses auditeurs n'avait fait que croître. Les murmures d'admiration de l'assemblée passaient comme des frissons voluptueux, et chaque morceau se terminait par des cris de délire.

Jamais Sténio ne s'était livré avec une telle passion, avec une ardeur si fiévreuse. Une force surhumaine l'entraînait: il semblait possédé. Et, oubliant les choses et les êtres, il suivait le démon musical qui l'emportait dans un tourbillon vertigineux. Son visage était à la fois superbe et terrible. Un air d'égarement sublime obscurcissait ses yeux. Il ne voyait plus, il n'entendait plus, il jouait, riant avec exaltation quand il exprimait dans son chant l'allégresse et le plaisir, ou pleurant de vraies larmes quand il traduisait la douleur et le désespoir.

Ses auditeurs, le regard rivé sur lui par une sorte d'attraction surnaturelle, suivaient, pleins d'une admiration mêlé d'angoisse, le crescendo terrifiant de son inspiration. Dans son âme, exposée à nu, ils voyaient ses tristesses, devinaient ses amertumes, et comprenaient que les sons suaves ou déchirants qui frappaient leurs oreilles étaient faits du souvenir de ses joies passées et de la crainte de son malheur à venir. Mais en contact direct avec cette puissante nature d'artiste, ils palpitaient de toutes ses impressions, et jamais pareille émotion n'avait été éprouvée par eux.

Dans le salon réservée, seule avec sa sœur, Maud écoutait. Les premières notes lui avaient causé une sorte de suffoca-

tion.   Ses nerfs s'étaient tendus, sa respiration avait sifflé
plus pénible, et Daisy avait eu peur.   Mais, peu à peu, cette
sensation douloureuse s'était apaisée, et un calme exquis avait
enveloppé la jeune femme, comme si, baignée par ses ondes
mélodieuses, elle s'y fût reposée et rafraîchie.   Elle avait
pu jouir alors de ce prodigieux talent qui, dépensé devant
mille spectateurs, n'était déployé, en réalité, que pour elle.

Comme dans un mirage, les trois années qui venaient de
s'écouler, reparurent devant ses yeux.   Elle se retrouva
dans le salon de la Reine, quand elle avait vu Sténio pour
la première fois.

Puis, dans le jardin du vieil hôtel de Grosvenor Square,
où pendant les douces soirées de printemps, Sténio se
promenait auprès d'elle.   C'était là que, pour la première
fois, il avait osé lui avouer son amour.   Elle croyait sentir
encore l'odeur d'un lilas en fleurs qui penchait vers eux ses
branches.   Daisy était arrivée en courant, et, cette fois,
l'aveu était resté sans réponse.

Ensuite, c'était le vieux manoir irlandais avec ses bois
séculaires.   Sténio paraissait, et elle ne pouvait se défendre
de le suivre.   Quelles douloureuses et exquises années ;
pleines d'amour, de remords, d'humilité, d'orgueil !   Que
d'enivrements pendant ces derniers temps !   Les princes,
les souverains, l'accueillaient avec des paroles flatteuses.
Et, dans la lumière, dans les fleurs, au bruit des applaudissements, le violon magique chantait, courbant les foules
dans une admiration prosternée.

Enfin, hélas ! le décor changeait encore une fois, et tout
devenait noir.   Dans un berceau, un pauvre enfant pâle se
mourait, malgré les soins, malgré les prières, malgré les
larmes.   Elle se penchait vers lui, elle essayait de le
ranimer de son souffle.   Vain effort ! . . .   Entre les mains
caressantes qui le réchauffaient, le pauvre petit devenait
plus pâle et plus glacé.   Et tout était fini ! . . .

. . . Elle sortit de son rêve, vit sa sœur près d'elle, et, à bout de souffle, comme un naufragé, lui saisit le bras.

—Maud ! mon Dieu ! dit la jeune fille, comme tu es pâle ! tu souffres !

—Non ! mais je sens que je vais vous quitter. . . . A l'instant j'ai vu mon cher petit qui me faisait signe de venir. . . . C'est l'heure ! Sténio lui-même le devine : écoute ce qu'il joue ! . . .

C'était le *Chant du Cygne*, avec ses harmonies désolées, ses glas funèbres et le roulement des pas de la marche funèbre sur les dalles sonores.   Et, au milieu de son angoisse suprême, Maud, soulevée encore par le génie de celui qu'elle aimait, prêtait ardemment l'oreille à ces accents terribles qui lui annonçaient ses funérailles.   Elle ne vivait plus que pour écouter.   Et, pour elle, l'admiration suspendait la mort.

—Veux-tu que je l'appelle ? dit Daisy épouvantée.

Mais Maud, rassemblant ses dernières forces afin de ne pas perdre une note de ce chant mélodieux :

—Non ! laisse, que je l'entende encore ! . . .

Une extase passa dans ses yeux, et, tout bas, comme un murmure :

—Oh ! si je pouvais mourir en l'écoutant !

—Maud ! ma chérie ! . . .

La mourante se retint à l'épaule de sa sœur, et, livide, le regard fixe, la voix changée :

—Oh ! quel désespoir de le laisser !   Comme je l'aime, et combien il va souffrir ! . . .

Daisy fit un pas vers la porte, mais, d'une main défaillante, Maud l'arrêta.   Une immense acclamation venait de s'élever dans la salle.   Les cris, les bravos, les trépignements roulaient comme un tonnerre, et, dominant le tumulte, un nom mille fois. répété, souverain et éclatant, se détachait : Marackzy !

Les yeux de Maud étincelèrent. Un sourire d'orgueil illumina son visage. Elle se souleva avec une énergie surhumaine, et tendit les bras à Sténio qui rentrait, chargé de couronnes et de bouquets. Il laissa tomber les fleurs sur le lit de la jeune femme, qui se trouva couverte de l'odorante jonchée, et, pliant le genou, il sembla lui offrir, comme un tribut, toute sa gloire.

Elle eut la force de poser sa main sur le front encore rayonnant qui se courbait devant elle. Elle se pencha pour y mettre un baiser. Sténio entendit qu'elle murmurait ce mot : Heureuse ! Il sentit un souffle léger passer sur son visage. Il poussa un cri, qui se confondit avec les applaudissements ininterrompus de ses admirateurs.

Dans l'enivrement du triomphe, dans l'adoration du grand artiste, Maud venait de rendre son dernier soupir.

FRANCISQUE SARCEY.

FRANCISQUE SARCEY, the well-known critic and journalist, was born at Paris in 1828. After brilliant studies at the *Lycée Charlemagne* and at the *École Normale*, he entered the University and taught for several years. Introduced into journalism by his friend Edmond About, he soon became conspicuous by his articles full of common sense, of *bonhommie* and fine humor. In 1867 he became the theatrical critic of *Le Temps*, in which he still writes his daily "Chronique Théâtrale."

Francisque Sarcey has created for himself a kind of monopoly of common sense views on men and questions of the day. He is a power in the press. His critique is not of the highest order perhaps, but it is clear, simple, loyal, although somewhat pedagogical and ponderous.

The reputation of Francisque Sarcey is universal, and his vast experience of over thirty years of dramatic criticism makes him conspicuous and unique in the history of dramatic art.

Francisque Sarcey writes in many newspapers besides *Le Temps.* His hebdomadary ethic article in the "Annales politiques et littéraires" is always read with the greatest interest and pleasure by the numerous subscribers of this paper. The most arduous and delicate questions of the day are treated there with an honesty and frankness which give them great weight in the mind of the readers.

As a lecturer at the Boulevard des Capucines, Francisque Sarcey has won a well-deserved success. His way of judging the classic authors rather differs from the common opinion, but he brings so much healthy humor, so much *sel gaulois* and perfect simplicity in the statement of his new views, that if his peculiarities are gently laughed at, his personality is always highly respected.

UTILITÉ DES LANGUES ÉTRANGÈRES.

C'est de Vienne, où j'ai suivi la Comédie française, que je vous écris aujourd'hui. Il faut absolument que je cause avec vous d'une réflexion qui m'a poursuivi, qui m'a obsédé tout le long de ce voyage.

Je ne sais pas l'allemand ; au temps où j'ai fait mes études, on ne l'enseignait pas dans les lycées ; il y avait bien un professeur d'allemand et un professeur d'anglais ; mais il était convenu que l'on se disqualifiait en allant chez eux apprendre des langues que l'on tenait pour inférieures et inutiles. Le proviseur n'exigeait pas que nous suivissions ces classes, qui venaient d'être nouvellement instituées ; il nous en détournait même, nous disant que nous ferions mieux de donner au latin et au grec les heures que nous prendrait la ridicule étude d'une langue vivante.

Nous ne demandions pas mieux que d'être déchargés de cette besogne.   Il faut dire aussi qu'entre 1840 et 1848, c'est l'époque dont je parle, l'université, qui n'avait pu encore se former un corps de professeurs de langues vivantes, avait raccolé les premiers venus pour leur confier ses chaires.   Je me souviens d'un brave Allemand, qui était peut-être très ferré sur la grammaire, mais qui ne savait pas tenir ses élèves ; tous se moquaient de son accent tudesque, lui faisaient mille niches et jouaient à saute-mouton dans sa classe.   Le proviseur n'y prenait pas garde : c'étaient pour lui des classes sacrifiées.

Les hommes de ma génération ont grandi, victimes de ce préjugé bête.   Ceux-là seuls ont pu apprendre les langues vivantes, dont les parents étaient assez riches pour leur donner des gouvernantes anglaises ou allemandes.   Quelques autres ont été plus tard mis à même de passer un an ou deux en Allemagne ou en Angleterre, et se sont ainsi rendus maîtres de la langue du pays.

Mais c'était le petit nombre, le très petit nombre.   Beaucoup, presque tous, ont dû, comme moi, travailler énormément pour gagner leur vie et se faire une position.   Ils n'ont pas eu assez de loisir pour combler cette lacune de notre éducation première.

Le préjugé dont je parle était si vivace qu'il a duré bien longtemps encore après nous dans les lycées et les collèges. Il y persiste encore, malgré l'ardeur avec laquelle l'université le bat en brèche en ce moment.   Le progrès est incontestable, mais combien lent encore et presque insensible ! Nous ne pouvons obtenir de nos enfants qu'ils accordent une large part d'attention sérieuse à l'étude des langues vivantes.   Ils affectent trop souvent pour elles un sot dédain ; c'est même là une des formes les plus communes

et les plus déplaisantes de l'infatuation française. Au lieu
de chercher à attraper les inflexions de voix auxquelles leur
oreille n'est point habituée, ils les raillent ; ils criblent
d'épigrammes faciles le *the* anglais et les fortes aspirations
de la langue allemande, comme si nos nasales n'étaient pas
aussi difficiles pour les étrangers et ne prêtaient pas aux
mêmes plaisanteries.

Nous avons beau les prêcher . . . nous n'avons pas
prêché d'exemple. Hélas ! ils sont aussi méprisants et
aussi bêtes que nous l'avons été, et ils n'ont pas les mêmes
excuses ; car on met à leur portée tous les moyens d'apprendre ces langues que nous n'avons pas sues, et ils
retirent leur main ; ils ne vont qu'en rechignant à ces
classes, et c'est comme une tradition d'y faire enrager le
professeur.

Ils ne se doutent pas des ennuis qu'ils se ménagent pour
l'avenir. En ce siècle de locomotion rapide, il est impossible qu'un des hasards de leur vie ne les conduise pas
dans un pays étranger, et ne les force pas d'y rester au
moins quelques jours. Ils verront alors ce que c'est que de
ne pas savoir la langue de ceux avec qui ils seront obligés
de frayer.

J'étais à Vienne ces jours-ci, et comme j'y arrivais avec
la recommandation d'un grand journal, la bonne compagnie
de cette ville a cherché à m'en rendre le séjour agréable.
On m'a naturellement invité un peu partout. Vous ne
sauriez croire comme j'étais humilié de voir à table huit ou
dix personnes, de nationalité allemande, se forcer par cour-
toisie pour leur hôte à parler sa langue ! J'étais honteux
pour mon pays et pour moi de mon ignorance.

Ainsi, me disais-je, tous ces gens-là savent le français ;
quelques-uns le parlent très aisément et très purement ;
ceux mêmes qui ne manient notre langue qu'avec quelque
difficulté la comprennent fort bien, et peuvent soutenir une

conversation, car on devine ce qu'ils veulent dire à travers les hésitations de leur langage incorrect.

Et moi, je reste là, ne sachant pas un mot d'allemand. Et si je les quitte, je ne puis demander un renseignement dans la rue ; je les oblige à se déranger pour me mettre en voiture, pour me conduire à mon hôtel.

Il paraît tous les matins, dans tous les journaux de Vienne, des articles où les artistes de la Comédie française sont appréciés et jugés dans les rôles qu'ils ont joués la veille ; mon nom s'y trouve quelquefois mêlé : impossible de les lire. Je vois tous nos comédiens aussi embarrassés que moi devant ces hiéroglyphes, qui sont pour nous incompréhensibles ; ils enragent et nous enrageons de compagnie.

Que de fois nous avons répété durant ce voyage : est-ce bête de ne pas savoir l'allemand ? Pourquoi ne nous a-t-on pas appris l'allemand ?

Enfant, on s'imagine et malheureusement les parents croient qu'on n'en aura jamais besoin. L'Allemagne est si loin ! Mais non ; il n'y a plus de pays loin aujourd'hui. En quelques heures on atteint la frontière et l'on tombe dans les pays où le français n'est plus ni parlé, ni compris. Il faut absolument, pour se tirer d'affaire partout, savoir passablement deux langues : l'anglais et l'allemand. Avec cela, un Français passe partout ; car il n'y a point de ville où il ne trouve avec qui s'entendre et causer. Mais un Français, réduit à sa seule langue, est ce que les gens du peuple appellent de ce nom énergique : *un empoté.*

C'est là une vérité dont vous devez, ô mères de famille, pénétrer profondément vos esprits. Forcez, contraignez vos fils à suivre régulièrement, assidûment les classes de langues étrangères dans les établissements où vous les avez mis. Mais ne vous y trompez pas ; ce n'est point assez.

Ce qu'on apprend d'anglais ou d'allemand au lycée est fort peu de chose. Le pis, c'est qu'on ne s'y instruit pas à parler aisément ; c'est que l'oreille ne se fait pas à ces sonorités exotiques. Il faut donc, si vous le pouvez, envoyer votre enfant un an ou deux dans le pays dont vous voulez qu'il sache la langue. Il n'y a que ce moyen ; il n'y en a pas d'autre.

Je sais bien que cela coûte un peu plus cher ; mais c'est de l'argent placé à gros intérêt, qui vous sera payé plus tard en reconnaissance et en tendresse. L'enfant, plongé dans ce milieu, aura beau se raidir et faire appel à tous ses préjugés ; comme il n'y aura pour lui de conversation, de plaisir et de jeu que le jour où il se sera familiarisé avec l'idiome de ses camarades, force lui sera bien d'y venir. Il apprendra malgré lui, jour à jour, sans grammaire, sans dictionnaire, sans autre méthode que celle qui a été indiquée par la nature elle-même.

Vous me direz aussi que vous répugnez à vous séparer de votre fils :

— Et s'il est malade, le pauvre petit ? que deviendra-t-il loin de sa mère ? Je ne me le pardonnerais jamais.

Que voulez-vous, madame ? il faut aimer votre fils, non pour vous, mais pour lui. C'est assurément une marque de tendresse de le couver sans cesse des yeux et de l'envelopper dans du coton ; mais c'en est une aussi, qui est plus relevée et plus rare, de le dresser virilement aux luttes de la vie, de sacrifier l'égoïste bonheur de l'embrasser tous les matins, à l'idée qu'il sera plus tard un homme mieux préparé au combat, et qu'il vous en saura un gré infini.

Je vois venir le temps où tout Français qui ne sera pas muni de ces deux engins de travail, l'anglais et l'allemand, sera un homme inférieur à la tâche que le destin lui réserve, et figurera parmi les vaincus et les ratés. Nous souffrons déjà, nous autres qui sommes entrés dans la vieillesse, de ce défaut d'instruction. Que sera-ce dans vingt ans, quand le réseau des chemins de fer aura été achevé, quand les relations entre peuples étrangers seront devenues plus nombreuses, plus intimes et plus profondes?

Préparez donc vos fils à cette civilisation nouvelle. Faites entrer dans leur petite cervelle réfractaire que ce n'est point un titre de gloire, mais une marque d'infatuation ridicule, de ne savoir que le français; que s'ils n'apprennent pas les langues étrangères à l'âge où cette étude est le plus facile, ils seront obligés de s'en donner plus tard, avec un temps et un mal infinis, une légère teinture.

Soyez inflexibles sur ce point; c'est le plus important, c'est le plus essentiel de l'éducation moderne.

JULES LEMAÎTRE.

JULES LEMAÎTRE was born in 1853. He left the *École Normale* in 1875 with a high literary degree, and was appointed professor of Rhetoric at Le Hâvre. Then he went to Algiers and to Besançon. In 1883, he was received "Docteur ès Lettres" at the Sorbonne, and became professor at the faculty of Grenoble. Between 1880 and 1883, Jules Lemaître had published two volumes of verses, in which he showed himself a delicate and able poet of the Parnassian school. He left the University in 1884, came to Paris, and became a regular contributor to "La Revue Bleue," in which he had already published several articles. He rose at once to fame by his famous articles on Renan, Zola, and Georges Ohnet. He was then appointed dramatic critic of the "Journal des Débats" (1886).

Jules Lemaître has shown himself a talented play-writer in his piece called *Révoltée*, played at the Odéon in 1889, and which had a fair success. He gave also *Le Député*

Leveau and *Un Mariage Blanc*, which were performed, the first at the Vaudeville, the second at the Comédie Française.

Un Mariage Blanc is a very touching story of a consumptive girl.   It is full of delicate pathos, almost too delicate for the stage.   The character of the gentleman who marries the sick girl out of pity is very well drawn ; he represents the refined dilettante of our days, who believes himself indifferent to any true and deep feeling, but whose heart is still tender and whose loyalty and gentlemanliness are of a higher sort than one would have expected in such a man. The sister, healthy and strong, is also a very real character. It depicts the girl of the new generation, "*fin de siècle*," as some would call her, but extremely true to nature, full of animal spirits, and possessed of the strongest love of life.

The literary studies and portraits of Jules Lemaître, which he has published in a series of volumes called *Les Contemporains*, as well as his dramatic criticisms (*Impressions de Théâtre*) belong to a new school of criticism.

Jules Lemaître admits only subjective criticism.   In one of his essays he wrote :   "Un critique met nécessairement dans ses écrits quelque chose de son tempérament et de sa propre manière de concevoir la vie, puisque c'est avec son esprit qu'il décrit l'esprit des autres, et que la critique est la représentation du monde aussi personnelle, aussi relative, aussi vaine, et conséquemment aussi intéressante que celle qui constitue les autres branches de la littérature."

The style of Jules Lemaître is charming, extremely personal, elegant and picturesque, vivacious and light, full of wit and fine humor.   He has a marvellous abundance of ideas, with which he seems to take a delight to sport and juggle, with singular "virtuosité."   He has lately published some volumes of *Contes* very delicately and elegantly written, and a novel, *Serenus, Histoire d'un Martyr*. *Les Rois*, his last work, has just appeared.

RENAN.

Il n'est pas d'écrivain qui ait paru plus ondoyant et plus insaisissable, à qui l'on ait prêté plus de dessous et de tréfonds, de plus inextricables ironies et des fantaisies plus diaboliques. J'ai donné moi-même dans ce travers de croire que M. Renan manquait tout-à-fait de naïveté. J'en fais bien mon *mea culpa*. Je crois à présent que le meilleur moyen de comprendre M. Renan, c'est de lire d'une âme confiante ce qu'il écrit et de n'y point chercher plus de malice qu'il n'en a mis. Si M. Renan nous semble si compliqué, c'est que les éléments dont se compose son génie total étant nombreux, divers et quelquefois contradictoires, il les laisse transparaître dans son œuvre avec une parfaite sincérité. En d'autres termes, s'il paraît si peu candide, c'est à force de candeur.

Ainsi s'explique tout ce qui, dans ses livres, nous étonne et nous met en défiance, même en nous séduisant. — Après avoir affirmé quelque grande vérité morale, insinue-t-il que le contraire serait possible, que cette affirmation n'est en somme qu'une espérance? C'est qu'il a cru, autrefois, d'une foi entière et absolue à des dogmes dont il s'est détaché depuis, et que cette aventure l'a rendu prudent. — Au milieu d'une effusion mystique et lyrique, s'arrête-t-il tout à coup pour nous jeter quelque impitoyable réflexion sur le train brutal et fatal des choses humaines? C'est qu'il les connaît pour les avoir étudiées dans le passé et dans le présent et que, s'il est poète, il est historien. — Ou bien parmi de magnifiques paroles sur la vertu, il nous avertit subitement qu'elle n'est que duperie, et cela nous scandalise; mais ce n'est pourtant qu'une façon de dire que la vertu est elle-même sa très réelle récompense. S'il ne le dit pas, c'est scrupule de Breton héroïque, à qui nul sacrifice ne paraît assez entier, ou, si vous voulez, illusion d'une conscience

infiniment délicate qui veut nous surfaire la vertu. — S'il
garde parfois dans l'expression des sentiments les plus
éloignés du christianisme l'onction chrétienne et le ton du
mysticisme chrétien, nous croyons ces combinaisons prémé-
ditées et nous y goûtons comme le ragoût d'un très élégant
sacrilège.   Point : c'est l'ancien clerc de Saint-Sulpice, qui
a conservé l'imagination catholique. — S'il témoigne de son
respect et de sa sympathie pour les choses religieuses, pour
les mensonges sacrés qui aident les hommes à vivre, qui
leur présentent un idéal accommodé à la faiblesse de leur
esprit, nous y voulons voir une raillerie secrète.   Mais c'est
nous qui manquons de respect ; pourquoi le sien ne serait-il
pas sincère ? — Si telle pensée nous scandalise, prenons
garde ; c'est que nous ne lisons pas bien, c'est que, voulant
exprimer quelque opinion singulière dont il n'est pas lui-
même bien sûr, il a cherché exprès, pour la traduire, une
forme hardie et inattendue dont l'excès nous fasse sourire
et nous avertisse.   Ne nous a-t-il pas prévenus qu'il écrivait
cum grano salis ?   Ce grain de sel, il est toujours facile de
voir où il l'a mis. — Si la femme le préoccupe, s'il parle
d'elle avec un mélange de dédain et d'adoration qui n'est
qu'à lui, ces deux sentiments s'expliquent par son passé
ecclésiastique et par la longue austérité de sa jeunesse :
voudriez-vous qu'il abordât la femme avec la belle tranquillité de M. Armand Silvestre ? — S'il rêve, c'est le Breton
qui rêve en lui ; s'il raille, c'est le Gascon qui prend la
parole ; s'il prie, c'est l'ancien lévite ; s'il se défie, c'est
l'historien.   On ne peut vraiment pas attendre des livres
simples d'un poète qui est un savant, d'un Breton qui est
un Gascon, d'un philosophe qui a été séminariste.   S'il est
divers jusqu'à la contradiction, c'est qu'il a l'esprit merveilleusement riche.   Remarquez ce qu'a de singulier et
d'unique le cas de cet hébraïsant, de cet érudit, de ce philo-
logue qui se trouve être un des plus grands poètes qu'on ait

vus, et jugez de tout ce qu'il faut pour remplir, comme dit Pascal, l'entre-deux.

LECONTE DE LISLE.

Lorsque André Chénier composait ses divins pastiches d'Homère et de Théocrite, il faisait sans y songer ce que personne n'avait fait avant lui, non pas même les poètes de la Pléiade, qui ne comprenaient qu'à demi la pure antiquité et ne la saisissaient point d'une vue directe. Il se détachait de lui-même et de son temps, s'éprenait tout naïvement des grâces de la vie primitive chez une belle race, se faisait une âme grecque, ou plutôt, mystérieux atavisme, retrouvait cette âme en lui. Or, cette neuve poésie où se reflètent exactement des poésies antérieures et où Chénier se complaisait ingénument, d'autres l'ont recommencée avec plus de parti pris et un art plus consommé. Notre siècle est curieux avec délices. Sa gloire et sa joie, c'est de comprendre et de ressusciter l'âme des générations éteintes, et sa plus grande originalité consiste à pénétrer dans l'âme des autres siècles. De croyance propre, il n'en a guère. Aussi, le seul sentiment nouveau qu'il ait apporté dans la littérature, c'est, avec la curiosité, le doute de l'esprit se tournant en souffrance pour le cœur. Y a-t-il autre chose dans le romantisme que la mélancolie de René et l'amour de ce qu'on appelait en 1830 la couleur locale, c'est-à-dire le sens de l'histoire avivé par la passion des belles lignes et des belles couleurs? Ces deux sentiments, d'ailleurs, ou vont ensemble ou s'engendrent tour à tour. Quand on sait ou qu'on devine beaucoup, qu'on est d'une vieille race fatiguée et sans naïveté, il peut arriver qu'on en souffre, et ce malaise redouble l'ardeur de connaître et de sentir; il nous fait chercher l'oubli dans la curiosité croissante ou dans une sorte de sensualisme esthétique. Toute la poésie contemporaine est faite, semble-t-il, d'inquiétude morale et d'esprit critique mêlé de sensualité. L'inquiétude, vague avec les romantiques, s'est peu à peu précisée ; une poésie philosophique en est sortie, et à la mélancolie d'Olympie ou de Jocelyn a succédé la mélancolie darwiniste. Le poète de la *Justice* sait les raisons de sa tristesse. D'un autre côté, l'intelligence du passé et le goût de l'exotique ont engendré une longue et magnifique lignée de poèmes où revivent l'art, la pensée et la figure des temps disparus. La poésie de notre âge et de notre pays contient toutes les autres dans son vaste sein. Hugo, Vigny, Gautier, Banville, Leconte de Lisle l'ont faite souverainement intelligente et sympathique, soit qu'elle déroule la légende des siècles, soit qu'elle s'éprenne de beauté grecque et païenne, soit qu'elle traduise et condense les splendides ou féroces imaginations religieuses qui ont ravi ou torturé l'humanité, soit enfin qu'elle exprime des sentiments modernes par des symboles antiques. A travers les différences de caractère ou de génie, un trait commun rapproche les ouvriers de cette poésie immense et variée comme le monde et l'histoire : le culte du beau plastique. Mais il n'en est point chez qui ce culte apparaisse plus exclusif que chez M. Leconte de Lisle. Il est remarquable que celui-là soit le moins ému, qui s'est fait le poète des religions et qui s'est attaché aux manifestations du sentiment le plus intime, le plus enfoncé au cœur des races.

ANATOLE FRANCE.

ANATOLE FRANCE, novelist, critic, poet and scholar, was born at Paris in 1844.

As a poet, he belongs to the Parnassian group by his elegant and tender verses called *Vers Dorés*, *Les Noces Corinthiennes*.

As a novelist, he published *Le Crime de Sylvestre Bonnard*, *Les Désirs de Jean Servien*, *Jocaste et le Chat Maigre*, *Thaïs*, *Balthasar* (a series of *nouvelles*).

As a critic, he wrote the weekly *chronique* of La Vie Littéraire in the journal *Le Temps*.

Anatole France is a great advocate of subjective criticism, which he has himself practiced with ability. He affirms that criticism, as well as philosophy and history, is a sort of novel for the use of circumspect and curious minds, and every novel, if we look at it in the right light, is an autobiography. There is no objective criticism any more than there is objective art, for we can never get outside of ourselves. In order to be perfectly frank, the critic ought to say : "Gentlemen, I propose to talk about myself with regard to Shakespeare, Racine, Pascal or Goethe."

The language of Anatole France is exquisite and full of charm ; his philosophy is eclectically sceptical ; his criticism, backed by a vast erudition that is always elegant but never too profound, is amiable and easy.

Like his master Renan, Anatole France is a prodigious artist in ideas ; he carries away his readers by the gracefulness of his thought and the elegance of his wit.

SCÈNES DE LA VIE RÉELLE.

Les Deux Copains. — Conte Véritable.

Il y a vingt-cinq ans de cela, Jean Meusnier et Jacques Dubroquet occupaient par moitié un atelier au fond d'une cour, près du cimetière Montparnasse. Tout le rez-de-chaussée appartenait à des marbriers qui encombraient la cour de tombes blanches, de croix et d'urnes funéraires.

Une poussière de marbre et de plâtre étendait sur le sol son linceul sali. L'atelier était posé comme une grande

cage vitrée sur les magasins des tailleurs de pierres
funèbres. A l'intérieur : un poêle de fonte, deux chevalets
et des chaises de paille défoncées. La poudre des marbres,
qui pénétrait par les fentes de la porte et des châssis,
attristait la nudité livide des murs et du carrelage.

Jacques Dubroquet était peintre d'histoire, et Jean
Meusnier paysagiste. Or, ce paysagiste ressemblait à un
arbre : il en avait la rude écorce, la forte sève, la paix et le
silence. Ses cheveux drus se dressaient sur son front
rugueux, comme les rejetons d'un saule étêté.

Il parlait peu, sachant peu de mots. Mais il peignait
beaucoup. Matinal, égayé d'un verre de vin blanc, il s'en
allait par la banlieue faire des études d'après lesquelles il
exécutait ensuite, dans l'atelier, des tableaux d'un sentiment brutal et d'un faire obstiné.

Paysan de race, prudent, défiant, rusé, le visage aussi
muet que la langue, se souciant peu de son copain, il n'y
avait pour lui au monde qu'Euphémie la crémière du boulevard Montparnasse, grosse femme tendre, qu'il aimait d'un
amour narquois.

Jacques Dubroquet, peintre d'histoire, plus âgé que lui de
quelques années, était d'un tout autre caractère.

C'était un homme de pensée. Il voulait ressembler à
Rubens, et, pour y parvenir, il portait de longs cheveux, la
barbe en pointe, un feutre à larges bords, un pourpoint de
velours et un grand manteau. La poussière inévitable des
tombes attristait cette magnificence. Jean Meusnier aussi
en était couvert, mais il en paraissait adouci et comme
embelli. Elle déshonorait au contraire la beauté du peintre
d'histoire, qui brossait sans cesse et vainement son velours
et souffrait.

D'un naturel aimable, riant et magnifique, il avait l'âme
grande et craignant que le nom de Jacques Dubroquet n'en
donnât pas une suffisante idée, il changea ce nom en celui

de Jacobus Dubroquens, qui était bien mieux dans son
génie.

Dubroquet touchait, par son âge, aux derniers romantiques et aux républicains de sentiment.   Il avait fait ses
études de peintre dans l'atelier de Riésener, à la fin du
règne de Louis-Philippe.

Grand liseur, il fréquentait assidument ce cabinet de
lecture de la bonne Mme Cardinal, où les étudiants en
médecine repassaient leur anatomie en déjeunant d'un petit
pain, une main ou une jambe humaine posée sur la table à
côté d'eux.   Il dévorait tous les livres, et puis il allait en dis-
puter avec des camarades dans la pépinière du Luxem-
bourg, devant la statue de Velléda.

Et il était éloquent !   La révolution de 1848 interrompit
ses études de peinture.   Il sentit son enthousiasme humani-
taire grandir dans les clubs, il prit conscience de sa mission
et conçut l'art nouveau.   Depuis lors, Jacobus Dubroquens
eut beaucoup d'idées ;   mais il lui fallait généralement, pour
les exprimer, une toile de soixante pieds carrés.   Soixante
pieds carrés de peinture ou rien, voilà l'alternative dans
laquelle il se trouvait d'ordinaire.   Aussi, ne sera-t-on pas
trop étonné que Jacobus Dubroquens, à l'âge où je le connus, c'est-à-dire déjà grisonnant, n'eût pas fait encore un
seul tableau.

Il avait trop d'idées.   Et puis l'Empire le gênait.   Il en
attendait la chute.   Il était célèbre dans la crémerie du
boulevard Montparnasse pour une copie d'une des Sirènes de
Rubens, qu'il avait faite au Louvre en 1847, et où il y avait
des morceaux qui voulaient être bons, mais dont la couleur
était froide et grise, en sorte que cette copie ne ressemblait
pas à l'original.   Quand on lui en faisait l'observation,
Jacobus Dubroquens répondait en souriant :

—Mon Dieu ! c'est bien simple.   Rubens saute haut
comme cela (et il mettait la main au niveau de son genou)

et moi, je saute haut comme cela (et il élevait le bras au-dessus de sa tête).

A la *Sirène* près, il n'était l'auteur d'aucun tableau. Cette particularité, assez remarquable dans la vie d'un peintre, ne l'inquiétait nullement.

—Mes tableaux, disait-il en se frappant le front, ils sont là !

Il avait là, en effet, sous son feutre à la Rubens, deux ou trois conceptions peu communes d'apothéoses, dans lesquelles il mêlait toujours Anaxagore, le Bouddah, Zoroastre, Jésus-Christ, Giordano Bruno et Barbès.

Que de fois tout jeune, en ce temps déjà lointain, je préférai à l'École de Droit et aux cours de M. Demangeat, l'atelier poudreux des deux amis et les théories esthétiques de Jacobus Dubroquens !

La belle voix chaude d'orateur de clubs dominait les grincements des scies des marbriers, les piaillements des moineaux et les cris des enfants qui se battaient dans la cour. Avec quelle éloquence il décrivait ses futurs tableaux qui représentaient la Marche de l'humanité, le Génie des religions, le Progrès de la démocratie et la Paix universelle ! Avec quelle conviction il annonçait que son œuvre était de faire la synthèse de la philosophie par la peinture !

Cependant Jean Meusnier, à son chevalet devant sa petite toile, poussait avec l'obstination lente d'un paysan le dessin d'un arbre farouche et gardait un silence végétal.

Puis, tout-à-coup, levant les yeux vers le châssis vitré d'où tombait une lumière crue, il grognait :

—Ce sacré bahut . . . qui me gêne. . . . Comment l'appelez-vous ? Nous cherchions et nous ne trouvions pas.

Enfin Jean Meusnier faisait un grand effort de mémoire et s'écriait :

— Eh bien ! le soleil, quoi ? . . . Vous comprenez, il tape trop dur pour l'instant.

Parfois, nous dînions tous trois à la crémerie, dans la petite salle ornée d'une grande toile de Jean Meusnier. C'était une composition féroce qu'il avait peinte en riant intérieurement et qui représentait des arbres odieux et ridicules.   Ce puissant paysagiste ne sentait la beauté et la laideur que dans le monde végétal.   Et le sauvage s'était amusé à faire des caricatures de chênes et d'ormeaux.

Quant au règne humain, il n'en connaissait qu'Euphémie, qui décidément lui semblait une personne bien agréable. Avant le dîner, il causait avec elle dans la cuisine à la lueur des fourneaux, tandis que Jacobus Dubroquens m'expliquait la triade gauloise devant la salière et le moutardier de la petite table.

Comme il eut exprimé la triade en peinture !   Il ne lui manquait qu'une toile de vingt mètres carrés, et la république.

En attendant, il composait des modes pour poupées, dessinait les trois temps de l'extraction des cors, d'après la méthode Edouard, et peignait des rosiers sur moelle de sureau.

C'était un bien honnête homme.   Il ne laissait rien deviner du mystère douloureux de sa vie, et, en toute rencontre, dissertait sur l'art et la philosophie d'un esprit paisible et content.

Nous allons où Dieu nous mène, et les plus fidèles d'entre nous abandonnent l'un après l'autre leurs vieux compagnons sur le chemin, sur le dur chemin de la vie.   Au long de ma dernière année de droit, je perdis de vue les deux Copains. Dans la suite, le nom de Jean Meusnier, devenu célèbre, me fut rappelé tous les jours par les journaux qui le citaient avec des louanges.   Les tableaux du maître, je les voyais au Salon, aux Mirlitons, au Volney, chez Francis Petit, chez

les amateurs de peinture et chez les femmes à la mode.
Les vitrines des papetiers me montraient à l'envi son visage
connu de vieux dieu rustique.

Mais, du pauvre Jacobus Dubroquens, point de nouvelles !

Je m'imaginais qu'il n'était plus de ce monde, et que la mort
clémente l'avait doucement emporté hors de cette terre qu'il
n'avait jamais vue que dans un rêve et à travers un nuage.

Mais, un beau jour de l'automne dernier, comme je prenais, à la station des Tuileries, le bateau mouche qui descend
la rivière, je remarquai, sur le pont, un vieillard assis à
l'avant qui, drapé dans un vieux manteau rapiécé et portant
sur l'oreille un feutre romantique, posait complaisamment
sur un carton à dessin une main encore belle et gardait
l'attitude du génie méditatif.

Je reconnus, sous ses soixante-dix ans, le bon Jacobus
Dubroquens.   On lui eût donné plus que son âge, à voir les
rides de ses joues ; mais ses yeux bleus gardaient une
jeunesse invincible.

Il répondit à mon salut sans savoir qui j'étais et sans se
soucier de le savoir, ayant pris l'habitude, dans les crémeries,
d'une sorte de fraternité anonyme qui s'étendait à tous ses
interlocuteurs.

— Vous savez, mon tableau, me dit-il, mon grand tableau !
Ils veulent que je l'exécute réduit et corrigé.

— Et qui veut cela, maître Jacobus?

— Eux ! la boutique, le gouvernement, les ministres, le
conseil municipal, quoi !   Est-ce que je sais donc ?   Est-ce
que je connais ces épiciers-là, moi?   Je néglige les êtres
contingents et je méprise tout ce qui n'est pas réalisé dans
l'absolu.   Oui, ils veulent dénaturer ma grande idée.   Mais
soyez tranquille, je ne transigerai pas.

Ainsi donc l'Empire était tombé.   La République durait
depuis vingt ans, et Jacobus Dubroquens n'avait pas encore
pu faire son grand tableau.

Au reste son contentement était parfait. Il dessinait, pour vivre, des modèles de pipes, commandés par un concurrent de Gambier, et des vignettes destinées à orner des boîtes de sardines. A le voir ainsi souriant, on doutait si c'était un vieux fou ou si c'était un vieux sage, et je n'oserais pas en décider.

En me quittant, il me montra d'un grand geste le ciel rose, la rivière argentée et les bords couverts d'une poudre de lumière blonde.

—Hein? me dit-il, voilà un joli fond pour mon apothéose de la femme libre . . . en donnant plus de valeur aux tons, nécessairement. Je ferai, cette fois, du Véronèse, mais plus fort . . . Véronèse saute haut comme cela; moi. . . .

Et je lui vis faire le geste d'autrefois.

De la passerelle du débarcadère, il me cria :

—Venez me voir dans mon atelier, au Point-du-Jour. La rue, là . . . à droite, N° 6. Sonnez fort.

J'y suis allé seulement hier.

Devant la maison que Jacobus m'avait indiquée, j'ai rencontré Jean Meusnier, robuste et noueux comme un chêne, et portant sur sa redingote correcte la rosette de commandeur. On eût dit un antique satire devenu très homme du monde. Il me serra la main.

—C'est vous ! . . . Il y a longtemps. . . . Ce pauvre Dubroquet, hein ? Une fluxion de poitrine . . . fichu !

Et il s'engagea devant moi dans un petit escalier de bois qu'il faisait trembler de son poids.

En montant, il soufflait et grognait :

—Sacré bahut ! va !

Sur le plus haut palier, une femme en camisole, la concierge, secoua tristement la tête et nous dit tout bas :

—Il ne passera pas la journée. Entrez, mes bons messieurs.

Dans une soupente, sur un mauvais lit de sangle, devant la Sirène de 1847, Jacobus râlait.

Il nous fit signe d'approcher et, d'une voix sifflante, très faible, mais encore distincte :

C'est fini ! J'emporte avec moi la peinture philosophique. . . . Ils sont tous là dans ma tête, mes tableaux. . . . Après tout, c'est peut-être un bien qu'on ne les ait pas vus. Ça aurait fait trop de peine aux camarades.

L'agonie, assez douce, dura cinq heures et se termina vers minuit.

Jean Meusnier ferma les yeux de son vieux copain, et pensif, revoyant toute la vie, songeant au mystère des choses, comme effleuré d'un grand coup d'aile invisible, il porta sa main à son front et murmura dans un étonnement douloureux :

— Sacré bahut !

———•◦•———

LA MESSE DES OMBRES.

Voici ce que le sacristain de l'église Sainte-Eulalie, à la Neuville-d'Aumont, m'a conté sous la treille du Cheval-Blanc, par une belle soirée d'été, en buvant une bouteille de vin vieux à la mémoire d'un mort très à son aise, qu'il avait le matin même porté en terre avec honneur, sous un drap semé de belles larmes d'argent :

— Feu mon pauvre père (c'est le sacristain qui parle) était de son vivant fossoyeur. Il avait l'esprit agréable, et c'était sans doute un effet de son état, car on a remarqué que les personnes qui travaillent dans les cimetières sont d'humeur joviale. La mort ne les effraie point : ils n'y pensent jamais. Moi qui vous parle, monsieur, j'entre dans un cimetière la nuit aussi tranquillement que sous la tonnelle du Cheval-Blanc. Et si, d'aventure, je rencontre un revenant, je ne m'en inquiète point, par cette considération qu'il peut bien aller à ses affaires comme je vais aux miennes. Je connais les habitudes des morts et leur caractère. Je sais à ce sujet des choses que les prêtres eux-mêmes ne savent pas. Et si je contais tout ce que j'ai vu, vous seriez étonné. Mais toutes les vérités ne sont pas bonnes à dire, et mon père, qui pourtant aimait à conter des histoires, n'a pas révélé la vingtième partie de ce qu'il savait. En revanche, il répétait souvent les mêmes récits, et il a bien narré cent fois, à ma connaissance, l'aventure de Catherine Fontaine.

Catherine Fontaine était une vieille demoiselle qu'il lui souvenait d'avoir vue quand il était enfant. Je ne serais point étonné qu'il y eût encore dans le pays jusqu'à trois vieillards qui se rappellent avoir ouï parler d'elle, car elle était très connue et de bon renom, quoique pauvre.

Elle habitait, au coin de la rue aux Nonnes, la tourelle que vous pouvez voir encore et qui dépend d'un vieil hôtel à demi détruit qui regarde sur le jardin des Ursulines. Il y a sur cette tourelle des figures et des inscriptions à demi effacées. Le défunt curé de Saint-Eulalie, M. Levasseur, assurait qu'il y est dit en latin que *l'amour est plus fort que la mort*. Ce qui s'entend, ajoutait-il, de l'amour divin.

Catherine Fontaine vivait seule dans ce petit logis. Elle était dentellière. Vous savez que les dentelles de nos pays étaient autrefois très renommées. On ne lui connaissait ni parents ni amis. On disait qu'à dix — huit ans elle avait aimé le jeune chevalier d'Aumont-Cléry, à qui elle avait été secrètement fiancée. Mais les gens de bien n'en voulaient rien croire et ils disaient que c'était un conte qui avait été imaginé parce que Catherine Fontaine avait plutôt l'air d'une dame que d'une ouvrière, qu'elle gardait sous ses cheveux blancs les restes d'une grande beauté, qu'elle avait l'air triste et qu'on lui voyait au doigt une de ces bagues sur lesquelles l'orfèvre a mis deux petites mains unies et qu'on avait coutume, dans l'ancien temps, d'échanger pour les fiançailles. Vous saurez tout à l'heure ce qu'il en était.

Catherine Fontaine vivait saintement. Elle fréquentait les églises et, chaque matin, quelque temps qu'il fît, elle allait entendre la messe de six heures à Sainte-Eulalie.

Or, une nuit de décembre, tandis qu'elle était couchée dans sa chambrette, elle fut réveillée par le son des cloches ; ne doutant point qu'elles ne sonnassent la messe première, la pieuse fille s'habilla et descendit dans la rue où la nuit était si sombre qu'on ne voyait point les maisons et que pas une lueur ne se montrait dans le ciel noir. Et il y avait un tel silence dans ces ténèbres que pas seulement un chien n'aboyait au loin et qu'on s'y sentait séparé de toute créature vivante. Mais Catherine Fontaine, qui connaissait chaque pierre où elle posait le pied et qui aurait pu aller à l'église les yeux fermés, atteignit sans peine l'angle de la rue des Nonnes et de la rue de la Paroisse, là où s'élève la maison de bois qui porte un arbre de Jessé, sculpté sur une grosse poutre. Arrivée à cet endroit, elle vit que les portes de l'église étaient ouvertes et qu'il en sortait une grande clarté de cierges. Elle continua de marcher, et ayant franchi le porche, elle se trouva dans une assemblée nombreuse qui emplissait l'église. Mais elle ne reconnaissait aucun des assistants, et elle était surprise de voir tous ces gens vêtus de velours et de brocart, avec des plumes au chapeau, et portant l'épée à la mode des anciens temps. Il y avait là des seigneurs qui tenaient de hautes cannes à pommes d'or et des dames avec une coiffe de dentelle attachée par un peigne en diadème. Des chevaliers de Saint-Louis donnaient la main à des dames qui cachaient sous l'éventail un visage peint, dont on ne voyait que la tempe poudrée et une mouche au coin de l'œil ! Et tous, ils allaient se ranger à leur place sans aucun bruit, et l'on n'entendait, tandis qu'ils marchaient, ni le son des pas sur les dalles, ni le frôlement des étoffes. Les bas-côtés s'emplissaient d'une foule de jeunes artisans, en veste brune, culotte de basin et bas blancs, qui tenaient par la taille des jeunes filles très jolies, roses, les yeux baissés. Et, près des bénitiers, des paysannes en jupe rouge, le corsage lacé, s'asseyant par terre avec la tranquillité des animaux domestiques, tandis que des jeunes gars, debout derrière elles, ouvraient de gros yeux en tournant entre leurs doigts leur chapeau. Et tous ces visages silencieux semblaient éternisés dans la même pensée, douce et triste. Agenouillée à sa place coutumière, Catherine Fontaine vit le prêtre s'avancer vers l'autel, précédé des deux desservants. Elle ne reconnut ni le prêtre, ni les clercs. La messe commença. C'était une messe silencieuse, où l'on n'entendait point le son des lèvres qui remuaient, ni le tintement de la sonnette vainement agitée. Catherine Fontaine se sentait sous la vue et sous l'influence de son voisin mystérieux, et, l'ayant regardé sans presque tourner la tête, elle reconnut le jeune chevalier d'Aumont-Cléry, qui l'avait aimée et qui était mort depuis quarante-cinq ans. Elle le reconnut à un petit signe qu'il·avait sous l'oreille gauche et surtout à l'ombre que ses longs cils noirs faisaient sur ses tempes. Il était vêtu de l'habit de chasse, rouge, à galons d'or, qu'il portait le jour où, l'ayant rencontrée dans le bois de Saint-Léonard, il lui avait demandé à boire et pris un baiser. Il avait gardé sa jeunesse et sa bonne mine. Son sourire montrait encore des dents de jeune loup. Catherine lui dit tout bas :

—Monseigneur, qui fûtes mon ami, Dieu vous ait en sa grâce ! Puisse-t-il m'inspirer enfin le regret du péché que j'ai commis avec vous ; car il est vrai qu'en cheveux blancs et près de mourir, je ne me repens pas encore dè vous avoir aimé. Mais, ami défunt, mon beau seigneur, dites-moi quels sont ces gens à la mode du vieux temps qui entendent ici cette messe silencieuse.

Le chevalier d'Aumont-Cléry répondit d'une voix plus faible qu'un souffle et pourtant plus claire que le cristal :

—Catherine, ces hommes et ces femmes sont des âmes du purgatoire qui ont offensé Dieu en péchant comme nous par l'amour des créatures, mais qui ne sont point pour cela retranchées de Dieu, parce que leur péché fut, comme le nôtre, sans malice. Tandis que, séparés de ce qu'ils aimaient sur la terre, ils se purifient dans le feu lustral du purgatoire, ils souffrent les maux de l'absence, et cette souffrance est pour eux la plus cruelle. Ils sont si malheureux qu'un ange du ciel prend pitié de leur peine d'amour. Avec la permission de Dieu, il réunit chaque année, pendant une heure de nuit, l'ami à l'amie dans leur église paroissiale, où il leur est permis d'entendre la messe des ombres en se tenant par la main. Telle est la vérité. S'il m'est donné de te voir ici avant ta mort, Catherine, c'est une chose qui ne s'est pas accomplie sans la permission de Dieu.

Et Catherine Fontaine lui répondit :

—Je voudrais bien mourir, pour redevenir belle comme aux jours, mon défunt seigneur, où je te donnais à boire dans la forêt.

Ce pendant qu'ils parlaient ainsi tout bas, un chanoine très vieux faisait la quête et présentait un grand plat de cuivre aux assistants qui y laissaient tomber tour à tour d'anciennes monnaies qui n'ont plus cours depuis longtemps : écus de six livres, florins, ducats et ducatons, jacobus, nobles à la rose, et les pièces tombaient en silence. Quand le plat de cuivre lui fut présenté, le chevalier mit un louis qui ne sonna pas plus que les autres pièces d'or ou d'argent.

Puis le vieux chanoine s'arrêta devant Catherine Fontaine, qui fouilla dans sa poche sans y trouver un liard. Alors, ne

voulant pas refuser.son offrande, elle détacha de son doigt
l'anneau que le chevalier lui avait donné la veille de sa
mort, et le jeta dans le bassin de cuivre.   L'anneau d'or
en tombant sonna comme un lourd battant de cloche et, au
bruit retentissant qu'il fit, le chevalier, le chanoine, le célé-
brant, les clercs, les dames, les cavaliers, l'assistance entière
s'évanouit; les cierges s'éteignirent et Catherine Fontaine
demeura seule dans les ténèbres.

Ayant achevé de la sorte son récit, le sacristain but un
grand coup de vin, resta un moment songeur et puis reprit
en ces termes :

—Je vous ai conté cette histoire telle que mon père me
l'a contée maintes fois, et je crois qu'elle est véritable parce
qu'elle est conforme à tout ce que j'ai observé des mœurs
et des coutumes particulières aux trépassés.   J'ai beaucoup
pratiqué les morts depuis mon enfance et je sais que leur
usage est de revenir à leurs amours.

C'est ainsi que les morts avaricieux errent, la nuit, près
des trésors qu'ils ont cachés de leur vivant.   Ils font bonne
garde autour de leur or ; mais les soins qu'ils se donnent,
loin de leur servir, tournent à leur dommage, et il n'est pas
rare de découvrir de l'argent enfoui dans la terre en
fouillant la place hantée par un fantôme.   De même les
maris défunts viennent tourmenter, la nuit, leurs femmes
mariées en secondes noces, et j'en pourrais nommer qui,
morts, ont mieux gardé leurs épouses qu'ils n'avaient fait
vivants.

Ceux-là sont blâmables, car, en bonne justice, les défunts
ne devraient point faire les jaloux.   Mais je vous rapporte
ce que j'ai observé, c'est à quoi il faut prendre garde quand
on épouse une veuve.   D'ailleurs l'histoire que je vous ai
racontée est prouvée dans la manière que voici :

Le matin, après cette nuit extraordinaire, Catherine
Fontaine fut trouvée morte dans sa chambre.   Et le suisse

de Sainte-Eulalie trouva dans le plat de cuivre qui servait aux quêtes une bague d'or, avec deux mains unies. D'ailleurs, je ne suis pas homme à faire des contes pour rire. Si nous demandions une autre bouteille de vin ! . . .

PAUL ARÈNE.

PAUL ARÈNE (1843), at first a member of the University of France, began his literary career by giving a play in verse and in one act, *Pierrot Héritier*, which was produced at the Odéon and obtained great success. He then entered journalism and wrote in *le Nain Jaune, le Figaro, le Corsaire, le Petit Journal* and *l'Évènement*.

When *le Gil Blas* was founded, Paul Arène became one of the *chroniqueurs*, and published there some essays full of grace and humor.

As a Provençal poet, Arène wrote several short and delicate poems, and contributed in a great degree to the development of the " Société des Félibres " for the encouragement of Provençal poetry.

His *Contes de Noël* are charming short stories in prose ; *Au Bon Soleil, Contes Provençaux*, are full of grace and delicacy. *Paris Ingénu* is a series of highly interesting pictures of the manners of the day and of reminiscences. *Vingt Jours en Tunisie*, very witty and lively *récits de voyages*, contain exact and bright descriptions of that fine country.

Paul Arène wrote, in common with Alphonse Daudet, some of the first *Lettres de mon Moulin* and a novel, *Jean des Figues*.

LE FIFRE ROUGE.

—Hé ! petit fifre, que fais-tu là ? cria le sergent La Ramée, qui s'en allait à la ville voisine quérir la fricassée d'un porc pour le réveillon du colonel.

—Voici ce que c'est, monsieur le sergent, répondit le petit fifre : Sa Majesté le Roi se trouvant dans un besoin pressant d'argent et désirant offrir un château tout neuf en étrennes à sa belle amie, il a été décidé par la Cour des Comptes que le régiment, musiciens et soldats, ne toucheraient pas encore de solde ce mois-ci.   Alors, comme mère-grand est pauvre et que je n'avais pas un liard en poche pour lui acheter son dinde à Noël, je suis venu jusqu'à la courtine casser la glace du fossé et voir s'il n'y aurait pas moyen de pêcher un plat de grenouilles.

—Compte là-dessus ! dit La Ramée ; en hiver les grenouilles dorment.

—Je le sais bien, répondit le petit fifre, mais le ciel est bleu malgré la glace, peut-être que ce beau soleil les réveillera.

Et tandis que le sergent La Ramée reprenait sa route en grommelant, le petit fifre, avec courage, se mit à casser la glace.

Ce petit fifre, qui aimait tant sa mère-grand, était bien le plus joli fifre que l'on pût rencontrer.   Pas plus haut qu'une botte et vêtu de rouge, du tricorne aux guêtres, comme tout le monde au régiment, il avait si bonne grâce, avec ses yeux bleus et ses cadenettes, à siffler des airs, en marquant le pas, devant les hallebardiers barbus, que pour le voir passer, dans les entrées de ville, les dames aux fenêtres oubliaient de regarder le tambour-major.

Presque autant qu'aux rythmes guerriers, le fifre s'entendait à la pêche aux grenouilles.   Aussi quand la glace fut percée, le trou déblayé, et qu'un joli rond d'eau claire

apparut, eut-il bientôt fait d'improviser sa ligne avec un peu
de fil qu'il avait apporté et un roseau sec qu'il coupa.
L'appât seul manquait au bout du fil.   D'ordinaire notre
pêcheur ne s'en inquiétait guère, se servant pour cela du
premier coquelicot venu, car les grenouilles sont goulues au
point que tout objet rouge les attire.   Mais les coquelicots
ne fleurissent pas sous la neige, et vainement il en chercha
quelqu'un d'attardé, le long des glacis, dans l'herbe transie.

Il allait partir, fort ennuyé, quand précisément, au-dessus
de l'eau, une grenouille leva la tête.   Paresseuse et comme
endormie, elle posa ses pattes de devant sur les bords,
ouvrit l'un après l'autre ses jolis yeux d'or au soleil, puis
gonfla doucement sa gorge blanche, poussa un léger *coax*
auquel par dessus la glace, dans toute l'étendue des fossés
gelés aussi vastes qu'un grand étang, d'autres *coax* lointains
répondirent.

—Ce doit être la mère des grenouilles, se dit le petit
fifre, qui n'avait jamais vu une grenouille si grosse ; quelle
occasion et quel dommage de la laisser échapper ainsi !

Tout à coup, il eut une inspiration :

—Si je prenais, en guise d'appât, la patte qui serre mon
haut-de-chausses ?   Elle est en beau drap rouge d'ordonnance,
et, certes ! les grenouilles y mordraient.—Aussitôt dit, aussitôt fait.   Et la patte en drap rouge d'ordonnance se met à
danser sur l'eau claire, qu'égayait un joyeux rayon, devant
le nez de la grenouille.   La grenouille mord, le pêcheur
tire, le fil casse, et la grenouille plonge, emportant le drap.

Par bonheur, la patte était double ; on pouvait hasarder
la seconde moitié.

La grenouille reparaît sur l'eau, mord encore, le fil casse
encore, et la seconde moitié va rejoindre la première.

—Bah ! songea le pêcheur, quel mal y aurait-il à couper
un tout petit morceau de ceinture ?   Personne ne viendra
regarder sous les basques de mon justaucorps.

Et, tirant son couteau, il coupa un petit morceau de ceinture que la grenouille, hélas! emporta comme les autres et puis encore un, et puis un encore plus bas; puis il entama le gras des chausses, tant qu'à la fin, la nuit arrivant, il s'aperçut que sa chemise flottait et que l'énorme échancrure petit à petit faite au drap laissait largement passer la brise.

Le sergent La Ramée, qui revenait par là avec une charge de victuailles, trouva le malheureux petit fifre assis sur son derrière et pleurant.

—Qui est-ce qui m'a fichu un soldat qui pleure?

Pour toute réponse, hélas! le petit fifre se dressa et se retourna.

—Mauvaise affaire! murmura le vieux La Ramée après avoir longuement considéré le corps du délit: détérioration d'effets d'équipement et d'habillement fournis par le gouvernement, c'est un cas de conseil de guerre!—Puis, ces mots prononcés, il s'en alla en reniflant les poils de sa moustache.

Le petit fifre pleura plus fort. Il se voyait déjà arrêté quand il passerait le pont-levis, mis dans un cachot noir, amené entre deux gendarmes devant ses juges. Vainement il essayait de les attendrir, disant: "Ce n'était pas pour moi, c'était pour apporter un plat de grenouilles à grand'mère, qui est vieille et pauvre et n'a pas de quoi faire son réveillon." Le Code militaire restait inflexible. On le dégradait, on lui brisait son fifre et sa petite épée, on le conduisait dans une prairie où, deux mois auparavant, il avait défilé avec la garnison, musique en tête, devant un conscrit fusillé. . . .

Alors, songeant à sa grand'mère, transi par le froid, la tête perdue, il eut comme l'envie de mourir tout de suite et se laissa glisser sur le sol gelé vers le trou d'eau noire où déjà les étoiles luisaient. . . .

Dans quel merveilleux paysage le petit fifre se trouva ! A perte de vue, les voûtes de glace laissaient filtrer une lumière blanche et douce, et de longues herbes vêtues de cristal, montant du fond en fines colonnettes, puis s'emmêlant aux mousses des bords toutes frangées de barbes d'argent, formaient mille promenoirs à jour et des architectures brodées les plus magnifiques du monde.   A droite, à gauche, le long des berges, dans les petites grottes, trous de rats aquatiques ou d'écrevisses, que font sous l'eau les racines et la terre éboulée, des grenouilles de toute espèce, en nombre innombrable, dormaient.   Il en remplissait d'immenses paniers qu'il destinait à mère-grand. . . . Le conseil de guerre ne l'effrayait plus.   Il ne se rappelait plus que vaguement le désastre de son haut-de-chausses.   Une seule chose l'étonnait un peu : d'avoir si chaud sous la glace et dans l'eau. . . . Puis il se sentit très heureux et comprit qu'il allait dormir comme les grenouilles.

Le petit fifre dormit longtemps.   Tout à coup une voix connue l'éveilla : c'était la voix de mère-grand : — Chut, disait-elle, il ouvre les yeux. . . . Oh ! le méchant garçon qui vous fait des transes pareilles !

Le petit fifre fut repris de peur quand il aperçut au pied de son lit les yeux embroussaillés et les longues moustaches de La Ramée.

— Le haut-de-chausses ! le conseil de guerre !   Ne me laissez pas emmener ! . . . Et il s'accrochait avec désespoir au casaquin de sa grand'mère.   Mais sa grand'mère le rassura : le bon La Ramée l'avait tiré de l'eau, à moitié gelé et tremblant la fièvre, puis il avait raconté l'aventure au colonel, et le colonel attendri venait précisément d'envoyer par un homme à cheval une aune de boudin pour le réveillon avec une paire de chausses neuves.

Le boudin chantait dans la poêle, des chausses intactes pendaient à un clou.

Et voilà telle que ma nourrice me l'a apprise, l'histoire du petit fifre rouge qui, par amitié pour sa grand'mère, pêchait les grenouilles à Noël.

ÉMILE BERGERAT.

ÉMILE BERGERAT (1845) belongs to the numerous phalanx of men of letters known as *chroniqueurs*. He writes in *le Figaro*, under the name of "Caliban," very witty chroniques, fantasies sparkling with humor, with *verve*, with overflowing gaiety, and sometimes exquisite pages all perfumed with the finest flower of literature. A true Parisian from the rue Vivienne, full of mischief, impetuous, prompt in repartee, cheerful in character, always finding the right expression to point out a ridicule, an oddity, Bergerat plays with words, invents new epithets, strains adjectives in order to extract their very essence. His language is well nourished, strong, picturesque, living; his style, brilliant, glowing with color, and, at the same time, of a certain *laisser-aller* which is not without charm; it has something in it of our best authors of the 16th century.

Émile Bergerat is also a fine critic of art. He has written many articles on the modern painters, a study called *Peintures Décoratives de Paul Baudry au Foyer de l'Odéon*, and a critique on *Théophile Gautier, Peintre*. In 1879, he created a paper, *La Vie Moderne*, which was very successful. He wrote in *le Voltaire* the *Chroniques de l'Homme Masqué*, highly welcomed by the public, and in the *Paris* a series of social sketches of a very decided liberalism.

As a poet Émile Bergerat made himself known by his short poems of *Le Maître d'École*, and *Les Cuirassiers de Reichshoffen*, written after the Franco-Prussian war of 1871; they at once became very popular, and were afterwards published under the name of *Poèmes de la Guerre*. He has lately appeared as a skillful dramatist in *Enguerrande,* a fine play in verse, which won on the stage a well-deserved success.

Émile Bergerat has also produced novels of some ingenuity and talent, such as *Une Amie, Faublas*.

CONTES DU TEMPS PASSÉ.

Le Chevalier de Frileuse.

(Dans le goût du XVIIIᵉ.)

Monsieur le chevalier de Frileuse était le plus galant homme de ce monde. Il en était également le plus heureux, non pas que le long de sa route il n'eût été çà et là accroché par quelques buissons d'épines, mais les plus piquantes s'émoussaient sur la peau de philosophe qu'il s'était faite. Et qui dit peau de philosophe parle d'un cuir à toute épreuve.

Le chevalier avait beaucoup d'esprit, mais plus encore de prudence. Aussi ne connaissait-on de lui qu'un seul trait malin, qui était d'avoir vécu cinquante-quatre ans sans offenser personne. Ce trait d'esprit devenait d'ailleurs incontestable pour quiconque savait les ruses admirables au moyen desquelles M. de Frileuse était parvenu à rester célibataire. Rien qu'à la façon dont il abordait une veuve, vous l'auriez proclamé grand politique. Et cependant on se prenait à l'aimer quand on le voyait passer de son pied léger, la tête droite, éclairant tout de son fin sourire, et s'appuyant sur sa belle canne à pomme d'argent. On sentait bien que cette canne-là n'était que pour la forme, et qu'il n'avait pris l'habitude de l'emporter que pour la mettre sous son bras dès qu'il était sorti de la ville. Bien mieux, j'ai

toujours gardé, je l'avoue, des doutes tenaces sur la blancheur éblouissante de son épaisse chevelure, et n'était le
respect pour une vénérable mémoire, je dirais que les neiges
m'en ont souvent paru empruntées. Il est clair pour moi
que M. de Frileuse se teignait, et qu'à la vérité il avait les
cheveux les plus audacieusement noirs du monde. Explique
qui pourra cette coquetterie toute diplomatique.

Le chevalier n'était pas plus royaliste qu'il n'est permis,
mais il tenait extrêmement à son blason jusque-là sans
tache, non par vanité nobiliaire, mais par respect d'héritier
responsable. Il se fut appelé Durand ou Balourdol qu'il en
eût été de même. Comme il vivait très retiré à cause de
son modeste patrimoine, il voyait peu de gens et ne mettait
le pied dans les châteaux voisins qu'à de rares exceptions
et quand de hautes convenances l'exigeaient. Mais pour
vivre obscurément, il ne cachait point sa vie, bien au contraire. Il connaissait l'apophthegme indou : "Si tu veux
vivre inaperçu, prends une maison de verre." Il avait la
maison de verre. Cependant il y demeurait rarement, et
au premier rayon de bon soleil il se mettait en route, persuadé que malgré ses cinquante-quatre ans il ne connaissait
point la nature qu'il voyait tous les jours. Il pensait l'in-
verse sur les hommes. Oh ! quel original c'était que M. de
Frileuse !

M. de Frileuse avait un ami, un seul, mais un bon ! . . . A
ce mot : Turc ! cet ami accourait, et c'étaient des caresses
sans fin comme sans prétexte, pour le simple plaisir. Notez
que vous n'accueillez pas un frère absent depuis vingt
années avec autant de transports que le chevalier ne recevait son ami chaque matin, après une seule nuit d'absence
passée par Turc sur le paillasson.

—Je trouve en Turc, disait le chevalier, une supériorité
évidente sur tous les amis de la race pensante et parlante :
c'est que Turc pense sans parler et que l'homme parle sans

penser. Il résulte de cette qualité que Turc ne peut révéler
à personne le plus ou moins de mal qu'il pense de moi, et
que vivant à la source même de mes secrets défauts, il ne
peut amener Médisance ni Calomnie à s'y désaltérer à mes
dépens. De plus, Turc, dont la place n'est pas dans les
salons, me dispense d'entrer moi-même dans ces salons,
quoique ma place y soit marquée, et cela par la raison bien
connue que nous sommes inséparables. Or, comme Médisance et Calomnie tiennent dans ces lieux peuplés leurs
grands et petits lits de justice, il s'ensuit que Turc m'évite
de me soumettre aux arrêts iniques de ces deux furies, et
que son amitié me vaut à la fois le calme et la sérénité, qui
sont les bases sur lesquelles repose ma vie. *Felix qui
potuit.*

Le 1ᵉʳ Juin 18—, le chevalier se réveilla maussade, et
décrochant son almanach de la muraille, il l'étendit sur ses
genoux repliés, puis il se tint ce petit monologue :

— Allons ! c'est aujourd'hui, bien décidément ! Il n'y a
pas possibilité d'en disconvenir. Le mieux, chevalier, c'est
d'en prendre votre parti, puisque vous avez été assez godiche pour donner votre parole !

Depuis un bon moment, Turc grattait à la porte et, pour
la première fois peut-être, son ami ne l'entendait point, tant
sa préoccupation était grande. N'y comprenant rien et
craignant que son ami fut devenu sourd, Turc imagina
d'aboyer formidablement et comme il sied de le faire en
pareille perplexité. Le chevalier bondit à l'autre bout de
son lit et ouvrit la porte sans plus de façons. Turc sauta
au cou de son intime et, les yeux étincelants de joie, il
commença à lui débarbouiller le visage de manière à le
dégoûter pour toujours de la propreté.

— Bon ! bon ! mon cher ! criait le chevalier, oui, oui, c'est
toi, je te vois bien ! Mais que diable ! tu t'impatientes
aussi ! Et puis la vérité est que je n'avais pas entendu.

Allons, c'est fini ! donne-moi une poignée de pattes et son-
geons à faire notre promenade apéritive !   Il fait un temps
superbe, et, comme l'a dit le père Malebranche, "le plus
beau du monde pour aller à cheval sur la terre et sur
l'onde ! "   Va me quérir ma culotte, et si tu es sage,
nous . . .   Enfin, tu verras !

Turc prit délicatement dans sa gueule la culotte de M. de
Frileuse, et cela sur le parquet même où elle reposait, et il
la remit à son ami.   Le chevalier sauta à bas du lit en
sifflant son air de chasse, si guilleret et si plein d'harmonies
lointaines que Turc en fit trois bonds par la chambre, la
queue en l'air.

—Vois-tu, disait le chevalier en délayant son savon avec
le pinceau à barbe dans un petit vase écorné, vois-tu, mon
cher, je suis extrêmement ennuyé ce matin, et je vais t'en
dire la raison.

Et Turc, campé sur ses jambes de derrière, écoutait son
ami, avec le plus vif intérêt, la langue hors de la gueule.

—La raison, dis-je, est celle-ci : que je serai obligé de te
renvoyer de bonne heure à la maison, parce que je passe la
journée chez une dame de la plus haute naissance, qui
joint à cet avantage l'inconvénient d'un goût prodigieux
pour les tapis.   Toi aussi, mon ami, tu aimes les tapis ;
mais tu n'en établis pas assez la différence d'avec le vulgaire paillasson où tu dors, ou même d'avec cet admirable
gazon naturel sur lequel nous allons nous rouler tout à
l'heure.

Ici, le chevalier commença à se raser, et Turc dissimula
mal un premier bâillement d'appétit.

—Je vois, reprit le chevalier, que tu sympathises à mes
ennuis.   Bien plus, tu viens de me dépeindre, avec ton
esprit ordinaire, l'effet que produit sur toute cervelle philosophique ce qu'on appelle le plaisir du salon.   Ah ! le
salon ! on y baille à peu près comme tu viens de le faire !

Mon père, qui était homme d'expérience, et que pour ton malheur tu n'as pas connu, disait souvent ceci ! . . .

Et le chevalier, ayant lentement passé son rasoir sur le cuir, entama en silence le rude poil de son menton, et interrompit sa confidence. Turc profita de ce laps pour faire quatre sauts à la poursuite d'un gros bourdon bleu qui venait d'entrer par la fenêtre, à cheval sur un rayon de soleil.

— Eh bien, sais-tu, conclut le chevalier en essuyant son rasoir sur un chiffon, que mon père fit jadis insérer dans le *Mercure* une satire sur ce sujet, satire qui pour la vigueur et la portée du trait rivalise avec les meilleures productions de ce pauvre Gilbert, dont je t'ai raconté la fin déplorable. En voici deux vers que je confie à ta brillante mémoire :

> Non, l'ennui n'est pas né de l'uniformité,
> Mais plutôt des rapports de la société ! . . .

A cette belle citation que le chevalier avait lancée d'une voix sonore en marquant du rasoir les rimes et les hémistiches, Turc était allé se blottir dans un coin et battait le plancher de sa queue, ce qui est la seule manière qu'aient les chiens d'applaudir et les castors de bâtir.

— Bon ! bon ! modère ton enthousiasme, disait le bon M. de Frileuse, mon père n'y avait point de prétention ! Et maintenant tu peux venir prendre les étrennes de ma barbe ; mais tu ne diras pas comme Andromaque :

> Je ne l'ai pas encore embrassé d'aujourd'hui ! . . .

En quelques instants le chevalier eut achevé sa toilette ; il prit sa canne à pomme d'argent, ouvrit la porte du jardin, puis celle de la rue, et l'on entra dans la campagne.

La matinée était radieuse. Dans l'air frais et limpide, le paysage se découpait en relief comme une broderie japonaise. Des chapelets d'oiseaux s'égrenaient sur les bois, et tous les villages de la vallée semblaient submergés par le débordement des moissons encore vertes. Sur le pas des chaumières, des marmots barbouillés de beurre saluaient l'excellent chevalier, sans quitter leurs tartines mordues, tandis que Turc, riant comme un fou, poursuivait les canes jusqu'aux bords des mares et les forçait de s'y réfugier. Ce après quoi il revenait à son ami, tournait autour de lui, d'abord par devant et en suite par derrière, et puis filait comme une flèche et disparaissait dans les blés.

— N'est-il pas bien extraordinaire, songeait le chevalier en frappant la route avec sa canne, qu'à mon âge je sois encore sujet à de telles entreprises ! Bon Dieu ! qu'on a de peine à garder ici-bas sa liberté. Si j'étais jeune et élégant comme Turc, passe encore ! Mais à cinquante-quatre ans, inspirer des passions, n'est-ce pas bien mélancolique ! Mme de Vilanel est une aimable personne, je ne saurais le contester. Elle joue admirablement de l'épinette, et je l'ai vue broder sur tulle de façon à dépiter Arachné. D'ailleurs, elle ne manque ni d'esprit, ni d'instruction, et son caractère est des plus doux. Ah ! si nous nous étions connus il y a vingt ans ! D'autant plus qu'à cette époque Turc n'existait pas encore. N'est-ce pas, mon ami, il y a vingt ans tu n'existais pas encore ?

Tout à coup Turc dressa les oreilles. Une cloche venait de sonner parmi les arbres, qui annonçait le voisinage du château.

— Tu le vois, je suis attendu. C'est la cloche du déjeuner. Tous les ans à pareille date, mon couvert est mis là, chez cette excellente comtesse de Vilanel. On attente à ma liberté par des mets succulents ; on met ma raison à l'épreuve de la truffe. Tu as bien raison d'aboyer, car qui sait si ce beau soleil ne doit pas éclairer ma défaite. Quant à toi, mon pauvre camarade, je ne puis te présenter à la comtesse à cause des fameux tapis dont je t'ai parlé. Mais le pays est très joli, rempli de sites charmants et de points

de vue dignes du pinceau de l'abbé Delille. Promènes-toi
et reviens me prendre à trois heures. Tu trouveras certainement dans le village une auberge sortable, et peut-être
feras-tu quelques honorables connaissances.

Turc s'élança dans le pays, tandis que le chevalier sonnait
à la grille du château.

Sur le perron enguirlandé de fleurs nouvelles, en fort bel
apparat et entourée de tout son domestique, Mme de Vilanel
attendait son chevalier.

Elle était habillée du vert le plus tendre et le plus signifi-
catif, et, au milieu du renouveau des bois et des prairies,
elle semblait quelque Flore un peu mûre. Les épaules
nues, mais dignes de l'être, émergeaient d'un cadre de
dentelles noires et frissonnaient d'aise aux hardiesses des
Zéphirs. Elle avait à la main un mouchoir brodé, et, un
peu serrée dans son corsage, se tenait droite et immobile
dans une pose pleine de prestance.

Dire de Mme de Vilanel qu'elle avait été très belle eût été
pour le moins de la mauvaise foi, car elle l'était encore assurément. Ses yeux étaient restés ceux de la jeunesse, purs et
candides, deux pervenches auraient dit les poètes de ce
temps-là, et sa bouche mignonne et rose avait gardé la forme
d'un sourire. Une inaltérable bonté resplendissait dans
tout cet aimable visage, et il fallait l'entêtement du chevalier
pour avoir résisté dix ans à l'amour de la pauvre comtesse.

Car elle l'aimait, cela va sans dire ; mais elle l'aimait
depuis dix ans, ce qui appelle une explication.

L'année même de son veuvage, c'est-à-dire dix ans auparavant, Mme de Vilanel qui n'en avouait que trente-deux
alors, avait fait la rencontre du beau chevalier, lequel n'en
comptait que quarante-quatre, et depuis cette rencontre, elle
avait déclaré qu'elle ne se remarierait plus.

Mais contre ce pauvre serment de veuve, Amour et
Hasard avaient ligué leurs coups, tant et si bien qu'à la

troisième visite qu'il lui rendit, M. de Frileuse comprit qu'elle en voulait à sa liberté. Touché cependant de la naïveté du sentiment tendre qu'il inspirait, il crut devoir à son honneur de s'expliquer avec la comtesse, et lui prenant doucement la main, il lui avait parlé de la sorte :

— L'illusion, noble dame, habite vos yeux charmants. Écoutez-moi : je suis bon tout au plus à faire un ami passable, Dieu m'ayant créé vieux garçon pour l'éternité. Le célibat est pour moi non-seulement une vocation violente, mais une condition même d'existence. Il est des gens qui naissent "quatrième au whist" et je suis de ces gens-là. J'ai des manies coriaces, des habitudes de chat-huant, sans parler de mon caractère qui m'est parfois insupportable à moi-même. Joignez à cela une aversion folle pour tout ce qui est indissoluble et jugez si je puis être pour vous l'époux rêvé !

Et Mᵐᵉ de Vilanel, souriant tristement, lui avait répondu :
— J'attendrai !

II.

' — J'attendrai ! . . .

Mot charmant qui avait versé dans l'âme du chevalier des torrents écumeux de perplexité. Puis, en le reconduisant jusqu'à la grille elle avait ajouté :

— Je n'ignore point, monsieur, que désormais je ne vous verrai plus. Tous vos efforts vont tendre à m'éviter ; les hommes sont ainsi. Je vous demande donc une grâce dernière ; mais promettez-moi de me l'accorder. Nous sommes aujourd'hui le premier jour de mai : tous les ans, à pareille date, je vous attendrai sur le seuil de ma maison. De quelque endroit où vous soyez, vous viendrez ? . . . Le jour où vous ne m'y verrez plus, n'entrez point, je serai morte ou je vous aurai oublié.

Et elle reprit les yeux pleins de larmes :

— Une visite par an, est-ce trop demander ?

— Je vous donne ma parole de gentilhomme, fit le chevalier très ému, que tous les premier mai, à onze heures, je
sonnerai à la grille du château de Vilahel.

Et après avoir baisé la main de la pauvre enamourée, il
s'éloigna, non sans pester intérieurement contre la vocation
impérieuse qui le maintenait célibataire.

Or cette visite était précisément la dixième que le chevalier lui rendait.   Aussi dès qu'elle l'aperçut, son visage se
colora de tous les tons joyeux de l'aurore.   L'ingrat vit à ce
signe qu'il était toujours aimé.   Une telle fidélité ne laissa
point de l'intimider, d'autant plus que la comtesse, selon les
rites de la galanterie, était demeurée sans bouger et l'attendait du haut du perron, entourée de ses gens, immobiles et
graves comme des hérons qui digèrent.

— Toujours charmante ! balbutia-t-il, en l'abordant.

— Et vous toujours exact ! fit-elle ; merci.

Un somptueux déjeuner était préparé dans la grande
salle.   Le chevalier offrit son poing ganté à la comtesse, et
tous deux prirent place sur leurs fauteuils à grands dossiers.

Le soleil éclatait magnifiquement sur un riche surtout
d'argent et rebondissait des ciselures jusqu'aux tapisseries à
fond blanc où des chasses royales alternaient avec de
fraîches bergeries.   Douze portraits d'aïeux prolongeaient
jusque dans la pénombre de la haute cheminée seigneuriale
leur fière procession d'hommes vaillants ou fameux, à chacun
desquels l'ovale du cadre formait comme une auréole d'or,
et dans les glaces se multipliaient à perte de vue.   Au
travers des grandes fenêtres, on voyait se dérouler un parc
aux arbres séculaires, aux gazons semés • de corbeilles
fleuries, aux allées profondes, et dans la pièce d'eau se
refléter, nette et tremblante, la silhouette du vieux château
Louis XIII.   Le printemps envoyait aux convives ses plus
doux aromes et ses plus magiques harmonies auxquelles se

mêlaient les senteurs également suaves des rôtis appétis-
sants ; et, par dessus tout cela, la comtesse, ivre de bonheur, souriait, ah ! de quel sourire ! à son bien-aimé
chevalier.

Cependant celui-ci n'était pas à son aise. Tantôt à
droite, tantôt à gauche, il se penchait machinalement et
comme cherchant quelque chose dont il n'avait pas conscience. Le malheureux ! Turc lui manquait ! Il ne
savait que faire de ses os de poulet ! . . .

Pendant ce temps, la comtesse, qui n'avait point d'appétit,
contemplait le chevalier qui, par contenance, dévorait, et
sous cet aspect encore elle le trouvait admirable.

— Savez-vous bien, mon ami, lui dit-elle tout à coup, que
je vais avoir quarante-deux ans.

Le chevalier laissa retomber le verre qu'il avait à la main.
Le reproche si fin et si naïvement exprimé lui était allé
droit au cœur. Il se sentit envie de se jeter aux pieds de la
pauvre femme et de lui demander pardon.

— Est-ce bien possible, s'écria-t-il, mais c'est affreux cela !

— Ah ! chevalier, dit la comtesse qui s'était méprise, je
n'en avais que trente-deux il y a dix ans !

M. de Frileuse ne répondit point ; mais fort troublé, il
tendait machinalement son assiette sous la table, et cela
avec une constance si réjouissante qu'un domestique, placé
derrière lui, le tira discrètement par le basque de son habit
pour l'avertir.

— Bas les pattes, donc ! cria le chevalier, enchanté de
trouver une diversion, et se tournant vers la comtesse, il
ajouta :

— Cet animal est insupportable ! Mme de Vilanel fit un
signe et le domestique se retira dans sa stupeur.

— Maintenant, mon ami, dit-elle, nous voilà seuls.

M. de Frileuse restait bouche béante. Cette fois pourtant il fallait bien parler. Il se leva, vint à la comtesse, lui

prit le bout des doigts, et avec sa singulière tournure d'esprit ordinaire :

—Quel âge pensez-vous, comtesse, qu'eût le divin Ulysse
quand il aborda dans Ithaque ?

—Oh ! chevalier ! fit la pauvre femme qui recula toute
rouge.

— Je vous jure, madame, que vous vous méprenez ; car si
je ne suis pas Ulysse, vous êtes à tout le moins Pénélope,
et c'est là ce que je voulais dire. Or, tout est là. Je
n'avais jamais cru à Pénélope. La fidélité, jusqu'à présent,
m'avait semblé l'apanage des chiens, témoin cet Argos dont
parle précisément Homère, et qui, au bout de vingt ans,
expire de joie en revoyant son maître. Mais je vous rends
les armes et je demeure convaincu. Seulement, comtesse,
je suis plus vieux que ne l'était Ulysse, et je constate qu'il
est grand dommage qu'on apprenne si tard des choses qu'on
a tant d'intérêt à savoir dès sa jeunesse.

—Dites-vous vrai ? s'écria-t-elle, et cédez-vous enfin ?

—Je le devrais, sans doute, car depuis un moment je
sens que je vous aime de tout mon cœur. Veuillez pourtant considérer quel avantage il y aurait pour vous et pour
moi à rester bons amis, et souffrez que je vous démontre. . . .

—Chevalier, interrompit-elle, en se levant avec fierté, je
puis encore attendre !

Et elle s'assit devant l'épinette à laquelle elle fit murmurer une vieille romance, douce et triste comme l'amour
qui habitait son âme. M. de Frileuse était allé se planter
sous une tapisserie représentant une chasse au sanglier. Il
semblait y contempler avec une attention profonde la course
d'une meute de lévriers et les groupes disséminés des
piqueurs dont les trompes sonnaient des fanfares ; mais de
fait il ne songeait qu'à sa déplorable situation. La meute
qu'il voyait, c'était celle de ces torts envers la comtesse, et
les fanfares qu'il entendait sonner étaient celles des repro-

ches qu'il adressait à son égoïsme.   Pendant ses réflexions, la romance accentuait son mélancolique refrain.   L'attendrissement gagnait le cœur du chevalier.   Il se sentait environné des regards de tous ces braves aieux de la comtesse, un peu rodomonts, mais si bons enfants dans leurs cottes de mailles, leurs cuissards et leurs casques rébarbatifs.   "Feras-tu, semblaient-ils lui dire, cet affront à la noble race des Vilanel?"   Et puis par les fenêtres ouvertes le printemps lui envoyait de si bonnes bouffées de renouveau.   Petit à petit, la vieille romance se fit plus tendre, puis elle s'éteignit dans un soupir.   Le chevalier était aux pieds de la comtesse.

En cet instant trois heures sonnèrent.   L'un des battants de la fenêtre la plus voisine heurta le mur violemment et renversa une chaise avec fracas.   Un corps noir, boueux, hérissé, s'était élancé avec un joyeux jappement.   C'était Turc qui à l'heure dite venait chercher son ami.

—L'horrible bête ! chien stupide ! s'écria la comtesse épouvantée.

Le chevalier pâlit et, sans en écouter davantage, il se releva, prit son chapeau et sa canne à pomme d'argent et salua cérémonieusement Mme de Vilanel ; puis, après avoir sifflé Turc, il sortit et s'en alla chez lui, célibataire comme devant.

L'année suivante, quand fidèle à sa parole, il revint au château le 1er mai, la comtesse ne l'attendait pas sur le perron ; mais il fut accueilli à la grille par une meute effroyable de toute sorte, hurlant comme un troupeau de furies.   Mme de Vilanel avait épousé dans l'année le noble vicomte de la Paludière, grand chasseur devant Dieu, et dresseur émérite de chiens courants, couchants, d'arrêt, etc., et même de chiens savants.

—Pour un que j'avais, songea le chevalier, c'était bien la peine !   Ah ! la femme !

Et il s'éloigna.

GYP.

MADAME LA COMTESSE DE RIQUETTI DE MIRABEAU DE MARTEL DE JANVILLE, better known as "Gyp," is one of the most interesting products of the last years of the 19th century. A woman of great wit and fine humor, she has depicted with a sprightly pen and unfailing grace the elegant, moderate, and tranquil corruption of the people of her own sphere in society.

The types she has created, such as Paulette, Loulou and Bob, are unique in their kind, though there is some exaggeration in these portraits ; they are, nevertheless, extremely interesting, insomuch as they represent the state of mind and soul of the growing generations, the results of the influence of this atmosphere of extra-refined dilettanteism and pessimism, of loose morality, and of free-thinking over our youth.

There is, in *Mademoiselle Loulou*, a very witty, very droll and humorous satire of the new system of education, the effects of which are very exaggerated, however. In *Ohé la Grande Vie*, the emptiness and dullness of high life are shown forth with great force. It is more true to reality than the preceding one. *Autour du Mariage*, *Autour du Divorce*, *Pauvres P'tites Femmes*, *Joies Conjugales*, *La Vertu de la Baronne*, are other pictures of the same society, all very brilliant, very lively, extremely witty, and, at bottom, very true.

Gyp has had the honor of being admitted as a writer in *La Revue des deux Mondes*. This is a telling sign of the times.

PETIT-BLEU.

De la grande salle, celle qu'on appelait la salle carrée, s'élevait un bruit épouvantable.

Sous la surveillance d'une religieuse, qui allait et venait d'un pas automatique, une centaine de jeunes filles de huit à quinze ans chantaient, ou plutôt criaient à tue-tête une ronde monotone :

> Sire Enguerrand, venant d'Espagne,
> Passant par là, voulut se reposer,
> Il monte au haut de la montagne,
> Faites du feu, je veux m'aller coucher.

Les voix aigrelettes et discordantes, le piétinement cadencé des deux cents petits pieds chaussés de gros souliers, le nuage de poussière soulevé par le continuel mouvement, l'atmosphère lourde, imprégnée d'odeurs âcres et écœurantes, donnaient un aspect presque repoussant à cette grande salle aux murailles nues peintes en vert d'eau, encadrées d'une bordure d'un vert plus foncé et meublée seulement d'un immense poêle de faïence et de longues rangées de pupitres adossés aux murs.

A mesure qu'approchait la fin de la récréation le bruit devenait plus intense ; les enfants hurlaient, se dédommageant d'avance avec une sorte de précipitation "goulue" du silence forcé qui allait suivre.

A ce moment, une religieuse entra, suivie d'une petite fille d'une douzaine d'années qui s'arrêta étonnée, examinant d'un œil curieux la salle grouillante et empoussiérée.

— Mes enfants, dit la religieuse d'une voix coupante, qui siffla dominant le bruit, — un peu de silence, je vous prie !

A l'instant, le chant cessa ; toutes s'arrêtèrent court, finissant gauchement le bond commencé, donnant rapidement à leurs physionomies riantes une expression confite et réservée. Au brouhaha, un silence profond succédait. La religieuse, prenant la main de la petite fille, continua, en s'adressant aux enfants qui attendaient immobiles et attentives :

— Je vous amène une nouvelle compagne, Antoinette de Champreu ; j'espère qu'elle se plaira parmi vous.

Puis, poussant l'enfant vers le petit flot humain qui s'avançait à sa rencontre, elle appela la surveillante et se mit à lui parler bas.

Aussitôt, " la nouvelle " fut entourée, ballottée, travaillée de tous les côtés en même temps, questionnée à la fois par toutes les voix.

— Nous allons vous mettre au courant ! . . .

— Venez par ici ! . . .

— Lâchez-la donc, Lucy Lefebvre, vous allez l'effaroucher ! . . .

— Gardez vos observations pour vous, Blanche de Préault ! . . . Si je l'effarouche, elle est assez grande pour le dire ! . . .

Le fait est que la "nouvelle" n'avait pas du tout l'air effarouché. Petite, solide, bien campée sur ses jambes nerveuses, que découvrait la jupe très courte de sa petite robe de laine marron, elle restait debout au milieu de la salle, regardant avec une tranquille indifférence l'effet produit par son entrée.

C'était une enfant fraîche et vivace, mais pas jolie. Le nez long se dressait incorrect et bizarre dans le visage d'un oval très allongé. La bouche trop grande, aux grosses lèvres rouges et humides, s'élargissait encore dans un sourire rempli de bonté. Les yeux, d'un vert pailleté de roux, aux paupières lourdes, se fermant à demi, avec ce clignotement familier aux myopes, apparaissaient à travers une envolée de mèches d'un blond fade, échappée d'une crinière courte et embrouissaillée.

Au milieu du front large et bas, voilé des mêmes mèches, se dessinait une grande ride creuse, qui le coupait verticalement, rejoignant la racine du nez et donnant au haut du visage une dureté en désaccord avec l'expression enfantine et tendre de la bouche. Sa peau ombrée, d'une finesse extrême, eût été charmante sous des cheveux sombres, mais elle paraissait presque noire sous ces cheveux presque blancs. L'oreille était petite, rose, bien roulée ; les bras trop longs supportaient des mains maladroites qui se présentaient au premier plan. Enfin, l'ensemble étrangement heurté, offrait la réunion de toutes les disgrâces qui, à défaut de laideurs réelles, caractérisaient l'âge ingrat.

Les questions pleuvaient toujours :

— Dans quelle classe allez-vous être ? . . .

— Je ne sais pas. . . .

— Quel âge avez-vous ? . . .

— Treize ans. . . .

— Alors, on va vous essayer en quatrième. . . .

— Vous pourrez peut-être suivre . . . êtes-vous avancée ?

— Où étiez-vous en pension ? . . .

— Je n'étais pas en pension. . . .

— Ah ! vous étiez chez vous alors ? . . . Votre maman va vous manquer ? . . .

— Je n'ai plus de maman !

— Et votre papa ?

— Il est mort aussi !

— Ah ! . . . chez qui habitiez-vous ? . . .

— Chez mon oncle et ma tante, répondit la petite. Et, un peu agacée de l'interrogatoire qu'on lui imposait, elle reprit :

— Mais je ne veux pas vous empêcher de jouer ! . . .

D'énergiques protestations s'élevèrent :

— Bah ! . . . nous avons bien le temps de jouer ! . . . pour une fois qu'on nous laisse tranquilles, il faut en profiter ! . . . personne ne fait attention à nous ! . . . Mme Lazarès cause avec Mme de Prémorel. . . .

Antoinette demanda, en regardant les deux religieuses :

— Laquelle est Mme de Prémorel ?

— La petite . . . pourquoi ?

— Parce que je connais son frère, il vient à la maison.

— Pas jeune . . . pas joli non plus . . . il lui ressemble, répondit Antoinette, ne se doutant pas de l'explosion de rires qu'elle allait provoquer.

— Prenez garde qu'elle ne vous entende ! . . . elle est mauvaise comme la gale ! . . . c'est la maîtresse de récréa-tion de notre cour. . . .

— Ah ! et l'autre, celle qui m'a conduite ici ? . . .

— Oh ! celle-là, c'est Mme Lazarès, la maîtresse géné-rale.

— Est-ce qu'elle est méchante aussi ?

— Oh ! oui ! . . . savez-vous si vous allez être au grand ou au petit dortoir ? . . .

— Mais je ne coucherai pas ici . . . je suis demi-pen-sionnaire, je partirai à sept heures. . . .

— Quel bonheur ! — s'écria un joli bébé tout rose et frisé comme un mouton, — vous verrez comme on s'amuse dans l'omnibus ! . . .

Une grande fille de seize ans entrait, un carton de musique sous le bras ; Antoinette s'élança joyeusement au-devant d'elle.

— Ah ! . . . Claudie ! . . .

— Tiens ! . . . Bonjour, Toinon ! . . . te voilà donc coffrée aussi, mon pauvre gamin ! . . . tu ne vas pas rire, va ! . . . c'est pas drôle ! . . .

— Ah ! . . . — fit la petite décontenancée ; et voyant que la jeune fille se dirigeait vers la sortie, elle demanda :

— Est-ce que vous vous en allez, Claudie ?

— Mais oui ! . . . je ne fais que traverser pour aller à ma leçon de piano . . . je suis au grand pensionnat ! . . . je suis vieille, moi ! . . .

Le son d'une cloche, suivi du bruit sec d'un signal de bois en forme de livre, violemment fermé par Mme de Prémorel, suspendit brusquement les conversations, et le tapage cessa tout à coup, faisant place à un silence profond qui glaça Antoinette. Deux des plus grandes élèves sortirent de la salle et rentrèrent portant de longs bancs de la largeur d'une planche ordinaire, qu'elles ajustèrent les uns au bout des autres, de façon à former un carré ouvert à une des extrémités ; puis, tenant des corbeilles pleines de sacs marqués au numéro de chaque pensionnaire, elles firent le tour des bancs, posant le sac à la place où chacune était venue se planter debout et raide, attendant passivement, d'un air grognon ou ennuyé.

MAURICE BARRÈS.

MAURICE BARRÈS, the youngest of our series of modern writers, was born in 1861. He is a very clever and delicate writer, a sort of perverse idealist, subtilized and devoured by a perpetual irony.

Maurice Barrès became famous at once, thanks to his participation in the Boulangist campaign which carried him to the Chamber of Deputies in 1889.

His literary works, however, had already acquired him some reputation among the students of the Latin Quarter, and since the publication of his last books, *Le Jardin de Bérénice* and *L'Ennemi des Lois*, his fame has been spreading, not only through France, but even abroad, in England and in America.

Only very few readers really understand his language, which is so subtle and delicate, sometimes so dreamy, as in *Sous l'Œil des Barbares*, but always extremely artistic.

Maurice Barrès has a refined intellect, wanting neither in wealth nor in grace; his work is distinguished in form and indicative of intellectual elegance. It presents an artistic analysis of curious, youthful moral distress, which could not help winning for him the sympathies of the young men his contemporaries, whose sufferings are the same, whose over-refined artistic tendencies render them sensitive to the new theories, or rather new kind of religion, "le culte du moi," invented by him.

The first book published by Maurice Barrès was *Sous l'Œil des Barbares* (1888). It describes the awakening to conscious life of a young man among the "Barbarians" or "Philistines," who, after hard struggle and the loss of his illusions, acquires the right of personality. *Un Homme Libre* shows the next stage of humanity, or the right to become a free man by the careful cultivation of that personality. In *Le Jardin de Bérénice*, Barrès, in the most exquisite language, conciliates love and the practices of the inner life with the necessities of active life. He demonstrates the theory of "l'Instinct" and the superiority of it over artificial morality. Thence his love for simple creatures, such as "Petite-Secousse" or Bérénice, and for despised animals, such as the old donkey and the lame duck of his little friend. In our selection we have given the most striking passage of the *Jardin de Bérénice*, in which the author expresses this new theory.

Le Culte du Moi, an opuscule, followed the first series, serving as a key to them. *L'Ennemi des Lois* is Barrès's last work; the style is not so *onduleux* or quite so charming as in his other books, but still one meets there that strong personality and originality which characterize all the writings of Maurice Barrès and make them both attractive and interesting.

SOUS L'ŒIL DES BARBARES.

Départ inquiet.

Il rencontra le bonhomme système sur la bourrique pessimisme.

Le jeune homme et la toute jeune femme dont l'heureuse parure et les charmes embaument cette aurore fleurie, la main dans la main, s'acheminent et le soleil les conduit.

— Prenez garde, ami, n'êtes-vous pas sur le point de vous ennuyer?

Sur ses lèvres, son âme exquise souriait au jeune homme, et les jonquilles s'inclinaient à son souffle léger.

— N'espérons plus, dit-il avec lassitude, que ma pâleur soit la caresse livide du petit jour; je me trouble de ce départ. Jadis, en d'autres poitrines, mon cœur épuisa cette énergie dont le suprême parfum, qui m'enfièvre vers des buts inconnus, s'évaporera dans la brume de ces sentiers incertains.

De ces doigts blancs, sur la tige verte d'un nénuphar, la jeune fille saisit une libellule dont l'émail vibre, et, jetant vers le soleil l'insecte qui miroite et se brise de caprice en caprice, ingénument elle souriait. — Mais lui contemple sa pensée qui frissonne en son âme chagrine. — Elle reprit avec honnêteté :

— Pourquoi vous isoler de l'univers? Les nuages, les fleurs sous la rosée et parfois mes chansons, ne voulez-vous pas connaître leur douceur?

— Ah! près des maîtres qui concentrent la sagesse des derniers soirs, que ne puis-je apprendre la certitude! Et que mon rêve matinal possède ce qu'il soupire!

— Qu'importe, reprit-elle, plus tendre et se penchant sur lui, votre sagesse n'est-elle pas en vous? Et si je vous suis affectionnée tel que vous m'apparaissez, ne vous plaît-il pas de persister?

Il décroisa les mains de la jeune fille, et foulant aux pieds les fleurs heureuses, il errait parmi la frivolité des libellules.

Cependant elle le suivait de loin, délicate et de hanches merveilleuses.

———•‹•———

LE JARDIN DE BÉRÉNICE.

Petite-Secousse n'est pas morte !

Cette nuit d'Octobre était si chaude, ou plutôt mon imagination si échauffée, que je résolus, étant un peu las, d'attendre le matin en me couchant sur des touffes de fleurs violemment parfumées. Dans mon état de nerfs, ces arbres et toutes ces choses que je connaissais si bien faisaient se dresser devant moi, à tous instants, des apparences fantastiques. La masse des remparts, l'immensité de la plaine, la voluptueuse désolation de ce petit jardin, mon amour de l'âme des simples, ma soumission de raisonneur devant l'instinct, toutes ces émotions que j'avais élaborées dans ce pays, et tout ce pittoresque dont il m'avait saisi dès le premier jour, se fondaient maintenant dans une forme harmonieuse. Et comme ils avaient été dans mon cerveau des mouvements coexistents et simultanés, ils cessaient sous ma fièvre plus forte d'être isolés pour composer un ensemble régulier. Beau jardin idéologique, tout animé de celle qui n'est plus, véritable jardin de Bérénice !

Au sens matériel du mot, je ne puis dire que Bérénice me soit apparue, mais jamais je ne sentis plus fortement sa présence que dans cette importante veillée où je résumai mon expérience d'Aigues-Mortes. C'est qu'aussi bien, depuis un an j'ai resserré autour de Bérénice tous les mouvements de ma sensibilité. Telle que j'ai imaginé cette fille, elle est l'expression complète des conditions où s'épanouirait mon bonheur ; elle est le moi que je voudrais devenir. Or, pour une âme de qualité, il n'est qu'un dialogue, c'est celui que tiennent nos deux moi, le moi momentané que nous sommes et le moi idéal où nous nous efforçons. C'est en ce sens que j'ai vu Bérénice se lever de sa poussière funéraire. Pitoyable et fanée de péchés, elle avait un nimbe lumineux où s'éclairait ma conscience. Dans ces premiers violets de l'aube je lui apportai ces mêmes sentiments d'humilité que d'autres connurent pour Isis qui les émouvait de son mystère et pour la Vierge tenant dans ses bras le Verbe fait petit enfant. Ma Bérénice, sous ses voiles de jeune élégante, possédait, elle aussi, les secrets de la nature, et pour apparaître en elle, la vérité, une fois encore, emprunta les balbutiements d'un être faible.

—Bérénice, lui disais-je, chacune de tes larmes a été pour moi plus précieuse qu'un raisonnement impeccable. Mais ce bénéfice ne survivra pas à ta mort.

—Mes larmes en coulant sur toi ont laissé là comme un signe particulier auquel les hommes reconnaîtront que tu as une part de l'âme d'une créature simple et bonne.

—Tu étais, ma Bérénice, le petit enfant sauveur. La sagesse de ton instinct dépassait toutes nos sagesses, et ces petites idées où notre logique voudrait réduire la raison. Quand j'étais assis auprès de toi, dans la villa, parfois tu partageais mes douloureux énervements ; par une contagion analogue, j'ai participé de ta force qui te fait marcher du même rhythme que l'univers. Malheureux que je suis, j'y ai manqué le jour que j'ai voulu corriger ton instinct et par une double conséquence, en même temps que je prétendais te perfectionner, j'ai détruit l'appui que tu m'étais. Dès lors, que vais-je devenir ?

Bérénice me répondit :

—Il est vrai que tu fus un peu grossier en désirant substituer ta conception de l'harmonie à la logique de la

nature. Quand tu me préféras épouse de Charles Martin
plutôt que servante de mon instinct, tu tombas dans le
travers de l'adversaire qui voudrait substituer à nos marais
pleins de belles fièvres quelque étang de carpes. Cesse
pourtant de te tourmenter. Il n'est pas si facile que ta
vanité le suppose de mal agir. Il est improbable que tu
aies substitué tes intentions au mécanisme de la nature.
Je suis demeurée identique à moi-même, sous une forme
nouvelle ; je ne cessai pas d'être celle qui n'est pas satis-
faite.

Cela seul est essentiel. Toi-même tu te désoles de ne
pas avoir de continuité, tu insistes sur ceci que toute
augmentation de ton âme y suppose quelque chose qui
s'anéantit. Dans cette succession où tu te désespères,
quand comprendras-tu qu'une chose demeure qui seule importe, c'est que tu désires encore. Voilà le ressort de ton
progrès, et tout le ressort de la nature. Je pleurais dans
la solitude ; mais peut-être allais-je me consoler : tu me
poussas dans les bras de Charles Martin pour que j'y
pleure encore. Dans ce raccourci d'une vie d'une petite
fille sans mœurs, reconnais ton cœur et l'histoire du genre
humain.

—Ah ! Petite-Secousse, que tu étais fortifiante dans le
triste jardin d'Aigues-Mortes !

—J'étais là ; mais je suis partout. Reconnais en moi la
petite secousse par où chaque parcelle du monde témoigne
l'effort secret de l'inconscient ; où je ne suis pas, c'est la
mort ; j'accompagne partout la vie. C'est moi que tu
aimais en toi, avant même que tu me connusses, quand
tu refusais de te façonner aux conditions de l'existence
parmi les barbares. C'est pour atteindre le but où je
t'invitais que tu voulus être un homme libre. Je suis dans
tous cette part qui est froissée par le milieu. Mon frisson
douloureux agite ceux-là mêmes qui sont le plus insolents

de bonheur, et si tu observes avec clairvoyance tu verras
à t'attendrir sur eux ; l'attitude provocatrice de celui-ci
cache mal sa faiblesse, à laquelle il voudrait échapper ; la
sécheresse que cet autre pousse jusqu'à la dureté, n'est
qu'impuissance à s'épanouir ; estime aussi les misérables :
parfois il est en eux de telles secousses que c'est pour avoir
tenté trop haut qu'ils glissent bas.   Personne ne peut agir
que selon la force que je mets en lui.   Je suis l'élement
unique, car, sous son apparence d'infinie variété, la nature
est fort pauvre, et tant de mouvements qu'elle fait voir
se réduisent à une petite secousse, propagée d'un passé
illimité à un avenir illimité ; pour satisfaire ton besoin de
simplification qui réclame de l'unité, comprends qu'il faut
t'en tenir à prendre conscience de moi, de moi seule Petite-
Secousse, qui anime indifféremment toutes ces formes mou-
vantes qualifiées d'erreurs ou de vérités par nos jugements
à courte vue.

Alors je m'agenouillai et j'adorai Petite-Secousse.

NOTES.

NOTES.

——◆◇◆——

VENISE.

Un vent léger ride les flaques luisantes: a light wind ripples the shining waves.

chatoyer: to be iridescent, to glisten, to sparkle.

et tout cela se mêle parmi des ruissellements de lumière, sous des semis d'or qui paillettent les petits flots: and all this is mixed up with flecks of light, under patches of gold which bespangle the little waves. This is a very fine picture of the effect of the sunlight on the waves, and very difficult to translate literally.

Venise: Venice, one of the oldest and most famous cities of Italy, built on a crowded cluster of islets in the lagoon of the same name, on the northwest fringe of the Adriatic Sea. It contains a great many fine and interesting buildings, art galleries, museums, etc.

——◆◇◆——

LES FIGURES DE LÉONARD DE VINCI.

Léonard de Vinci: Leonardo da Vinci, born in 1452 at Vinci, near Florence. He was a painter, a sculptor, an architect, and an engineer of great genius; he also cultivated successfully anatomy, botany, mathematics, astronomy, poetry and music. He imparted to all his works certain qualities of the highest kind; his drawings evince very great delicacy and elevation of style, and in his treatment of light and shadow, he infused a degree of power combined with softness, which gives them a peculiar charm, while the influence of his style has operated powerfully on the schools of Milan and Parma.

il est trop délié: he is too subtle.

ces orbites enfoncés: these sunken eyes; *orbite* = socket, the cavity in which the eye is fixed.

Michel-Ange: Michael Angelo was born in 1475 at the castle of Caprese, and died in Rome in 1564. He was one of the greatest geniuses of the world, a painter, a sculptor and an architect. His best known picture is the *Last Judgment*, a colossal fresco which was regarded by contemporary critics as having surpassed all his other works for the unparalleled powers of invention, and the consummate knowledge of the human figure which it displays. His *David* and his *Moses* are splendid pieces of sculpture reminding one of the old Grecian sculptures.

Corrége : Corregio, a celebrated Italian painter born in 1493. His pictures are remarkable for grace, general beauty, and softness of effect, and the combined excellences of design and color with taste and expression, for which he is still unrivaled.

Raphaël : Raffaello Santi or Sanzio, born in 1483, was surnamed the Divine. His Madonnas are perfect pictures of motherhood and purity, womanliness and delicate charm. Most of the great museums of Europe possess some pictures of Raphael or of his disciples. His frescos in the Vatican and his cartoons show remarkable power with great delicacy of touch; the coloring is at the same time bright and soft, and forms a most harmonious "ensemble."

MA SŒUR HENRIETTE.

aussi novice = as inexperienced.

L'avance la plus simple . . . me manquait : I was lacking in the simplest art of meeting people.

avance = advance, advances; an act of approach, anything done to bring about accord or any relation with another or others. " The *d* of *advance* in the English is due to an odd mistake of supposing that, in the old form *avance*, the prefix is *a* and represents the Lat. *ad*. The inserted *d* came in about A.D. 1500, and is found in the works of Sir T. More, who has *aduauncement*."

bachelier ès-lettres = bachelor of letters. *Bachelier* from Old French *bacheler*, a young man ; *ès* is a contraction of *en les*, as *des*, of *de les*.

La pierre angulaire de ma vie : The corner stone of my life. These twelve hundred francs given by his sister helped him to start in life. In the Bible, Jesus Christ is called the Corner Stone, because he supports the Church as the corner stone supports the edifice.

près du Val-de-Grâce : The *Val-de-Grâce* is a military hospital in Paris.

Le jardin des Carmélites: The garden of the Carmelite nuns. The order of the Carmelites was introduced in France in 1604. Its discipline is very severe.

Port-Royal: a celebrated Cistercian abbey, situated at about eight miles from Versailles. It was founded in 1204 by Mathilde de Garlande, wife of Matthieu de Montmorenci-Marli. In the 17th century, it became the abode of some very noted men who were called the "Solitaries of Port-Royal," and who after some time devoted themselves to teaching. Racine was one of their pupils. In 1648, Antoine Arnauld, the apologist of the *Augustinus*, took up his residence at Port-Royal, and the struggle between the Jansenists — as the Solitaries were then called — and the Jesuits began.

quelque chose de narquois: something sarcastic; from Low Lat. *naricus*, frowning with the nose; *nario*, mocker, *narire*, to mock.

à un pardon: at a fair. *Pardon* is the name given to fairs in Brittany.

Les personnes bourgeoises ne la comprenaient pas: Vulgar or narrow-minded persons did not understand her. *Bourgeois* is here used in sense of narrow-minded Philistines.

elle avait de charmants retours de femme: she had charming awakenings of womanhood.

elle eût repris le chemin de l'étranger: she would have gone abroad again.

LE MARTYRE DE SAINTE BLANDINE.

La bonne servante lyonnaise: The good servant from Lyons. Lyons is the second city in size in France; it is situated at the confluence of the Rhône and Saône. It was formerly the capital of Lyonnais; it is a fortified place, the seat of a court of appeal, and of a military government. It is known through the world for its silk manufactures.

un corps disloqué: a dislocated body. From Lat. *dislocare; dis,* privative, and *locare,* place; thence, to be displaced.

la bienheureuse: the blessed one. The term *bienheureux* is generally applied to those among the dead whom the Church has declared as having been admitted to enjoy the eternal beatitude.

Maturus, Sanctus, Blandine et Attale: These are the names of the principal Christian martyrs who died at Lyons during one of the Roman persecutions.

Ils en firent tous les frais: They were the sole contributors to the fête.

le long de la Spina: along the *Spina*. The *Spina* was a barrier dividing the hippodrome longitudinally, about which the racers turned.

le coup de grâce: the death stroke, the stroke of mercy by which an executioner ends the life and suffering of one on the rack.

les bestiaires: the bestiarii, the beast-fighters.

elle ruisselait de joie: she was overflowing with joy.

LE PAYS NATAL.

Bréhat: a small island on the coast of Brittany (Côtes du Nord).

Le mari tenant à honneur de rapporter à la maison: The husband deeming it an honor to bring back to his house.

J'ai fait ce à quoi je tenais le plus: I have accomplished what was nearest my heart.

l'instruction primaire à outrance: Public instruction carried to excess. *Outrance* from *outrant;* Bourg. *ôtrance*, Prov. *ultranza*, Ital. *oltranza.*

LE VOILE DE TANIT.

forfait: crime. A *forfait* is a great crime generally committed by a personage of high rank. Prov. *forfach, forfait;* Ital. *forfatto;* Low Lat. *forisfactum.*

des lambeaux de sparterie: pieces of rush-matting. *Sparterie*, so called because it was originally made in Sparta.

l'Acropole: the Acropolis, word signifying the upper town, or chief place of a city, a citadel, usually on the summit of a rock or hill.

prémices des adolescences: first-fruits, prime of youth. Lat. *primitiae*, from *primus*, first.

un corridor transversal: a cross hall, passage. *Transversal*, from *trans*, through; *versus*, side.

exiguës: small. Adjectives ending in *gu* take an *e* for the feminine; the diæresis shows a vocalized syllable with *u* as its vowel.

Tu n'y avais pas songé: You had not thought of it. *Songer*, to think, properly speaking means "to make a dream." In the time of Vaugelas, some purists condemned the use of *songer* in the sense of *to think*, but the best authors already made use of it. *Songer* indicates that the thought has been in the mind for some time, whereas *penser* only indicates the existence of the thought.

des édicules: small public buildings.

soupirail: air-hole. Nouns ending in *ail* form their plural according to the general rule, by adding an *s*; six nouns, however, change *ail* into *aux;* they are: *bail, corail, émail, soupirail, vantail, vitrail.*

efflanquées: lank. Etymology: *ef* for *es*, privative, and *flanc*, side.

une fenêtre large d'une coudée: a window a cubit, half an arm's length wide. *Coudée* is the name of an old measure about one foot and a half long.

les yeux écarquillés: with wide-opened eyes. The etymology of that word is not certain.

l'escalier des galères: the staircase of the tower.

une buire d'albâtre: a small vase made of alabaster. *Buire* is an old expression; it was the name given to a vase containing liquors; now it is called *burette.*

les étrilles d'écaille: curry-combs made of tortoise-shell. Lat. *strigilis.*

des spatules d'ivoire: ivory spoon-bills. *Spatule.* Lat. *spatula*, a broad blade, a paddle.

des casse-tête: clubs, or short loaded weapons for self-defense. The plural is either *casse-tête* or *casse-têtes;* the latter is the newest orthography. The Academy gives the sign of plural to any such compound words without regard to the meaning.

un dieu sidéral: a sidereal, sun-like god.

il était de la nature des dieux: it partook of the nature of gods.

où les baléares avaient péri: where the slaves from the Balearic islands had been killed, or had met their death.

en s'arc-boutant des pieds: bracing himself against the door with his feet. *Arc-boutant*, buttress. From *arc*, bow, and *boutant, bouter*, to push, to thrust.

———•◦•———

RENÉE MAUPERIN.

Il montrait les belles quenottes de sa fille: He showed the fine teeth of his daughter. *Quenottes* is the name given by parents to the first teeth of their babies, in English, milk-teeth.

rouges-gorges: red-breasts. When a compound noun is formed of an adjective and a noun, both take the sign of the plural. (See the note to *des casse-tête.*)

bégayer: to lisp. When it is a defect in the pronunciation, it must be translated by " to stammer "; sometimes it means " to blunder."

un prie-Dieu: a prayer-stool. Plural, *des prie-Dieu*. When a compound noun is formed of a verb and a noun, the latter only takes the sign of the plural if there is plurality in the idea. Here, *prie* is a verb, and *Dieu* cannot be used in the plural number.

La cheminée, en retour, et dans un pan coupé: The fire-place at a right angle, and cantwise.

un daguerreotype: so called from the name of the inventor of that kind of photography, Daguerre, who lived in the first half of this century.

une servante de bois de rose: a small table (a dumb-waiter) made of rosewood.

mille riens: a thousand trifles.

des petits ménages de poupée: small pieces of furniture for dolls.

ce petit musée d'enfantillages: this little museum of childish playthings.

De tous ses traits se levait comme une aspiration bienheureuse: A sort of holy aspiration seemed to emanate from all her features.

LA DÉBÂCLE.

(THE DOWNFALL, THE BREAKING UP.)

Débâcle is used figuratively with the meaning of a change which carries away the fortune of an individual or the prosperity of a government. From *dé - bâcler*. The prefix *dé* means to take-off, to undo ; *faire, défaire, bander, dé-bander;* and *bâcler*, from Prov. *baclar*, to shut, from *baculus*, a stick, because one used to close the doors with sticks.

Bazeilles: a borough in the department of Ardennes in the Givonne. It was taken, plundered, and burnt by the Germans on the 1st of September, 1870.

Le terrain dévalait: The ground was sloping down. *dévaler* comes from the prefix *dé*, and *val*, valley : to go along the valley.

une ruelle: a lane. *Ruelle* is the diminutive of *rue*, street. *Rue* comes from Low Lat. *rugam*, prop. a furrow, then a path, a street, from Lat. *rugam*, a wrinkle.

les obus tombaient : the shells were falling. *Obus* (howitzer shell) is a large explosive ball. They were used in France for the first time in 1693, at the battle of Nerwinden. From Spanish *obuz;* from Germ. *Haubitze*, a kind of large cannon.

Henriette resta figée : Henrietta stood benumbed. *Figer*, properly speaking, means to congeal, to coagulate. She was so afraid that her blood was almost congealed. This expression is very energetic and picturesque. We shall meet a great many similar ones in this extract from Zola's last great work.

un projectile qui venait d'éclater : a projectile which had just exploded. By means of the verb *venir*, to come, used in the indicative present and imperfect, and followed by the preposition *de*, two additional tenses are added to the conjugation of French verbs, as *je viens de dîner*, I have just dined ; *il venait de sortir*, he had just gone out.

elle filait le long des murs : she was walking briskly along the walls. *Filer*, from *fil*, thread, Lat. *filum*, means *prop.* to spin, and *fig.* to be off, to run away.

une balle venait d'écorner : a bullet had just broken off the corner. *Écorner*, to break off the horns. From the prefix *é*, and *corne*, horn.

une balle qui ricochait : a ball which rebounded. *Ricocher*, to ricochet, to rebound. The etymology of this verb is very uncertain. *Balle*, ball, bullet, from Old High Germ. *balla*.

comme elle y débouchait : just as she was entering it. *Déboucher*, v. n., prop. to issue, to pass out ; of roads and rivers : to run.

le toit à demi effondré : the roof half sunk down. From the prefix *ef* for *es*, and *fond*, bottom : bottomless.

Alors un galop l'emporta : She was carried away at a gallop, *i.e.*, fear carried her away.

tous hors d'eux : all exasperated ; lit. out of themselves.

Tiens ! Laurent, vous en êtes ! There ! Laurent, you are one of them. *En être* means to be one of a number. *J'en suis*, I am in it.

Pourquoi donc que je n'en serais pas ? Why should I not be one of them ? *Pourquoi donc que . . .* is a vulgar expression for *Pourquoi n'en serais-je pas ?* The whole discourse of Laurent, a common man, is in the same style ; it is a faithful reproduction of the language of uneducated people.

Je n'ai que ma carcasse : I have nothing but my carcass, *i.e.*, my body. *Carcasse* is used contemptuously for the body of a man, alive or dead.

à cause que: because. *A cause que* is an archaic expression only used now by vulgar people.

Je ne tire pas mal: I am not a bad shot. *Tirer*, tr. v., means lit. to draw, and comes from the Neth. *tèren*, to tear.

Ça va être drôle d'en démolir un à chaque coup: It will be funny, amusing, to kill one at every shot. *Démolir* prop. means to demolish; used in the sense of killing, it is a slang expression.

Ces bougres-là! These rascals. A very coarse expression. *Bougre* originally was a name applied to some heretics. It comes from *Bulgarus*, inhabitants of Bulgaria, who during the Middle Ages professed a religion condemned by the Church.

persiennes: shutters. The *persiennes* are wooden shutters for windows, which are placed outside and open like French windows. The name *persienne* comes from *Perse*, the country from which it has come to Europe.

les meurtrières: loopholes. *Meurtrière*, from *meurtre*, murder; Low Lat. *mordrum*, Goth. *maurthr*, Germ. *Mord*.

gisante sur le carreau: lying on the brick floor. *Gisant* is the present participle of *gésir*, an old verb only used in the present indicative third person singular and three plural persons, and in the imperfect indicative. *Ci-gît*, here lies; Lat. *hic jacet*.

Ce qu'il va falloir leur faire payer tout cela! How dearly we shall have to make them pay for all that! *Falloir*, imp. v., only used in the third person singular. *Il faut*: it is translated by *must* in English, as for instance, *Il faut que je sorte*, I must go out; *Il faut que vous sortiez*, you must go out.

Une poignée de fantassins les tint encore en échec: A handful of foot-soldiers still kept them in check. *Fantassin*, from It. *fantaccino*, diminutive of *fante*, prop. a little boy, valet.

d'un feu tellement nourri: with such a well-sustained fire. *Nourri* past participle of *nourrir*, to feed; thence, to sustain.

un feu de peloton gronda: a platoon-firing roared.

le chaperon du mur: the coping of the wall. *Chaperon*, from Prov. *capairo*; Low Lat. *caparo*, *capero*, derived from *capa*, chape (cope), something which contains.

coupable de s'être mise en dehors du droit des gens: guilty of having put one's self outside of the law of nations. *Droit des gens*, law of nations, international law.

Carrefours: squares, or open spaces where several streets meet or cross each other. *Carrefour*, from *quadrifurcus*, divided into four forks or divisions, from *quadri, quatuor*, four, and *furca*, fourche.

qui s'avançaient en rasant les murs: who were advancing walking close to the walls. *Raser*, to graze, to pass close to.

le canon de son chassepot: the barrel of his gun. *Chassepot* is the name of a French gun, so called from its inventor. The gun lately invented by *Lebel* is said to be better still. *Canon* is derived from *canne*, cane, from Lat. *cannam*, reed, cane. The original meaning of *canon* is the stock of the arbalist. The expression *canon de fusil*, lit. tube of a gun, comes from It. *canna d'archibuso*.

comme à l'affût: as in wait, on the lookout. *Affût*, from *à* and *fût*, *futaie* (wood), thence, in the wood. *Affût* is the place where the hunter hides himself in waiting for the game.

La voilà qui gigote dans son sang: There she is kicking about in her blood. The expression here is very energetic and realistic.

gâcher une balle: to lose a ball. *Gâcher*, prop. to spoil.

Vaut mieux en démolir un autre: It is better to kill another. *Vaut mieux*, vulgar expression for *il vaut mieux*. *Vaut*, third person singular indicative present of *valoir*, to be worth.

nom d'un chien: a vulgar oath ; *lit.* by the name of a dog.

une bicoque: a hovel, a wretched little house. *Bicoque* from Low Lat. *bichocha, bicoca*, It. *bicocca*, a little castle situated on a hill, a paltry fortress.

le carreau: the tile-floor, brick floor.

Les Bavarois étaient en train de mettre en position: The Bavarians were putting in position. *Être en train* before a verb means that the action is still going on, and is translated in English by the auxiliary *to be* and the *present participle* of the verb. *Train*, pace, train, from Low Lat. *traginem*, the act of moving, march.

fut criblé d'une volée de plomb: was riddled with a heavy discharge of balls. *Plomb*, lead, the metal the balls are made of.

Qu'est-ce que vous fichez là, vous autres? What are you doing there, you? *Ficher* is a popular and vulgar expression, meaning, here, to do ; the past participle is *fiché* or *fichu*. It is relatively of recent origin, but the etymology is unknown.

pour que le peloton eût un peu de recul: in order that the small body of soldiers (the platoon) might have some room to fall back. *Recul*, verbal noun of the verb *reculer*, to draw back. From *re* and *culer*.

Est-ce qu'on se fiche de moi? Are they laughing at me, making fun of me? *Se ficher de*, a vulgar expression meaning to make fun of.

un flot de rauques paroles: torrents of harsh words. *Rauque*, hoarse, from *rauche*, hoarse; It. *rauco*, Lat. *raucus;* compare the Sanscrit *ru*, to make a noise.

les dévisagea: looked them full in the face. *Dévisager* prop. speaking means to scratch the face of any one with nails and teeth; in the sense of looking full in the face it is only used in the popular language.

ces yeux bleus, élargis, chavirés de rage: these blue eyes, enlarged and blinded with rage. This picture of the dead man's eyes and face is very striking and well in keeping with Zola's style. *Chavirer* is an expression generally used for ships which have been wrecked. From *cha*, *ca*, for *cap*, head; from Lat. *caput*, and *virer*, to turn about.

Alors elle devint une chose, une épave roulée, charriée dans un piétinement confus de foule, coulant à pleine route: Then she became a thing, a waif, rolled about, carried along in the confused trampling of the crowd flowing along the street. This is another instance of Zola's picturesque way of description; it is nearly untranslatable.

NOTRE CŒUR.

vivre à sa guise: to live as he pleased. *Guise* literally means manner, fashion, way. From High Germ. *wisa*, manner; modern Germ. *Weise*.

bibelots: knickknacks.

né bien renté: born with a fine income. *Rente*, in the sense of revenue, means income, annuity; *des rentes sur l'État*, funds, government annuity; *vivre de ses rentes*, to live on one's income; *un rentier*, an independent gentleman, a gentleman of property.

ce qui le faisait se dérober aux milieux mondains: which made him avoid worldly circles, society. *Milieu*, the circle in which one lives. *Le milieu* is an expression very much used by modern writers.

un intelligent raté: *raté* is the past participle of the verb *rater*, to miss fire; *fig.* to fail. *Un raté* is a man who has failed in his career or who has never given to the world what was expected from him.

LE SALON DE MME MICHÈLE DE BURNE.

un entresol: the story between the *rez-de-chaussée* and the first story or flat, in many houses in France.

Saint-Augustin: a new church in Paris, which stands in the most aristocratic part of the city, boulevard Malesherbes.

un piano à queue: a grand piano.

PÊCHEUSES ET GUERRIÈRES.

This is the title of a preface written by Guy de Maupassant to René Maizeroy's *La Grande Bleue*. It is applied to French sea-ports, some of them being fishing-ports, others, fortresses along the coast.

La passion profonde que lui ont vouée ceux d'aujourd'hui: The deep love which the writers of our days have vowed to it (the sea). *Vouer*, to vow, to consecrate, to give up; *vouer un enfant au blanc*, to make a vow that a child shall be dressed in white, up to a certain age.

La Grande-Bleue: the sea. It is, as we have already seen, the title of René Maizeroy's book.

les murailles de Vauban: Vauban was a great engineer of the 17th century. He was the first to introduce into practice in Western Europe the method of approach by parallels. He helped the king of France, Louis XIV., in most of his wars, and was appointed director-general of fortifications. He constructed 33 new fortresses, repaired 300 old ones, conducted 53 sieges.

La mer du Nord: the North Sea, situated in Europe, between England, Belgium, Holland, Denmark, and Sweden.

les embruns: spray; water driven by the wind, in a collection of small particles, from the top of the waves. It comes from *en* . . . *brume*, mist.

Dunkerque: a town situated in the department of the North (Le Nord), a sea-port, formerly an important military harbor, where Jean Bart, the famous pirate, was born in the 17th century. He was of great help to Louis XIV. in his wars with the Dutch. *Dunkerque* means the church (kirk) on the downs (*dune*, in French).

Biarritz: a famous sea-resort situated in the department of *Basses Pyrénées*, at the southwest of France, very near Spain. The Imperial family used to spend the summer there.

Port-Vendres: a very old sea-port situated in the department of *Pyrénées Orientales*, near Spain. More important two centuries ago. Its name comes from *Portus Veneris*, Venus's harbor.

Menton: a winter resort situated near the Alps, in the department of *Alpes Maritimes*, famous for the mildness of its winters. Many consumptive people spend their winters there.

LA CAMARGUE.

La Camargue: It is the name of a small island formed by the Rhône, by one of its branches, and the sea; it is situated in Provence. The soil is flat, grassy, and marshy; numerous herds of wild cattle inhabit it.

des murs crépis: rough-coated walls.

blanchis à la chaux: white-washed. *Chaux*, lime.

des râteliers attendent les fusils: arm-racks are ready for the guns. *Râtelier*, rack, a wooden frame of open work, in which hay is laid for horses and cattle to feed on. From *rastel*, rack.

le mistral: the northwest wind blowing on the Mediterranean Sea. *Mistral* is a Provençal word derived from Old Prov. *maestral*, the master, literally, the masterly wind, on account of its power.

les sonnailles des troupeaux: the bells of the cattle. From *sonner*, to ring; Prov. *sonalh, sonail*, It. *sonaglio*.

le cœleil: Provençal name given to a kind of torch used in the peasants' huts.

à tâtons: groping. From *tâter*, to search, to feel, to grope.

Le feu clignotant aussi: The fire half dead, too. *Clignotant* is the present participle of *clignoter*, to wink, to clink. The fire seemed to get out, to wink, as a person very tired and sleepy

---

LE VACCARÈS.

The *Vaccarès* is a pond situated in Camargue. Its water is salt, coming from the sea, from which it is separated by a narrow piece of land.

les clairs: the ponds, so called in Provence.

les roubines: canals of irrigation; a Provençal name, too.

l'eau qui clapote: the rippling or the noise of the little waves formed by the wind. *Clapoter* is an instance of onomatopœia.

les ferrades: name given to fairs in the villages of la Camargue. The principal attraction of these fairs consists in the branding of the wild cattle.

qui a décousu: which has killed. *Décousu*, past participle of *découdre*, to unsew; familiarly used for *éventrer*, to rip up.

L'HOMME AUX YEUX PÂLES.

Une fumisterie: A bad joke. This is a neologism. *Fumisterie*, properly speaking, means chimney-building. It is very much used in our present days with the meaning we meet here. *Un fumiste* is a bad joker.

se rendre au Palais: to go to the Palais de Justice, the seat of the Court of Justice in Paris. So called from the fact that the Parliament of Paris held its sittings in what was formerly the palace of the second race of French kings. The term was afterwards extended to other courts in France. Hence the expressions: *gens de palais*, members of the bar; *terme de palais*, law term.

ainsi libelée: thus worded. Lat. *libellus*, a diminutive of *liber*, livre (book).

une voix zézayante: a lisping voice. *Zézayant* comes from the verb *zézayer*, to lisp.

son accent le plus puéril: his most childish pronunciation. *Puéril* comes from Lat. *puer*, child.

très au courant de la haute société: knowing all about high society. *Être au courant de*, to be well up in, to know much about.

Edgar Poe: one of the finest and most original poetical geniuses as yet produced by America. He was born at Boston, 1809. His best stories are "Tales of the arabesque and grotesque." He died at Baltimore on the 17th of October, 1849.

LES LILAS.

fait assaut de roulades avec le petit serin en cage: vies or rivals with the little canary-bird in his cage in singing trills. *Faire assaut*, to vie with, to rival in.

l'échaudé: *échaudé*, a kind of very light cake of which birds are very fond.

hu ho! dia! pull on, get up. Words used by teamsters directing their teams to pass further to the left or to the right ; *hue*, for the right, *dia*, for the left.

Il en pique un pompon derrière l'oreille du limonier: He puts a branch of it behind the ear of his horse, as a tuft. *Pompon*, tuft, top-knot ; *limonier*, shaft-horse, thill-horse.

chiquenaude: fillip. Origin uncertain.

l'odeur à la mode est agaçante: the stylish smell, perfume, is bothering, teasing.

le croûton de pain: the crust of bread.

gueux: beggar. *Le pain du gueux*, the bread of the beggar ; *gueux* at first meant *cuisinier* = cook ; it was another form of *queux*, cook. Some etymologists think it comes from the Dutch *guit*, a rascal ; *la guerre des gueux* was the name given to the civil wars of the 16th century. Schiller, in his history of the thirty years' war, calls them *die Geusen*, which would give more probability to the French etymology of *queux*.

----◦◦----

LA GRANDE BLEUE.

La Chanson de la Mer.

La Grande Bleue is the title of the book written by René Maizeroy. It is not a novel, but a collection of pictures, delicate, and dazzling at the same time, of the *Grande Bleue* or The Sea.

La mer vous prend comme une musique: The sea takes hold of you as music does, or, as if it were a music.

le rythme geignard: the moaning rhythm. *Geignard* is an adjective formed from verb *geindre*, to whine, to moan. The suffix *ard* generally adds an idea of contempt or sometimes of duration in the act. For instance, *grogner*, to grumble, has formed *grognon*, grumbler and *grognard*, a person who always grumbles, a growler; a *vantard* means a man who is accustomed to boast, a braggart.

en dodelinant de la tête: wagging her head. *Dodeliner*, to rock, to dandle ; it comes from the root *dod*, meaning to rock, to doddle. Some etymologists think it comes directly from the Engl. to doddle.

le cinglement des lames: the lashing of the waves. *Cinglement* is a noun formed from the verb *cingler*, to lash, to switch. Etymology, *cingulum*, from *cingere*, to girdle.

le clapotement des avirons: the noise of the oars. *Clapoter*, *clapotement* are other instances of onomatopœia.

à la dérive: drifting along; *dé* negative . . . prefix, *rive*, shore.

le Léthé: one of the rivers running through Hades in the Grecian mythology. It was the river of forgetfulness; the souls passing into the Elysian Fields drank of it, that they might lose all recollection of earthly sorrows.

sirènes: fog-horns used when the fog is too intense to allow the light of the light-houses to be seen from the sea. The same name is given to the whistle used by the steamboats in leaving or entering the harbor.

apeuré: frightened; you have frightened me. *Apeuré* is a neologism not to be found in the *Dictionnaire de l'Académie* or in Littré's.

la grande ourque: a kind of sea-fish.

les maisons endeuillées: the houses in mourning. *Endeuillé* is another neologism, conformed to etymology, but which is not found either in Littré's or the *Dictionnaire de l'Académie.* Our contemporaries are very fond of these new expressions, which are, indeed, very pretty, and often picturesque, such as: *envolée, enamourée, endeuillée*, etc.

LUSCIGNOLE.

de longs tuyaux de pipes sans godet à tabac: long tobacco pipe-stems without bowl.

ils ne puissent se rompre les pennes: they may not break their feathers. *Penne* is the beam-feather of a hawk, or the feather of the tail or wing of ordinary birds. From Lat. *penna*, feather, wing.

Mais son cri, râle plutôt: But her cry, which was rather like a death-rattle. *Râle*, rattle, noise produced by the air in passing through mucus.

sans le désendormir: without awaking him or it. *Désendormir* is a very pretty neologism coming from *dés*, for *de*, negative, *endormir*, to lull to sleep.

un petit bruit grésillant: a little noise, as the noise of fire shrinking up something.

Il lui semblait, presque oiselette: It seemed to her, bird-like creature that she was. *Oiselet, oiselette*, a little bird. *Oiselette* is the feminine diminutive of *oisel*, a bird; *oisel* is the Old French for *oiseau*.

Elle courait à travers les rues nuitées de silence, ensilencées de nuit: *lit.* She ran through the streets nighted by silence and silenced by night. These expressions *nuitées* and *ensilencées* are neologisms of Catulle Mendès's coinage. They are extremely picturesque.

la rossignolante voix: her voice like the voice of the nightingale. *Rossignolante*, adj., is another neologism formed from the noun *rossignol* = nightingale.

ses affres redoublèrent: her terrors redoubled. *Affres* is chiefly used in the plural and generally said of "the terrors of death," *les affres de la mort.*

luscinie: another word for nightingale, from Lat. *luscinia = rossignol.*

un poète passant, sur le chemin sans gîte: a poet passing along a road without houses. *Gîte*, home, abode, lodging.

TERRE PROMISE.

This is the title of Paul Bourget's last novel.

le souci d'une santé compromise: the cares of an impaired health.

Palerme: with *Messine* or *Messina*, the most important city of Sicily, an island situated in the Mediterranean sea, southwest of Italy.

des aloès pâlissants tordaient leurs poignards barbelés: fading aloes were twisting their barbed daggers. An allusion to the pointed leaves of the aloes.

son masque bistré et creusé: his face tanned and sunken. *Bistré*, of the color of the *bistre*, a brown pigment.

en Provence: Provence is the name of an old French province, situated on the Mediterranean sea; it is famous for the mildness of its climate and the fertility of its soil.

Gênes: Genoa, an Italian city on the northwest coast. Christopher Columbus was born at Cogoleto near there.

Est-ce qu'on se rend compte? Can one know the reason of it, account for it?

A quoi tient-il que nous soyons ici? What is the reason of our being here? How is it that we are here? or, By what succession of unknown and unforeseen facts are we here? *Tenir* forms a great many idiomatic sentences, as: *ne tenir qu'à, il ne tient qu'à vous de lui faire grâce*, it is in your power alone to grant him his pardon; *je n'y tiens pas*, I don't care for it; *il tient de son père*, he takes after his father.

RÉCURRENCES.

récurrences: recurrences. It is an expression used in anatomy, and means: a running together to a common point of origin. Here it is used in the sense of remembrance. From Lat. *recurrere*, to run backwards, to go back.

Irlande: Ireland, an island belonging to the British empire, situated on the west of England. The capital is *Dublin*. Its former name was *Erin*, the green land, on account of the ever fresh appearance of its meadows and fields; it rains a great deal in Ireland.

bastingage: bulwark netting; a nautical expression.

Watteau: a famous painter of the 18th century, renowned for the grace and delicacy of his pictures. Was member of the French Academy, and became by special favor *Peintre des fêtes galantes du roi*. His great reputation rests on a series of pictures of conventional shepherds and shepherdesses, dancers and comedians, painted with unrivaled freshness, grace, and charm.

Marseille: a very important French city and harbor, situated on the Mediterranean sea, the third city in size in France. Was built by the Phoceans in the year 600 B.C.

Malaga: a Spanish city situated in Andalusia, famous for its wines.

les Pyrénés: a chain of mountains between France and Spain. Its name signifies mountains of fire, on account of the volcanoes, which must have been very numerous there at a time. They have entirely died out.

Valence: Valencia, a Spanish city, famous for its oranges, situated on the Mediterranean coast; it was formerly the capital of the kingdom, and now is the capital of the province of the same name. Its picture-galleries are famous.

SOPHIE PRINTEMPS.

Vit-elle seulement: Is she really alive.

toujours lasse: always weary. *Las* masc., *lasse* fem.

ses sourcils fins et tirés d'un seul coup de pinceau: her finely penciled eyebrows, *i.e.* looking as if they had been drawn at one stroke of the brush.

clavecin : a piano. *Clavecin*, the name of a string instrument resembling our modern pianos ; it is used now in poetry or literary language for piano-forte.

un parti pris de poésie : a preconceived idea of being poetical. *Un parti pris* is a set idea, a preconceived or prejudiced idea of any thing ; it means partiality. *Juger sans parti pris*, to judge freely, fairly, without any prejudice or partiality.

CONSEILS À UN ARTISTE.

professeur de contre-point : professor of counterpoint. Counterpoint is the art of composing in several parts.

il a exhaussé ton jeune front pour y mettre deux couronnes : he has raised your young head, in order to place two crowns on it. *Exhausser*, to raise, to render higher. From *ex . . . hausser*, to raise.

Tu ne fourniras pas ta course : You will not be able to show your worth, you will not be able to run your race, to give to the world the best of yourself.

vertu : virtue. From Lat. *vir*, a man, Sanscrit *vira*, a hero. The proper sense of the Lat. *virtus* is moral force, courage.

Palestrina : a distinguished musical composer, of the 16th century. In 1551 he was made *maestro di capella* of the Julian chapel, and composed a collection of masses highly approved by Julius II. He is regarded as the first musician who reconciled science with musical art, and his works form an important epoch in the history of music.

Beethoven : the celebrated composer, was born at Bonn, in 1770. He wrote the music of the grand opera *Fidelio*, the first truly German musical work of a dramatic character. His two best works are : *Missa Solemnis in D Minor*, and the *Ninth Symphony* (D minor) with chorus. These works transcend all common laws and forms, and belong to the highest sphere of art.

Mozart : born in 1756, one of the greatest musical composers. He began very early in life to show his genius. At the age of thirteen he was appointed director of the Prince Archbishop of Salzburg's concerts. He composed the opera of *Mithridates* in 1770 ; *Idomeneo* in 1780, and his master-piece, *Don Giovanni*, in 1787. Mozart is the first composer in whose works all traces of the old tonality disappear ; he is the father of the modern school.

LA TANTE ANNETTE.

Elle s'éprit d'une affection profonde : She felt a deep affection, she became quite fond. *S'éprendre*, to be smitten with, to become enamored, to fall in love.

Voltaire : the greatest French writer of the 18th century, was born in Paris in 1694, died in 1778. He cultivated all kinds of literature. As a historian he wrote : *Le Siècle de Louis XIV, Histoire de Charles XII, Histoire de Pierre le Grand.* As a dramatist he takes rank as a worthy third with his two great predecessors Corneille and Racine. His most famous poems are the *Henriade* and *La Pucelle.* His prose is the perfection of the French language of that time ; it is admirable for grace, clearness, vivacity, and alive like sparkling wine with the particular quality of *esprit* peculiar to the people and the language of the 18th century. Voltaire had an immense influence over the minds of his contemporaries, and over all intellectual people of the 18th century. He attacked religion with great energy ; his favorite weapon was ridicule, and there was never, perhaps, a greater master of it.

Diderot : a celebrated French encyclopædist and philosophical writer, was born in 1713. His principal work is the *Encyclopédie ;* besides revising all the articles, he wrote the departments of history, ancient philosophy, and of mechanical arts. He also wrote art criticisms, which show great readiness in interpreting the meaning of a picture, and a power of interpreting it vividly in words unequaled by any writer of his time.

étoffe à ramages : flowered goods, with large flowers printed on it.

galopin : little rogue, imp ; you rogue, you.

Il ne manquerait plus que cela : That would cap the climax.

Tu as les yeux cernés : Your eyes are sunken or surrounded by a blue circle, as when one has been crying.

mon père me prit en croupe : my father took me up behind him on his horse.

PÂQUES FLEURIES.

Pâques fleuries : the name given to Palm-Sunday.

pays meusien : country through which passes *la Meuse.* André Theuriet was born in Lorraine, an old French province acquired in 1761, after the death of Stanislas Leszinski, the father-in-law of King Louis

XV ; a part of it was lost during the last war between France and Germany, 1871. (Treaty of Frankfort.)

les ors : the golden color. *Or*, gold, generally singular. *Les ors* is used in heraldry for the yellow color represented, in engraving, by dots spread over the field.

Le rouge . . . tranchaient plus vivement avec cette verdure : The red . . . contrasted more sharply with this verdure.

L'herbe verte et drue : The thick, green grass.

le terroir barrois : the territory about *Bar*, chef-lieu of the department of *Meuse*.

La Saint-Jean : *La Saint-Jean* is a holiday falling on the 24th of June, which peasants celebrate by building up wood-fires in the open air. The young boys of the village jump over these fires, trying to get through unhurt. Servants' engagements, in the country, generally begin on that day.

KIOTO, LA VILLE SAINTE.

autant dire qu'elle est banalisée, déchue, finie : we may as well say that it has become commonplace, is fallen, has lost all its attractions. *Banal* meant, originally, pertaining to compulsory feudal service ; applied specially to mills, wells, ovens, etc., used in common by people of the lower classes ; hence, common, commonplace.

C'est de Kobé qu'on peut s'y rendre : Kobé is the place from which to start for there. *Se rendre à* means to go to ; *se rendre*, to surrender, to give up.

quelques rôdeurs en quête d'imprévu : a few night-prowlers on the lookout for anything that might come in their way. *Imprévu*, unforeseen, anything that may happen by chance.

Les bouges s'ouvrent : The public houses open. *Bouge* meant a closet, a lumber room, at the origin ; then it was applied to a dirty, narrow lodging, and to public houses of the lower order. From Low Lat. *bugia, bougia, bougius*.

La Marseillaise : it is the French national hymn, composed by Rouget de Lisle at the time of the Revolution, and so called because the regiments coming from Marseilles (see note on p. 193) were the first to sing it. Both music and words were written by that young officer, Rouget de Lisle ; it is perhaps the finest national hymn.

Tous les matelots "permissionnaires" : All the sailors who were on leave of absence.

un bibelot : a knickknack. *Bibelot* from *bimbelot*, a trousseau (outfit for a lady about to be married). Picard *bibelots*, probably from a radical *bimb* or *bamb*, which is to be found in *bambin*, a young child.

C'est surtout le public des troisièmes qui donne : The third class travelers are the most numerous. This is a modern Gallicism, which cannot be translated literally ; it means the common people, those who usually travel third class, are in greater number.

rien ne détonne nulle part : nothing jarring anywhere. *Détonner*, to be out of time, to jar, and *détoner*, to detonate, to explode with a loud report.

et tout au ras du bord : and quite near the edge.

nous passons ventre à terre : we pass along at full speed.

C'est un vrai hôtel, tout neuf, qu'un Japonais vient de monter à la manière anglaise : It is a real hotel, quite new, which a Japanese had just opened, and has set up in the English fashion. *Monter une manufacture*, to set up a manufactory ; *monter une pièce de théâtre*, to rehearse a play ; *monter un théâtre*, to open a theatre.

trop joli, trop arrangé, trop paysage de potiche : too pretty, too artificial, too much like a landscape on a Japanese or Chinese vase.

perron : front steps. *Perron*, from Prov. *peiro, perro, peiron*, Low Lat. *petronus*, Lat. *petra*, *pierre*, stone.

soixante-quinze sous par jour : about seventy-five cents a day. The *sou*, or five centimes, is the twentieth part of a *franc*.

on tressaute sur son siège, on fait la paume : one bounces about on his seat, one is tossed about like a tennis ball. *La paume* is a game similar to tennis. It was called so, because, at first, the balls were sent with the palm of the hand, *la paume*, in French. This game began to be played in France about the year 1356, and was then called *lusus pilæ cum palma*.

et quel immense capharnaüm religieux : a capharnaüm is a place which contains many objects scattered about in disorder. It comes from the name of the town in Judea, Capernaum, often mentioned in the Scriptures. It was a very commercial city.

LES SABOTS DU PETIT WOLFF.

avaricieuse: avaricious. *Avare* is the ordinary expression for avaricious; *avaricieuse* is used specially in the familiar language, and has a stronger meaning than *avare*.

une écuellée de soupe: a bowlful of soup. An *écuelle* is a small dish containing the share of one person only. From Prov. *escudella*, Span. *escudila*, Port. *escudela*, Ital. *scodella*, Lat. *scutella*.

une verrue: a wart.

pour avoir pignon sur rue: for having a house of her own. *Pignon*, gable. This sentence is idiomatic, and only means to have a house of one's own.

magister: master, school-master; the Latin word itself, but only used in French with a contemptuous sense.

l'écriteau dans le dos: *écriteau*, a piece of paper stuck on the back of a child with such words as " Lazy ! " " Dunce ! " " Liar ! " written on it. A punishment used with little children in public schools, and especially in village schools.

bourgeois cossus: rich citizens, or rich people belonging to the middle classes. *Cossu* is a popular expression for rich; it comes from *cosse*, pod, shell, husk. *Un paysan cossu* means a peasant having fine crops, thence, wealthy, rich.

emmitouflés: well muffled. From *en*, in, and *moufle*, glove; *moufle* has become *mitoufle* by being combined with *mitaine*, mitten.

chaussons de Strasbourg: kind of woolen socks which peasants and children put over their stockings, inside their wooden shoes.

sa dégaine de paysan: his awkward bearing, resembling the bearing of a peasant.

réveillons: *réveillon* is the name given to the meal taken at Christmas Eve after the midnight mass. It is generally a heavy, elegant supper. It is a custom followed by many people, even those who do not go to the midnight mass, to gather together on Christmas Eve and partake of a good supper, with truffles and champagne.

la cuisinière du tabellion: the cook of the notary. *Tabellion* is the name given to a petty notary. From Lat. *tabellionem*, *tabella*, shelf, diminutive of *tabula*, table.

le petit Noël: Santa Claus. In France little children expect the *petit Noël*, or the Infant Jesus, to fill up their little boots, which they put in the chimney-corner on Christmas Eve.

galopins: blackguards, urchins. *Galopin* means properly an errand-boy; familiarly used for urchin, street boy, etc.

clinquant: tinsel. From Dutch *klinken*, to resound.

le pédagogue: the schoolmaster. Another contemptuous expression for master.

un bisaiguë: a carpenter's tool. (See p. 180.)

à cloche-pied: hopping. *Clocher*, to hop in walking. From High Germ. *klochôn*, to beat, to strike.

un va-nu-pieds: a poor child, a vagabond. *Va-nu-pieds* means literally one who goes bare-footed. In this compound noun, *pied* is the only part which takes the sign of the plural, because *va* is a verb and *nu* an adjective, which, placed before *pied*, *tête*, *bras*, or *jambe*, does not change: *nu-tête*, but one writes *tête* NUE, *pieds* NUS.

galetas: a pallet; properly speaking, a garret, a hole. It is supposed that *galetas* comes from *Galata*, a tower, and a district in Constantinople.

n'avaient trouvé que des verges dans leurs souliers: had found nothing but a bundle of sticks in their shoes. It is the custom to put a bundle of sticks in the shoes of naughty children at Christmas Eve.

Ils se signèrent: They made the sign of the cross.

———◦○◦———

LE CHANT DU CYGNE.

Dieppe: a sea-port town of France, in the department of Seine-Inférieure, at the mouth of the river Arques. It is one of the principal watering-places of France and has a great accession of visitors during the summer months. Its carved articles of horn, bone, and ivory have long been famous.

donnait des ordres aux commissaires: gave orders to the stewards of the fête, the gentlemen ushers.

le regard rivé sur lui: their eyes fixed on him.

ses bois séculaires: the hundred-year-old woods. *Séculaire* means centuries old. From Lat. *seculum*, a generation, an age.

à bout de souffle: having no more breath, breathless, exhausted.

jonchée: a strewing. *Jonchée odorante*, the heap of sweet-smelling flowers.

UTILITÉ DES LANGUES ÉTRANGÈRES.

Vienne : the capital of Austria, a beautiful city built on the Danube.

une réflexion . . . qui m'a obsédé : a reflection which has haunted me.

on se disqualifiait : one lost something of his dignity, or of his own value.

Le proviseur : the head master of a college in France.

ont été mis à même : have been able.

les lycées et les collèges : the difference between a *lycée* and a *collège* is that the *lycée* belongs to the State, and the *collège* to the city where it stands.

l'université le bat en brèche : *battre en brèche*, to attack, to assail or ruin (an argument, a person's credit or influence).

on met à leur portée : one puts within their reach. *Être à la portée*, to be within reach of.

obligés de frayer : obliged to enter into relations. *Frayer*, properly speaking, means to open a way, to trace out a path.

pour se tirer d'affaire : to get on easily, to get out of difficulties.

un empoté : a slang expression ; it means awkward, uncouth, not knowing what to do.

L'enfant . . . aura beau se raidir : It will be in vain for the child to harden himself. *Avoir beau*, to be in vain.

RENAN.

à qui l'on ait prêté plus de dessous et de tréfonds : this means that Renan has often been thought not to express his thoughts fully, but to keep back part of them, to conceal his thoughts, to veil them. *Avoir des dessous* means to keep back some secrets, *tréfonds*, underground. *Savoir le fonds et le tréfonds d'une affaire*, to know the ins and outs of an affair.

J'en fais bien mon mea culpa : I regret it, or, repent of it very much indeed. *Faire son mea culpa* means to be sorry for a thing done. *Mea culpa* are two Latin words which belong to a prayer called *Confiteor*, which the penitent recites when he goes to confession. He stops in the middle of the prayer, confesses his sins, and goes on, striking his breast three times, exclaiming: *mea culpa*, it is my fault, I am really guilty of it.

quelque réflexion sur le train brutal et fatal des choses humaines : some reflection on the brutal and fatal course of human things. *Train* here signifies a series, a succession or consecution of connected things. *Train* enters into many idiomatic expressions as : *aller son train*, to go on, to get on ; *mener un train d'enfer*, to lead a wild life, etc.

surfaire la vertu : to overrate virtue. *Surfaire* comes from *sur*, over, *faire*, to make. It also means to overcharge, to ask too much for. *Surfaire sa marchandise*, to ask too much for one's goods.

Saint-Sulpice : Saint-Sulpice is the name of a seminary for priests. Renan, who intended to become a priest, had spent some years there, and was going to take orders, when he changed his mind.

LECONTE DE LISLE.

Leconte de Lisle : (1820), academician, living poet, the author of *Poèmes Antiques*, *Poèmes Barbares*, *Poèmes et Poésies*, *Kaïn*, etc. He belongs to the school of Théophile Gautier, in which the theory of " art for the sake of art " (*l'art pour l'art*) is so much thought of. His verse is grand, noble, strong.

André Chénier : (1762–1794), French poet born at Constantinople. He was at heart a Greek. The Idyllists and Anthologists were his masters. From them he learned the exquisite purity of form, the admirable restraint, the chastened vigor of thought and diction, which render him preëminent among modern poets. He wrote some *Élégies*, *L'Art d'Aimer*, *Hermès*, and *La Liberté*, a fine idyl which cost him his life. It was at the time of the great Revolution. He had never ceased to oppose and stigmatize the action of the Jacobin section. He was arrested on the 6th of January, 1794, and sent to the scaffold on the 25th of June. In his prison he wrote the beautiful elegy *La Jeune Captive*, and some iambics against the Convention.

les poètes de la Pléiade : *la Pléiade* is the name taken by seven poets of the 15th century, — Ronsard, Joachim du Bellay, Pontus de Thyard, Jodelle, Belleau, Baïf, and Dorat. The most important was Ronsard who, with his disciples, especially Joachim du Bellay, endeavored to reform the French language by adopting all the forms of

Greek and Latin poetry and even Greek and Latin expressions. It was to be a renovation of the language through Greek and Latin sources, which they considered as being the only sources of French. They failed in their attempt, though one may say that they enriched the field of poetry.

avec plus de parti pris: more intentionally. Idiomatic expression. *C'est un parti pris*, his mind is made up ; *tirer parti de tout*, to turn everything to account; *se ranger du parti de quelqu'un*, to side with a person.

le romantisme: this name has been given to a new school which pretends to free itself from the rules of composition and style adopted by the classic school. The name *Romantic school* was first adopted by young poets and critics in Germany, the Schlegels, Novalis, Tieck, who directed their efforts to the overthrow of the artificial rhetoric of the French poetry of that time. The name was adopted in France twenty or thirty years later by a new school, having Victor Hugo at its head, who struggled to get supremacy over the older classic school.

la mélancolie de René: *René* is the hero of one of the works of Chateaubriand ; he represents the new pessimist element in literature.

Jocelyn: name of a beautiful poem written by Lamartine.

soit qu'elle s'éprenne de beauté grecque: whether they fall in love with Greek beauty. *S'éprendre*, to fall in love, to be smitten with. *Soit que*, conj., whether.

LES DEUX COPAINS.

(THE TWO CHUMS.)

copain or compain: ancient nominative of *compagnon*, from the Latin *cum*, with, and *panis*, bread ; one who shares the bread.

rez-de-chaussée: the ground floor. From *rez*, prep., even with, level with, on a level with. Etymology : Prov. *ras*, Ital. *raso*, from Lat. *rasus*, from *radere*, to raze.

qui encombraient la cour: which blocked up the yard. Etymology : *encombre*, Prov. *encombrar*, Ital. *ingombrare*, Low Lat. *incombrum*, from *in* and *combri* or *cumbri*, a heap of hewed wood.

des chaises de paille enfoncées: straw-bottomed chairs burst open.

ses cheveux drus: his thick hair. From the Prov. *drut*, Genoese *druo*, dense, thick; *dru* probably comes from the Celtic : Kimry *drud*, bold, Gaelic *drûth*, willful, Cornish *dru*, very much, Bas-Breton *druz*, fat.

un saule étêté: a willow, the top of which has been cut off. Etymology: *é* for *es*, prefix, and *tête*, head.

la banlieue: the outskirts (of a city). From *ban* and *lieue*, (league) league of the ban; that is to say, the limit to which the seigneurial ban extended.

Paysan de race: being the offspring of a long generation of peasants.

la crémière du boulevard Montparnasse: the woman who kept the lunch room. A *crémerie* is a place where milk, cream, butter, eggs, and cheese are to be found. But in some of these establishments, especially in the *Quartier Latin* in Paris, one can get a light breakfast, lunch, or even a dinner. They are, of course, cheap places where students in poor circumstances take their meals.

qu'il aimait d'un amour narquois: whom he loved with a mocking, sarcastic love. (See note to *quelque chose de narquois*, p. 179.)

un feutre à larges bords: a broad-brimmed felt hat.

un pourpoint: a doublet. Etymology: past participle of the old verb *pourpoindre*, from *pour* and *poindre*, to stitch through, the *pourpoint* being quilted.

qui était bien mieux dans son génie: which was better adapted to his natural disposition. *Génie* has sometimes in French the meaning of a distinctive character in persons. *Enfin Burrhus, Néron découvre son génie.* (RACINE.)

l'atelier de Riésener: Riésener's studio. *Riésener* was one of the most noted portrait painters of the first Empire.

Louis-Philippe: a king of France; he reigned from 1830 to 1848; he was overthrown by the Revolution of 1848 and obliged to take refuge in England.

pépinière: nursery (for plants). Etymology: *pepin*, perhaps from the Lat. *pepo*, a cucumber. But the origin of this word is very uncertain.

Velléda: a famous druidess. Chateaubriand, in his *Martyrs*, has written a very striking episode of the love of that priestess and the young Roman soldier Eudore.

il prit conscience de sa mission: he became conscious of his mission.

L'Empire le gênait: The Empire, or, the Imperial Government, was in his way. *Gêner* from the noun *gêne*, which comes from *géhenne*, from the Hebrew *géhinnon*, the valley of Hennon situated near Jerusalem, where the refuse of the city was burnt.

Il y avait des morceaux qui voulaient être bons : There were some pieces which might have been good.

à la Sirène près : except the Sirène.

châssis vitré : a very large glass opening, as is usual in many studios. *Châssis* is the frame work ; *vitré* means made of glass ; commonly called "sky-light."

sacré bahut : a coarse exclamation without any definite sense. As we shall see, a few lines below, Jean Meusnier meant the sun. *Bahut*, properly speaking, is a large chest trimmed with leather, the cover of which is slightly rounded in a convex shape. The etymology of that word is not certain. It may come from the Port. *bähul*, or Span. *baul*. This name is sometimes given to any very heavy piece of furniture which happens to be in one's way. This explains, to a certain extent, the exclamation of the artist, who, not being able to find the name of the sun which at this instant was in his way, calls it *sacré bahut*, damned. . . .

Il tape trop dur pour l'instant : It strikes too hard for the moment.

dessinait les trois temps de l'extraction des cors : drew the series of the three little operations in which the extraction of corns consists. From Lat. *cornu*, corn, English *horn*.

Les tableaux du maître, je les voyais au Salon, aux Mirlitons, au Volney : the *Salon* is the name given to the annual exhibition of arts ; it takes place at the Palais de l'Industrie, in Paris ; *les Mirlitons* is the name of a club in which private artistic exhibitions are given ; it is situated in the Place Vendôme ; *le Volney* is another club of artists situated rue Volney, which also gives a private exhibition of the works of its members.

Le bateau-mouche : a small steamboat which runs along the Seine.

Est-ce que je connais ces épiciers-là, moi ! Do you think that *I* know these Philistines, these vulgar people ! *Épicier*, in the general sense, means a grocer. It is often taken in a contemptuous sense for a man of vulgar mind, of unartistic tastes. It is something like *bourgeois*, with a still more scornful meaning.

Ils veulent dénaturer ma grande idée : They wish to pervert my great idea.

De la passerelle du débarcadère : From the foot-bridge of the landing-place.

Une fluxion de poitrine . . . fichue : the pneumonia . . . he is done for. *Fichu* is a slang expression, extremely coarse, which has different meanings. In this case it only means : "he is absolutely lost." It is a slang word of relatively recent origin, the etymology of which is very uncertain.

un lit de sangle : folding-bed of the simplest kind. *Sangle* means a strap, a band. These beds are composed of a piece of thick canvas resting on straps. From Wallon *seink*, Prov. *singla*, Spanish *cincha*. The true orthography is *cengle*, which is found in the ancient texts.

—◦◦◦—

LA MESSE DES OMBRES.

(THE MASS OF THE SHADOWS — THE DEPARTED.)

Feu mon pauvre père : My late father. *Feu*, adjective, only agrees with the noun it qualifies when placed next to this noun. *Ma feue mère ;* but one writes : *feu ma mère.* From a dialect of Berry *funt*, and also *defeu, defeue*, It. *fu, la fu regina*, the dead queen.

un revenant : a ghost. It literally means, one who comes back.

fiançailles : the betrothing, the affiancing. From the verb *fiancer*, which means, to promise, to engage one's self.

un arbre de Jessé : a tree of Jesse ; a decorative genealogical tree, representing the genealogy of Christ, the figure of Jesse being the root, and the branches bearing the name, and often representations, of his descendants. Jesse is the name of the father of David, and ancestor of Jesus.

cannes à pommes d'or : walking-sticks with a golden head. It is called *pomme* in French, *i.e.* apple, because the heads of sticks are often round.

une mouche au coin de l'œil : a patch on the corner of the eye. So called *mouche*, fly, because it is made of a small piece of black silk of about the size of the wing of a fly.

desservants : officiating priests.

Dieu vous ait en sa grâce ! May God bestow his favor on you, or, may God have you in his keeping !

L'eau lustrale du Purgatoire : The purifying water of Purgatory. Lat. *lustralis*, from *lustrare*, to purify.

Cependant qu'ils parlaient : While they were talking. Archaic form of *pendant*.

écus de six livres : pieces of money worth 6 francs. *Livres* is synonymous with francs in many cases. One still says : *Il a dix mille livres de rente,* He has an income of ten thousand francs.

florins : a coin of Florence ; it is a gold or silver coin of different values.

ducats et ducatons : ducats, ducatoons. A ducat is a gold or silver coin ; gold ducat = 10 or 12 francs ; silver ducat = 4 or 5 francs. A ducatoon, a silver coin of Venice or Holland.

Jacobus : Jacobus, an old gold coin of England.

nobles à la rose : an old gold coin of England and France of the value of 20 or 24 francs. They were coined under the reign of Edward III., and bore the roses of York and Lancaster.

un lourd battant de cloche : a heavy clapper of a bell.

J'ai beaucoup pratiqué les morts : I have associated a great deal with the dead.

le suisse de Ste Eulalie : the beadle of Saint Eulalie.

LE FIFRE ROUGE.

quérir : to fetch. *Quérir* is an old verb, used now only in the infinitive and with the verbs *aller, envoyer, venir.* The old infinitive was *querre,* which is still to be found in La Fontaine. From Lat. *quærere,* to fetch, Sanscrit *çish.*

étrennes : Christmas presents, or rather New Year's presents, the custom being in France to give presents on New Year's day rather than on Christmas. From It. *strenna,* Lat. *strena.*

un liard : an old copper coin which was the fourth of a *sou,* a little less than a French centime. A *sou* is about one cent.

son dinde : familiar expression for *son dindon,* turkey.

Compte là-dessus ! Depend upon it !

sa mère-grand : familiar expression for *sa grand'mère,* his grandmother.

cadenette : a long plat of hair which hangs lower down than the rest. The name comes from Honoré d'Albret, lord of Cadenet, brother of M. de Luynes, who lived in the 17th century and introduced the fashion of wearing this long plat of hair.

Le fifre s'entendait à la pêche aux grenouilles: The fifer was very clever at fishing for frogs. *S'entendre à*, to understand how to do a thing. *Entendre à*, to know something about a thing: *il n'entend rien à la poésie*, he is no judge of poetry. *S'entendre à*, to agree: *ils s'entendent bien*, they agree well together.

haut-de-chausses: breeches, small-clothes.

en drap d'ordonnance: made of regimental cloth.

justaucorps: jerkin.

Qui est-ce qui m'a fichu un soldat qui pleure? *lit.* Who has given me a crying soldier? *i.e.* How can a soldier cry? *Fichu*, vulgar expression used in the sense of *donner*, to give.

le corps du délit: the main proof, the main evidence.

transes: frights. In Wallon, *trans* was the name of the tolling bell for the dead; in Spanish and Portuguese, *trance*, the hour of death; It. *transito*, passage from life to death, from Lat. *transitus*, passage.

une aune de boudin: a yard of black-pudding. *Aune* is the name of an old measure, about 3 feet 7 inches long.

———— ·•◦•· —— ·

LE CHEVALIER DE FRILEUSE.

Mais les plus piquantes s'émoussaient sur la peau de philosophe qu'il s'était faite: 'But the sharpest ones blunted themselves against the philosopher's skin which he had acquired. *S'émousser*, properly speaking, is generally applied to arms and means: an arm, the edge of which has been taken off or blunted. Etymology: *é* for *es*, and *mousse*, adjective, moss = without moss, rendered less active, less penetrating, because, in botany, the expression *émoussé* is applied to organs without sharp edges.

les neiges m'en ont souvent paru empruntées: the whiteness of it has often seemed to me to have been borrowed, *i.e.* the snow-white color of his hair was artificial. *Snow* is taken for the color, white. It is a metonymy frequently used in rhetoric.

Il tenait extrêmement à son blason: He had a great regard for his coat of arms, or, he thought a great deal of his coat of arms.

Quand de hautes convenances l'exigeaient: When decorum or propriety exacted his presence.

Leurs grands et petits lits de justice: Their great and little beds of justice. *Tenir un lit de justice* means, to hold a court of justice, *i.e.*

to give out judgments. Formerly *lit de justice* meant a session of the French Parliament, to which the king was present, seated on his throne, which was called *lit de justice*.

maussade: sulky. Etymology: *mau* for *mal* = bad, and the old adjective *sade*, which meant agreeable; hence, without agreement. *Sade* comes from Lat. *sapidus*, savory.

Vous avez été assez godiche: You have been such a simpleton. Etymology: it is a popular alteration of the proper name *Claude*, which is also used in the sense of simpleton.

comme il sied: as is proper. *Sied*, third person singular of the present indicative of *seoir*, to be becoming, to be proper.

Le père Malebranche: a well-known disciple of Descartes, was born at Paris in 1638. He entered the congregation of the Oratory and became one of the greatest metaphysicians of the 17th century. He wrote *Recherche de la Vérité, Traité de la Nature et de la Grâce,* and many other philosophical and religious works.

Va me quérir ma culotte: Go and fetch my trousers. *Quérir*, an old verb, only used now in the infinitive and with the verbs *aller, envoyer, venir.* The infinitive of that verb was, at the origin, *querre*, which is still to be found in La Fontaine. It is the regular form of the Lat. *quærere. Quérir* appeared in the 15th century. The regular conjugation was: *je quier, je queroie, querant, quis.*

guilleret: so sprightly, lively. The origin of this word is uncertain. Some think it comes from *guilleri*, the song of the sparrow.

Un bourdon qui venait d'entrer par la fenêtre, à cheval sur un rayon de soleil: A drone which had just entered through the window, astride a sunbeam. *Venir de*, to have just; *à cheval*, astride.

Et la portée du trait: And the strength of its stroke.

Gilbert: a French poet of the 18th century, who died at the Hôtel-Dieu (a hospital in Paris). His best known poem is: *Les Adieux d'un Poète Mourant.*

Des chapelets d'oiseau s'égrenaient sur les bois: Flocks of birds were scattered about in the woods. *S'égrener*, in the sense of scattering, is a neologism. It means properly, to shell, to fall from the stalk, in speaking of grapes.

épinette: spinet. A kind of musical instrument, like a harpsichord. It is obsolete. It was so called because struck with a spine or pointed quill. From It. *spinetta*, a sprick, a thorn, Lat. *spina*, a thorn.

On met ma raison à l'épreuve de la truffe : My reason is put to the test by means of truffles. *Mettre à l'épreuve*, to put to the test; *à l'épreuve du feu*, fire-proof; *à l'épreuve de l'eau*, water-proof.

Une auberge sortable : A suitable inn. *Sortable*, from Lat. *sortem*, which is in condition, in state of suiting.

au renouveau des bois : the spring-time, when the woods begin to be again in bloom. *Renouveau* is an archaic expression; comes from *re* . . . and *nouveau* = again . . . new.

j'ai des manies coriaces : I have tough mania. *Coriace* means tough as leather. From Lat. *corium*, cuir = leather.

à perte de vue : out of sight. *Se multipliaient à perte de vue*, multiplied themselves until they got out of sight.

bas les pattes : down with the paws.

Je vous rends les armes : I acknowledge myself vanquished. *Rendre les armes*, properly speaking, is to give up, to surrender one's arms (to a conqueror) ; *fig.*, to avow one's defeat.

un peu rodomonts : rather boastful. *Rodomont* was the name of a personage created by Boiardo and adopted by Ariosto, who was famous for his bravery and his haughty character, in the fictitious wars of Charlemagne and the Saracens of Africa.

rébarbatifs : grim looking. Comes from *rebarbe*, which was used in the 16th century with the sense of rough, repulsive, as a bristly beard. It came from *re* and *barbe* (beard), meaning he who opposes beard against beard.

dresseur émérite : skilled trainer.

PETIT-BLEU.

Petit-bleu is a nickname given to a little school-girl, the heroine of the story. It was given to her for her having answered candidly, when she was looking from the window, that she was looking at the *blue* sky. The other school-girls, not accustomed to enjoy nature so naïvely, laughed at her and called her " Petit-bleu."

criaient à tue-tête : were screaming as loud as they could. *Tue-tête* is composed of the verb *tuer*, to kill, and *tête*, head ; lit. it means to scream loud enough to split one's head.

les voix aigrelettes : the shrill voices. *Aigrelette* is a diminutive of *aigre*, sour, and means sourish. The suffix *ette* is often used in

French as a diminutive, as *maison, maisonnette, fille, fillette, mignon, mignonnette;* it often bears with it a sense of caress, as in proper names: Françoise, Francette, Jeanne, Jeannette, Laure, Laurette, etc.

la salle grouillante: the swarming, crowded room. *Grouillant* implies the idea of motion. It comes from the verb *grouiller,* to stir, to move. Diez believes that it comes from High German *grubilôn* or *crewelôn,* to search, to move. But it seems to have come from *crouler,* which is Old French, and in our days, in some places, means, to stir, to move. *Grouiller* is a recent term, found in Amyot, and in Marguerite de Navarre, for the first time.

une expression confite: an assumed expression of devotion. The expression often assumed by school-girls in convents, as if they were all the time steeped in devotion.

brouhaha: uproar. *Brouhaha* means a confused noise.

Nous allons vous mettre au courant: We will acquaint you with our ways, we will let you know how things go on with us. *Être au courant des affaires,* to know all about the business. This dialogue and the next give a very good idea of the prattle of boarding-school-girls; the expressions are the very same they use; their petty curiosity is remarkably well depicted, as well as their sly ways of acting whenever they are in fear of being detected.

les yeux, d'un vert pailleté de roux: the eyes were green, bespangled with gold.

enfin, l'ensemble étrangement heurté: in a word, her whole body, awkwardly put together.

l'âge ingrat: the ungracious, awkward age. We call *l'âge ingrat* the years between twelve and fifteen, during which girls generally grow more or less rapidly, and the body takes on an awkward appearance: long limbs, big feet and hands, short bust.

elle est mauvaise comme la gale: she is awfully wicked. *Mauvaise comme la gale* is a school slang expression. *Gale,* properly speaking, is a disease, itch, scabies.

te voilà donc coffrée, aussi, mon pauvre gamin: this is another instance of school slang, which might be translated by: so you, too, are shut in, little gypsy. *Gamin* often used in speaking about street-boys; urchin, blackguard; the feminine is *gamine,* little girl, little gypsy. The origin of this expression is unknown. It has always been a popular expression, until it made its appearance in the literary language in 1834, in a short pamphlet called *Claude Gueux.* This is, at least, what Victor Hugo says in his *Misérables,* Part 3, I. 7.

C'est pas drôle! It is no fun! *C'est pas drôle*, for *ce n'est pas drôle*. In familiar language, the *ne* is often suppressed: *c'est pas amusant! c'est pas joli!*

TOUS L'ŒIL DES BARBARES.

n'êtes-vous pas sur le point de vous ennuyer: are you not about to get weary. *Être sur le point*, to be about, to be near doing a thing.

et que mon rêve matinal: *rêve matinal*, means, the dream I have made in my youth; *matinal*, morning, early, thence, the morning of my life, my youth.

LE JARDIN DE BÉRÉNICE.

toutes ces émotions que j'avais élaborées dans ce pays: all the emotions which I had worked up in this country. *Élaborer*, to work a special modification through labor. From Lat. *elaborare*, from *e* and *laborare*, to work.

Cette importante veillée où je résumai mon expérience d'Aigues-Mortes: This important night in which I summed up my experience of Aigues-Mortes. *Résumer*, to sum up, from Lat. *resumere*, from *re*, a duplicative, and *sumere*, to take.

Aigues-Mortes is the name of a village situated in the department of the *Gard*, which is a part of the old province of Languedoc. Formerly it was a sea-port. Louis IX. embarked there when starting to Egypt in 1248, to begin the 8th crusade against the Mussulmans. Now it is four kilometres from the sea. Its name signifies dead water, from Lat. *aqua*, water.

J'ai resserré autour de Bérénice tous les mouvements de ma sensibilité: I have drawn around Bérénice all the movements of my sensibility; *i.e.* Bérénice has been the pivot around which my sensibility has moved.

un raisonnement impeccable: a faultless reasoning. *Impeccable*, Lat. *impeccabilis*, from *in*, a negative, and *peccare*, to sin.

J'y ai manqué: I have failed to do it. *Manquer à*, to fail. *J'ai manqué tomber*, I was near falling; *il a manqué mourir*, he nearly died. *Manquer de*, to be wanting in, to need. *Ils manquaient de pain*, they had no bread; *ils manquaient d'intelligence*, they were wanting in intelligence.

dans ce raccourci d'une vie: in this abridgment of a life. A *raccourci* is a thing seen, or heard, or told on a smaller scale, or in a smaller proportion.

Je suis dans tous cette part qui est froissée par le milieu: I am, in every one, that part of one's self which is wounded, ruffled by the surroundings. *Le milieu* is a term very often applied in the sense of the surroundings in which one lives; it is applied also to the elements in which the different animals live.